KB237486

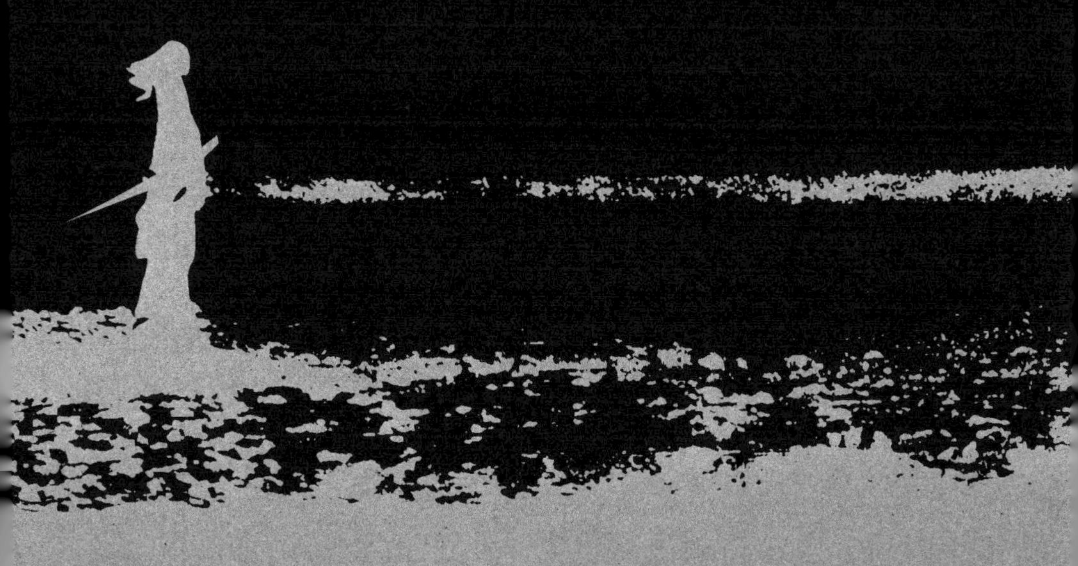

청평조
清平調詞

구름 닮은 옷차림 꽃과 같은 생김새

봄바람 난간을 스쳐 가고 이슬 맺힌 꽃 짙어만 가네

만약 군옥산 머리에서 만나지 않았다면

청녕 요대의 달빛 아래서 만날 수 있으리

雲想衣裳花想容

春風拂檻露華濃

若非群玉山頭見

會向瑤臺月下逢

Fantastic Oriental Heroes

요담 新무협 판타지 소설

귀령마안

귀령마안 5

요담 新무협 판타지 소설

초판 1쇄 찍은 날 § 2006년 9월 13일
초판 1쇄 펴낸 날 § 2006년 9월 22일

지은이 § 요담
펴낸이 § 서경석

편집장 § 문혜영
편집책임 § 김민정
편집 § 서지현 · 심재영

펴낸곳 § 도서출판 청어람
등록번호 § 제1081-1-89호
등록일자 § 1999. 5. 31
어람번호 § 제2-1002호

주소 § 경기도 부천시 원미구 심곡1동 350-1 남성B/D 3F (우) 420-011
전화 § 032-656-4452 팩스 § 032-656-4453
http://www.chungeoram.com
E-mail § eoram99@chollian.net

ⓒ 요담, 2005

ISBN 89-251-0305-2 04810
ISBN 89-5831-590-3 (SET)

Fantastic Oriental Heroes
요담 新무협 판타지 소설
귀령마안
5
요안, 악마와 겨루다
완결
도서출판 청어람

목차

◆第一章◆
또 하나의 요안…

요안(妖眼), 요사스런 눈동자.

이때까지 소이보 어깨 위에 내려앉은, 태산보다 더 무거운 이름이었다.

어릴 때 소이보는 아이들의 돌팔매질을 받을 때면 강가에 쪼그리고 앉아 물에 자신의 얼굴을 비추어 보곤 했다.

그럴 때마다 멍든 얼굴 한가운데 박혀 있는 파랗고 잿빛인 두 개의 눈동자는 항상 요사스런 기운을 담아 자신을 쏘아보곤 했다.

아무리 손으로 물 표면을 이즈러뜨려도, 잠시 후면 움직임이 멎은 물 표면엔 또다시 두 개의 요안이 떠올라 있었다.

그 이후 소이보는 거울을 쳐다보지 않았다.

하지만 지금 소이보는 너무도 선명한, 그것도 너무도 예쁜 요안을 보았다.

불과 대여섯 살 남짓한 예쁘장한 계집애 얼굴 한가운데서 보게 된 것이다.

어지러웠다.

온몸의 무게가 발아래로 뚝 떨어진 것처럼 아득해졌다.

하지만 두 눈을 질끈 감아도 눈앞에 광경만 지울 수 있을 뿐 귀로 들리는 것까진 막을 수 없었다.

"아빠~ 아~"

작은 새끼 제비가 둥지 위로 고개를 내밀고 지저귀듯, 작고 여린 목소리가 소이보의 머릿속을 가득 채우고 있었다.

소이보는 천천히 눈을 떴다.

숨을 깊게 내쉬어 답답한 가슴을 토해내고는 다시 맑은 공기로 가슴속을 채웠다.

그리고는 천천히 고개를 돌려 꼬마 계집애를 쳐다보았다.

그 짧은 순간에 소이보는 자신의 짧지 않은 인생에서 가장 커다란 두려움을 느껴야만 했다.

꼬마는 방실방실 웃고 있었다.

아직 젖살이 한껏 올라 통통한 양 뺨은 발갛게 달아올라 있었다.

앙증맞은 입술은 한껏 옆으로 벌려진 채, 하얀 구름을 한입 크게 머금고 있는 것처럼 활짝 웃고 있었다.

마치 고사리같이 작고 통통한 손가락을 꼬물거리며 이리 오라고 손짓하고 있었다.

귀여웠다. 미치도록 귀여웠다.

그와 동시에 두려웠다.

손톱을 세워 미친 듯 긁어 파내어도 가시지 않을 소름과 가려움이 뒤통수와 뒷등을 가득 덮고 있었다.

꼬마 계집애는 똘망똘망한 눈으로 소이보를 바라보며 함빡 웃고 있었다.

하지만 꼬마의 크고 동그란 두 눈.

그게 문제였다.

그것이 소이보로 하여금 두려움을 느끼게 하고 있었다.

오른쪽 눈은 가을 하늘을 닮은 듯한 새파란 색.

왼쪽 눈은 여름 먹구름을 물에 헹궈낸 듯한 짙은 회색.

또 하나의 요안(妖眼)이었다.

소이보는 마치 홀린 듯 나뭇가지를 발끝으로 찍은 후 날아 내려와 소녀 앞에 섰다.

하지만 단단한 땅을 딛고 서 있어도 마치 구름 위를 밟고 있는 듯 어지러움을 느꼈다.

꼬마는 고개를 뒤로 젖힌 채 소이보의 얼굴을 바라보다 커다란 눈을 동그랗게 떴다.

"화아~ 진짜 나랑 똑같네에~?"

소이보는 아무런 말 없이 꼬마를 바라보았다.

요안이 요안을 바라보고 있었다.

작고 귀여운 요안이, 깊이 가라앉아 탁하게 보이는 또 다른 요안을 신기한 듯 바라보고 있었다.

소이보는 아무런 말도 하지 못했다.

마치 가위에 눌린 듯 손가락 하나 까딱하지 못했다.

한참이나 말없이 목을 뒤로 젖힌 채 바라보던 꼬마가 문득 깜빡했다는 듯 제 손으로 머리통을 콩콩콩 내려쳤다.

"아참! 이러는 게 아닌데!"

꼬마가 곧 손으로 옷매무새를 다시 정돈하더니 천천히 무릎을 굽혔다.

소이보의 한 뼘도 안 될 종아리와 허벅지가 닿고, 소이보 한 손에 열

개는 족히 잡힐 것 같은 앙증맞은 손바닥이 땅을 짚었다.

"예쁜 딸 민아(敏兒)가 아빠를 뵈어요."

소이보의 큰 신형이 순간 바람맞은 갈대처럼 뒤로 휘청거렸다.

모든 것은 분명했다.

너무도 분명해서 도리어 믿질 못했다.

스스로 민(敏)이라고 소개한 꼬마가 마치 용수철이 튕겨 오르듯 몸을 일으키고는 두 손을 번쩍 위로 치켜들었다.

하지만 꼬마는 까치발을 디디고도 소이보의 손을 잡지 못했다.

아쉬운 듯 소이보의 허벅지를 안은 후 고개가 부러질 것처럼 뒤로 젖힌 채 소이보의 눈을 바라보며 꼬마가 다시 새끼 제비 같은 입술을 열었다.

"우와~ 아빠 키 크다아~"

꼬마는 허벅지를 감고 있던 두 손을 위로 들어올리고는 버둥거렸다.

"아빠~ 나 무등! 민아 무등!"

꼬마는 큰 키의 소이보를 보자, 갑자기 무등이 타고 싶어졌는지 아예 입술까지 뽀로통하게 내밀고는 종알거렸다.

소이보가 말없이 천천히 허리를 굽혔다.

양쪽으로 활짝 벌린 꼬마의 양 겨드랑이에 두 손을 집어넣었다.

검지와 엄지 사이로 느껴지는 꼬마의 어깨는 너무도 여렸다.

굳이 내공을 일으키지 않더라도 잠깐 힘만 쓰면 바스러질 것만 같은 연약한 뼈가 두 손아귀 사이에 있었다.

감싸 안은 꼬마의 옆구리에선 작고 여리게 뛰는 고동이 느껴졌다.

어쩌면 자두보다 작을지도 몰랐다, 이 꼬마 가슴 한가운데서 뛰고 있을 심장은.

소이보의 가슴에 뜨거운 그 무엇인가가 울컥 솟아올랐다.

여리다… 작다…….

이 꼬마 요안은 너무도 여리고 작았다.

그 사실이 소이보의 가슴을 아프게 만들고 있었다.

"아냐! 민아 강해!"

꼬마는 마치 소이보의 마음을 읽었다는 듯, 크게 지저귀었다.

젖살 오른 양 뺨이 하얀 어깨 사이에서 도리질 쳤다.

두 눈까지 질끈 감고 스스로 강하다고 말하고 있었다.

수많은 피를 묻히고, 정말 강한 사람들의 목숨을 앗은 소이보의 길고 커다란 두 손바닥 위에서, 작고 여린 날개를 퍼덕이는 제비 새끼마냥 꼬마는 연신 도리질을 쳤다.

소이보는 곧 금간 유리병을 조심스럽게 잡듯, 꼬마를 들어올렸다.

꼬마의 얼굴이 바로 앞에 있었다.

꼬마의 여리고 달콤한 숨결이 바로 코앞에서 느껴졌다.

요안이 요안을 보고 물었다.

"이름은?"

"민이… 소민(蘇敏). 그게 내 이름이야. 아빠는 이보, 소이보(蘇夷甫) 맞지?"

"그래…….”

그래, 맞다. 내가 소이보다.

요안 소이보. 요사스런 눈알의 괴물.

그게 나다.

세상의 모든 손가락질에 맞서 목숨을 걸었던 요안 소이보가 나다.

소이보는 그렇게 외치고 싶었다.

하지만 그저 거친 숨만 토해질 뿐 말이 되어 나오질 않았다.

가슴에서 느꼈던 뜨거운 덩어리가 목까지 울컥 솟아올랐다.

그것이 목울대를 꽉 막고 있었다.

소민이 버둥거리더니 곧 손을 앞으로 뻗어 소이보의 얼굴을 쓰다듬었다.

그 손길이 짜릿했다.

마치 벼락이 얼굴을 지지는 듯했고, 차가운 얼음 칼날이 살을 저며내는 듯했다.

피가 거꾸로 돌고, 머리엔 신열이 올랐다.

소이보가 두 눈을 감고 물었다.

"엄마는?"

묻고 싶은 것은 많았다.

누가 너의 엄마더냐?

어떻게 네가 생겼느냐?

혹시 그 빌어먹을 성녀가 너를 낳았단 말이냐?

네가 진짜 내 딸이란 말인가?

작고 여린 네가 어떻게 살아왔더냐?

네가 어떻게……?

네가……?

하지만 결코 뒤엣말을 잇지 못했다.

무엇부터 물어야 할지, 또 어느 것을 확인해야 할지 알지 못했다.

굵고 갈라진 소이보의 목소리가 잠겨들고서도 한참 후에 소민이 작은 목소리로 부끄럽다는 듯 말했다.

"엄만 날 이렇게 불러. 몽귀라고……."

몽귀(夢鬼).

꿈속의 귀신.

아니, 꿈속에서 만들어진 귀신.

아아, 그랬다.

성녀와의 단 하룻밤의 달콤한 꿈.

그 꿈속에서 아이가 만들어진 것이다.

환상과 현실의 경계가 모호했던 바로 그곳, 바로 그 시간.

필기삼괴(必忌三怪) 중 나추몽마(娜醜夢魔) 팽유(彭杻)가 만들어내었던 바로 그 공간, 혼유귀몽(魂幽鬼夢) 속에서 새로운 꼬마 요안이 만들어졌던 것이다.

어린 성녀와 어린 소이보가 몸과 마음을 함께 불태웠던 바로 그 환상의 꿈속에서…….

아무도 모르게, 아니, 소이보가 상상조차 못했던 일이었다.

소민이 기어들어 가는 목소리로 말했다.

"나 야단칠 때마다 그렇게 불렀어. 아빤 그렇게 부르면 안 돼! 알아찌이!"

소민은 조그마한 손가락 하나를 펴들고는 소이보의 요안 앞에서 좌우로 흔들었다.

마치 몽귀라고 부르면 떼찌해 주겠다는 듯 눈을 동그랗게 뜨고 입을 앙다문 소민의 얼굴은 너무나 깜찍해 깨물어주고 싶을 정도였다.

하지만 소이보의 얼굴은 굳어 있었다.

한일자로 다물어져 있던 입술이 열리고 무언가 말을 하려 하는 순간, 소민이 펴든 손가락으로 소이보의 입술을 꾸욱 눌렀다.

깃털보다 더 가벼운 손가락 하나였지만, 소이보는 더 이상 입을 벌릴 수가 없었다.

"안 돼!"

소민이 다시 눈을 부릅뜨며 외쳤다.

"안 된다구! 엄마를 그렇게 부르지 마! 엄마를 더 이상 나쁜 년이나 빌정난……. 풉!"

소민은 말하다 말고 웃었다.

터져 나오는 웃음을 억지로 참느라 소민의 눈이 반달처럼 구부러지고 코끝엔 작고 조그마한 주름이 잡혔다.

소이보의 굳게 다물어진 입가가 바르르 떨렸다.

안아 든 소민을 천천히 당겨 가슴에 꼭 묻었다.

소민의 몸이 가늘게 떨렸다.

소이보도 마찬가지였다.

요안이 요안을 안았다.

작은 요안, 소민이 조그마한 목소리로 말했다.

"보고 싶었어요."

소이보는 아무런 말 없이 그저 뺨을 부빌 뿐이었다.

작고 통통한 붉은 뺨 위에.

2

운명이란 항상 소이보에게 무거운 것이었다.

소이보의 어깨를 내리누르다 못해 척추를 박살 내고 끝내 땅에 짓이겨 버리는 운명이었다.

그럴 때마다 어금니를 악물고 버티고 이겨내 왔었다.

두 다리에 힘을 주고, 땅을 딛고 일어나, 상대를 쏘아보았다.

그리고 끝내 상대를 넘어뜨렸다.

그런 것이 이때까지의 운명이었다.

하지만 소이보는 운명이 때론 깃털보다 더 가볍고 작고 따스할 수도 있다는 걸 깨닫고 있었다.

이번에 어깨 위에 올라탄 운명은 소민이란 이름의 작고 여린 또 하나의 요안이었기 때문이다.

"아니야!"

소민이 쫑알거렸다.

동시에 소이보의 머리 위에 얹혀져 있던 작은 손바닥 두 개가 소이보의 이마를 붙잡고 방향을 틀려 노력하고 있었다.

소이보의 목마를 탄 소민이 한 손을 들어 방향을 가리켰다.

"저쪽이란 말이야."

"……."

소이보는 말없이 소민의 작은 손가락이 가리키는 방향을 바라보았다.

무성한 숲 한편, 작게 난 소로길이었다.

그 길을 바라보며 소이보는 생각했다.

갈 수 있다. 가야만 한다. 네가 원하는 곳이라면 지옥의 불길 위라도 갈 수 있다.

하지만…….

발길을 멈춘 채 망설이는 소이보의 귀에 대고 소민이 조그마한 목소리로 속삭였다.

"할아버지는 걱정하지 마."

소이보의 온몸이 부르르 떨렸다.

몽귀(夢鬼), 정말 꿈속에서나 봄 직할 귀신같은 아이였다.

어찌 자신의 마음속을 이렇게 잘 알 수 있단 말인가.

소민과 만나 너무 기뻤다.

하지만 그 기쁨 속에서도 잊을 수 없는 사람이 있었다.

자신을 위해 모든 것을 희생한 한 사람, 바로 별림의 할아버지였다.

그저 자신을 보고 바보같이 웃기만 했던 사람이었다.

소중한 딸이 갑작스레 생겼다 해서 결코 잊을 수 없는 사람이었다.

바로 그 사람이 저 무당산에 있었으므로, 자신을 위해 모든 것을 희생했던 사람이 바로 저 위에 있기 때문이었다.

소민이 안됐다는 듯, 아니면 소이보의 마음을 다 이해한다는 듯 소이보의 머리카락을 손가락으로 쓸어 넘겼다.

"할아버지는 괜찮아. 정말이야. 괜찮아……."

소민이 괜찮다면 괜찮을 것이다.

소이보의 마음은 왠지 소민의 작고 차분한 목소리에 편안해지고 있었다.

비증(費增), 사람의 경지를 벗어났다는 사람.

소이보를 죽음 바로 앞까지 몰고 갔던 석상 일곱 개의 주인이 진정으로 만들고자 했던 사람이 바로 목 위에 올려놓은 소민이었다.

다른 사람도 아닌 귀령(鬼靈)인 성녀와 마안(魔眼)인 자신이 살을 맞대어 만든 존재가 바로 소민이었다.

사람의 마음을 읽고 천기의 흐름을 알 수 있으며 시간을 뛰어넘는 모든 일을 아는 존재가 바로 소민이었다.

소민이 괜찮다면 괜찮을 것이다.

아니, 괜찮아야만 했다.

소이보의 발걸음이 한결 가벼워졌다.

"어릴 땐 모든 게 신기했어. 아저씨는 내가 쓸쓸해하지 않을까 걱정했지만 난 사실 친구가 많았거든. 산도 있고 새도 있고……."

"산?"

"응, 바람이 제일 수다스러워. 제일 목소리가 큰 것은 물이야. 그리고 바위 아저씨는 말수는 적어도 제일 날 귀여워하지.”

소이보는 저도 모르게 빙그레 웃었다.

그래, 그럴 것이다. 산이랑 말도 하고, 새랑 조잘거리기도 하겠지. 만약 소민이 조그맣고 귀여운 입술을 열어 말을 거는데, 아무런 대답도 안 하는 존재가 있다면 칼로 두 동강 내줄 거라고 소이보는 생각했다.

설령 그것이 바위가 되었더라도, 찍 하는 쥐새끼 소리라도, 아니, 신음성이라도 토해내어야만 했다.

그 소리를 듣고 소민이 기뻐할 것이므로……

“여기야.”

소민이 문득 말했다.

작고 조그마한, 하지만 눈에 쉽게 띄지 않는 공터 한쪽을 손가락으로 가리키며 소민이 소이보를 보고 있었다.

“……?”

소이보가 여기서 무슨 일이 있느냐고 눈으로 묻자 소민이 인상을 찡그리며 말했다.

“괴물 할아버지를 기다려야 해.”

“괴물 할아버지?”

소이보가 눈을 반짝였다.

소민은 모르는 게 없었다.

어쩌면 당연한 일이었다.

소민은 귀령과 마안이 만든 진정한 성녀였기에.

소이보의 생각을 읽은 듯 소민이 고개를 흔들었다.

“아니, 그 할아버지 말고……”

소이보는 쓰게 웃었다.

어쩌면 소민이 말한 ‘괴물 할아버지’가 별림의 할아버지일지도 모른

단 생각을 했었다.

"그런 할아버지가 있어. 아빠가 강하다고 해도 믿지 못하는 할아버지야. 자기가 자기 입으로 그랬어, 자긴 괴물이라고."

스스로 괴물이라고 말하는 노인.

소이보는 염두를 굴렸지만 딱히 떠오르는 사람이 없었다.

어쩌면 소림무치를 가리킨다는 생각도 해봤지만, 소림사의 무치가 무당산에 있을 이유가 없었다.

소민이 또 한 번 코끝을 찡긋거리더니 방긋 웃었다.

"아! 왔어! 저기!"

굳이 소민이 말하지 않아도 소이보는 알 수 있었다.

무언가 엄청난 사람이 가까이 다가오고 있다는 것을 곤두서는 온몸의 솜털이 알려주고 있었다.

나뭇잎이 바스락거리는 소리와 함께 드디어 소민이 괴물 할아버지라고 부르는 사람이 눈앞에 모습을 드러내고 있었다.

"꺼억~"

지독한 술 트림 냄새와 함께 등장한 노인은 어울리지 않게도 도복(道服)을 입고 있었다.

아니, 어쩌면 토사물과 때에 전 낡은 도복이 너무나 잘 어울려 보였다.

아무렇게나 틀어 올려 맨 머리는 헝클어져 있었다.

그나마 삐져 나온 떡 진 몇 가닥의 머리카락은 땟국 흐르는 얼굴 위에 찰싹 붙어 있었다.

한 손엔 아무렇게나 방치해 둔 듯한 붉게 녹이 슨 검을 들고 있었지만, 다른 한 손의 술병은 너무나 애지중지했는지 윤이 반짝반짝 흐를 정도였다.

그나마 무당산 아래라서 도사인 것을 알아보았지, 만약 다른 곳이라면 붉은 지팡이를 들고 다니는 술 취한 노인네로 봤을 것이다.

노인은 술 취한 멀건 눈으로 소민과 소이보를 번갈아 쳐다보더니 툴툴거리며 웃었다.

"소귀(小鬼)가 대귀(大鬼)를 만났구나!"

"소귀 아니야! 소민이야! 그리고 우리 아빠 대귀 아니야! 내가 아빠 있다고 했지!"

소민이 소이보 어깨 위에서 억울하다는 듯 크게 외쳤다.

노인이 그게 그거라는 듯 심드렁한 표정으로 중얼거렸다.

"소귀를 낳을 수 있는 건 대귀밖에 더 있겠느냐?"

소귀(小鬼), 작은 귀신이란 뜻이었다.

그 말에 소이보의 솜털이 곤두서고 있었다.

요안, 그 두 글자에 소이보의 인생은 철저히 망가져야만 했다.

누가 누굴 부르는 호칭이 얼마나 큰 무게로 그 사람을 짓누르는지 너무도 잘 알고 있는 소이보였다.

당연히 자신의 아이를 두고 작은 귀신이라 부르는 노인을 노려보는 소이보의 시선은 싸늘할 수밖에 없었다.

그때 작은 두 개의 손이 소이보의 이마를 쓰다듬었다.

소민의 작은 손이었다.

차가우면서도 시원한 그 느낌에 소이보의 분노는 점차 사그라졌다.

"안 돼, 저 할아버지는 좋은 사람이야. 민아도 얼마나 예뻐해 주는데."

마치 작은 고양이 새끼를 안고 어루듯, 소민은 소이보를 그렇게 다독이고 있었다.

노인이 맞다는 듯 고개를 끄덕였다.

"내가 소귀를 귀여워하긴 하지. 그나저나……."

고개를 돌린 노인이 소이보를 쳐다보았다.

붉게 취기가 오른 두 개의 눈이 소이보의 요안과 마주치자 알지 못할 불빛이 노인의 눈 안에서 번쩍이는 듯했다.

"저 사람이 네가 말한 강하다는 그 사람이냐?"

"맞아!"

자랑스럽다는 듯, 턱을 치켜들고 볼에 공기를 팽팽히 집어넣은 채 소민이 큰 목소리로 대답했다.

"맞아! 내 아빠야!"

노인이 고개를 끄덕거렸다.

"그럼 실력을 봐야겠지."

노인이 천천히 일어서서 마치 지팡이를 끌고 오듯 아무렇게나 손에 잡고 있던 녹슨 고검을 치켜들었다.

붉게 녹슨 고검의 끝이 들리는 순간, 그 기세가 사뭇 대단하다는 것을 소이보는 느낄 수 있었다.

힘껏 다물어진 입, 언제 붉게 충혈되었냐는 듯 두 눈에선 형형한 빛이 쏟아지고 있었다.

검 역시 노인의 눈빛과 다르지 않았다.

그저 먼 곳에서 치켜들었을 뿐인데도 그 예기에 소이보의 뺨이 따끔거릴 정도였다.

소민이 왜 괴물 할아버지라고 말했는지 그제야 소이보는 이해가 갔다.

소이보의 숨결이 차갑게 가라앉았다.

전신의 근육이 팽팽하게 당겨지고 있었다.

하지만 그 순간 노인의 검에선 예기가 씻은 듯이 사라졌다.

노인은 얼굴에 잔뜩 주름을 잡아 찡그리며 투덜거렸다.

"두 귀신이 손을 잡으니 이 늙은 도사가 꼼짝없이 졌군!"

"……?"

소이보는 무슨 뜻인지 몰라 말없이 노인을 쳐다보았다.

노인이 손가락으로 소민을 가리키더니 걸쭉한 침을 튀겨가며 고래고래 고함을 쳤다.

"이놈아, 네가 그 커다란 귀신 위에 있으면 내가 어찌 칼을 놀리겠느냐!"

"……!"

소이보의 눈이 가늘어졌다.

그래도 나쁜 사람은 아닌 듯했다.

소민을 어깨 위에 올려놓은 상태에선 아무래도 소이보 쪽이 불리했다.

단순히 행동에 불편하다는 정도가 아니었다.

어쩌면 자신의 목숨보다 더 귀한 소민에게 위해가 가해질까 걱정하는 상태라면 본래 실력의 반 이상도 발휘하기 힘들기 때문이었다.

"끄응~"

소민이 한참 재미있는 장난을 그만두는 게 싫었는지, 못마땅한 신음성과 함께 소이보의 등에서 쪼르르 내려왔다.

마치 잔나비처럼 재빠른 동작으로 내려간 소민을 귀엽다는 듯 쳐다보던 노인이 불쑥 말했다.

"몇 개나 남았지? 내 기억으론 네 개가 남은 것 같은데?"

소민이 놀란 듯 눈을 동그랗게 뜨더니, 곧 양 주먹을 꼭 쥐고 뽀로통하게 외쳤다.

"세 개야!"

그걸로도 모자라 자그마한 손가락 세 개를 치켜들고는 노인 눈앞에 크게 흔들었다.

"세 개밖에 안 돼! 틀림없어!"

이번엔 노인이 소민의 표정을 흉내 내듯 눈을 크게 뜨고 입술을 동그랗게 모으고는 말했다.

"어이구야~ 아직도 세 개나 남았네~"

노인이 그렇게 말하고는 짐짓 먼 하늘을 쳐다보는 척하며 혼잣말처럼 중얼거렸다.

"이마랑 양 뺨에 뽀뽀 세 번을, 입술 한 번으로 끝내줄 수도 있거늘."

"안 돼! 아니, 못해! 절대 안 돼!"

소민이 무슨 말이냐는 듯 이마에 핏대까지 세운 채 빽 하고 고함을 질렀다.

소이보는 그 모습을 보고 빙그레 웃음을 지었다.

시기와 상황에 어울리지 않았지만, 왠지 노인과 소민 사이에 오가는 말에 따뜻한 그 무엇이 느껴졌기 때문이었다.

정체 모를 노인이었다.

겉모습이야 어찌 되었든, 검을 치켜드는 모습 하나로도 충분했다.

노인은 흔히 볼 수 있는 고수가 아니었다.

비록 동무군이나 소림무치에 비해 약간 처지긴 했지만, 그 둘을 뺀다면 그 누구도 상대를 찾기 어려울 정도기 때문이었다.

그런 실력의 노인을, 소민을 어깨 위에 올린 채 상대하기엔 소이보로서도 쉬운 일이 아니었다.

하지만 노인 역시 그런 일은 바라지 않는 게 틀림없었다.

도리어 소민을 생각하는 것은 소이보보다도 더 끔찍한 게 분명했다.

소민은 자신을 귀엽다는 듯 쳐다보는 노인의 얼굴이 못마땅하다는 듯 빼액 고함을 질렀다.

"좋아! 내기 한 번 더 해!"

"오호~"

노인은 앙증맞게 펴진 소민의 손가락을 보며 축 처진 눈에 한껏 힘을 주어 동그랗게 뜨고는 알지 못할 탄성을 토해내었다.

"이번엔 뽀뽀 세 번에 민아 부탁 하나!"

아마도 이번에 소민이 이긴다면 이미 빚진 뽀뽀 세 번을 없애고 거기다 덤으로 부탁 한 번까지 얻을 요량인 게 틀림없었다.

소민이 뽀뽀 세 번과 부탁을 내세우자 노인이 곤란하다는 듯 인상을 찡그렸다.

"에구, 작은 귀신은 어디 가도 굶어 죽진 않겠군. 뽀뽀 한 번도 어렵거늘 거기다 부탁까지 덤으로 얻다니. 휴우~ 예전 부탁도 노부 목숨을 걸고서야 겨우 해치웠거늘……."

하지만 곤란하다는 노인의 표정엔 신경도 안 쓴다는 듯 소민이 펴든 손가락에 힘을 더 주어 흔들었다.

"할 거야 안 할 거얏!"

"할게, 하면 될 거 아니냐……."

노인이 짐짓 화난 표정을 꾸민 소민이 무섭다는 듯 얼른 고개를 주억거렸다.

"좋아!"

소민이 이윽고 만족한다는 듯 고개를 끄덕이자 노인이 물었다.

"그런데 이번 내기는 뭘 가지고 하지?"

소민이 자랑스럽다는 듯 소이보를 쳐다보며 말했다.

"울 아빠가 더 강하다는 것! 울 아빠가 괴물 할아버지 이긴다는 데 뽀뽀 세 번, 그리고 부탁 하나!"

혹시라도 노인이 잊었을까 걱정된다는 듯 소민의 목소리는 마치 단단히 못을 박듯 한껏 뽀족해져 있었다.

하지만 노인의 반응은 소민의 기대와는 달랐다.

몇 올 안 남은 턱밑 수염을 손등으로 쓰윽 닦으며 당연하다는 듯 고개를 끄덕이며 노인이 말했다.

"당연하지! 세상을 들었다가 놓았다는 요안이 저토록 젊거늘, 늙어서 움직일 때마다 뼈다귀 소리가 튀어나오는 이 늙은이가 어찌 이기겠누?"

소민이 멍한 표정을 지었다.

상대가 저렇게 나오면 내기가 성립 안 되는 일이고, 결국 술 냄새 나는 노인 이마와 뺨에 뽀뽀를 할 수밖에 없었다.

소민이 다급한 목소리로 말했다.

"일초!"

"으응?"

노인이 무슨 말이냐는 듯 묻자 소민이 숨도 들이키지 않고 말했다.

"일초야!"

"무엇이 말이냐?"

소민이 한쪽 손으론 노인을 가리키고, 다른 한 손으론 소이보를 가리키며 제비가 지저귀듯 말했다.

"울 아빠가 괴물 할아버지를 일초에 꺾을 거라고!"

노인이 멍한 눈으로 소이보를 쳐다보다 피식 웃었다.

"요 작은 귀신아, 아무리 그래도 이 늙은이 역시 검 한 번 휘두를 기회조차 없겠느냐?"

"그럴까아~?"

소민이 고개를 옆으로 갸우뚱 기울이며 코끝을 찡그렸다.

"그럼, 그건 귀여운 소귀, 네가 심하게 불리한 내기란다. 그래도 나보다 강한 사람은 세상에 몇이 없거늘."

노인의 입에 잔잔한 미소가 번지는 걸 본 소민의 눈빛이 그 순간 반짝였다.

"좋아! 일초! 그리고 뽀뽀 다섯 번에 부탁 둘!"

"으잉?"

노인이 눈을 동그랗게 떴다가 곧 눈꺼풀을 한껏 접어 헤실헤실 웃는 눈으로 만들고는 반문했다.

"아이고, 그거야 이 늙은이한테 너무 유리한데? 뽀뽀야 받는 것도 좋지만, 귀여운 뺨에 해주는 것도 너무 좋은 것이거늘!"

"아이, 참!"

답답하다는 듯 소민이 눈을 찌푸리고는 말했다.

"내가 아니구우~ 내가 찍어주는 사람 뺨에 하란 말이야!"

"네가 선택한 사람 뺨에?"

노인이 이해를 못하겠다는 듯 손으로 머리를 긁으며 소이보를 쳐다보았다.

주독이 올랐는지 축 처진 붉은 눈으로 노인이 자신을 보자, 소이보 역시 당황스러웠다.

그러자 소민이 더 큰 목소리로 빽 하고 고함을 질렀다.

"아빠 말고! 어디 닦지도 않아 지저분한 입으로 울 아빠한테 뽀뽀를 하려구우~!"

노인이 그럼 그렇지 하듯 고개를 끄덕이고는 천천히 녹슨 검을 가슴에 안으며 말했다.

"좋다! 일초!"

"좋아! 아빠!"

소민이 고개를 끄덕임과 동시에 소이보를 불렀다.

그 순간 소이보의 요안이 반짝였다.

3

노인은 천천히 몸을 돌려 소이보 앞에 섰다.

하지만 고개는 돌아가 뒤로 물러서는 소민을 쳐다보고 있었다.

소민이 한참이나 물러섰지만, 노인은 마음에 안 든다는 듯 고개를 저었다.

"좀 더 멀리. 이건 너하고 있었던 그런 장난이 아니야. 엄청 위험한 거란다."

소민이 다시 뒤로 돌아 달려가더니, 한참이나 떨어진 숲 속 바위 뒤로 돌아가 눈만 빼꼼히 내밀고 손을 흔들었다.

"됐지?"

노인이 고개를 끄덕이고는 소이보를 쳐다보며 다짐을 받으려는 듯 말했다.

"너무 험하게는 하지 마세나."

소이보 역시 고개를 끄덕였다.

노인이 험하게 하지 말자는 얘기가 자신의 안위를 걱정해서라기보다는 바위 뒤에 숨은 소민을 걱정했기 때문이라는 걸 알기 때문이었다.

노인이 이제 모든 준비를 끝마쳤다는 듯 소이보를 보고 빙긋 웃었다.

"무치(武痴)에게 들은 이야기가 진짜인지 이제 확인해 봐야겠군."

이때까지 장난기있던 목소리가 아닌 차분하고 절제된 목소리였다.

또한 소이보와 소림무치(少林武痴)가 겨룬 일에 대해서도 잘 아는 것 같았다.

아니, 소림무치에게 직접 들었다면서도 소이보와 실력을 겨루고자 하는 것을 보면 노인의 실력 또한 비범할 것이 틀림없었다.

아니나 다를까, 조금 굽었다 싶은 허리를 천천히 펴고 호흡을 길게 가져가는 노인의 옷은 바람이 불지 않는데도 팽팽하게 부풀고 있었다.

굳게 다문 입, 형형한 빛을 내는 두 눈동자, 곧게 뻗은 검에선 또다시 찌를 듯한 예기가 쏟아졌다.

괴물은 괴물이었다.

아니, 괴물 이상이었다.

노인이 미소를 지으며 말했다.

"소림무치와 또 동무군과도 겨룬 솜씨이니 어쩌면 눈을 버릴지도 모르겠구나. 노는 중간에도 틈틈이 익힌 솜씨이니 너무 욕하지 말거라."

처음 만나자마자 말을 놓는 노인이었지만, 반발심이 생기진 않았다.

아니, 술기운이 가득 묻어나는 껄끄러운 목소리가 도리어 정겹게 느껴질 정도였다.

어쩌면 소민에게 대하는 자상한 모습, 정말 할아비가 손주를 대하는 듯한 모습에서 경계심이 사라진 탓인지도 몰랐다.

하지만 노인의 검까지 그런 것은 아니었다.

천천히 빙글 돌아 중단전에 곧추세운 노인의 검은 마치 갓 잡아 올린 생선처럼 퍼덕이고 있었다.

적어도 고수는 검의 그 같은 생기(生氣)를 알아볼 수 있었다.

그리고 검에 생명을 불어넣는 사람은 절대 보통 사람이 아니었다.

소이보는 신중히 검을 빼어 들었다.

노인과 청년, 요안과 붉은 눈이 마주 보고 있었다.

"……?"

소이보는 조금 당혹감을 느껴야만 했다.

지금 상황이 결코 낯설지가 않았다.

어디선가 수백 번, 아니, 수천 번을 넘어 수만 번을 경험해 본 듯한 익숙한 느낌이었다.

당혹한 느낌에 잠시 멍해질 때, 노인의 발걸음이 느리게 옆으로 향했다.

거기에 맞추어 천천히 소이보 역시 왼쪽으로 걸었다.

노인이 걸음을 멈추었다.

거기에 따라 소이보의 발걸음 역시 멎었다.

노인이 그럴 줄 알았다는 듯 빙그레 웃었다.

"……!"

소이보의 숨결이 더욱 차가워졌다.

무언가 이상했다.

아니, 이런 일은 있을 수 없었다.

한 번 더 확인해 봐야만 했다.

호흡을 가다듬은 소이보가 천천히 오른쪽으로 걸었다.

그러자 노인 역시 오른쪽으로 걷기 시작했다.

소이보가 멈춰 서자 노인 역시 발걸음을 멈추고는 천천히 입술을 열었다.

"이제 대강 눈치 챈 것 같군."

소이보가 고개를 끄덕였다.

실에 매단 것처럼 두 사람은 한 점을 중심으로 빙글빙글 돌고 있었다.

마치 태극이 돌 듯, 음양이 서로의 뒤를 쫓아 제자리를 맴도는 것 같은 모양이었다.

어떻게 노인이 알고 있는지는 몰라도 이런 경험은 노인보다 소이보 쪽이 많았다.

노인이 한 걸음 옮길 때마다 주위의 경물이 바뀌었다.

어떨 땐 한낮의 봄날처럼 따뜻했다가, 다시 몇 걸음 걷지 않아 곧 한겨

울의 폭풍우처럼 싸늘한 기운이 맴돌았다.

노인은 점점 자연을 닮아가고 있었다.

아니, 거대한 자연을 품속에 가두고 있었다.

마치 별림의 할아버지처럼…….

그렇다면 해결은 한 가지였다.

상대를 먼저 움직이게 하면 진다.

상대는 천천히 느리게 다가와서는 곧 빠르고 날카로우며 예리하게 가슴을 꿰뚫을 것이다.

소이보는 저도 모르게 흘깃 소민을 바라보았다.

바위 위로 빼꼼히 내민 소민의 동그란 눈이 소이보와 마주치자 초승달처럼 둥글게 변했다.

아마도 활짝 웃고 있는 게 틀림없었다.

걱정 없는 눈빛. 화사한 미소.

왠지 힘이 났다.

가슴이 뜨거워졌다.

소민을 향했던 소이보의 눈길이 다시 노인을 쳐다보았을 때, 더 이상 노인의 모습은 없었다.

대신 노인의 붉게 녹슨 검이 소이보의 눈앞을 가득 채우고 있었다.

노인의 검이 움직인 것이다. 마치 번개처럼!

양미간 사이로 파고드는 번개에 맞서 소이보의 검이 움직였다.

소이보의 검끝이 느리게 허공을 갈랐다.

너무도 느려 한 점에 멎어 있는 것 같았다.

멎어 있는 한 점이 크게 확대되더니 해일처럼 다가오는 노인의 검을 맞아갔다.

커다란 파도는 곧 양쪽으로 쪼개지더니 강렬한 여름날의 태양이 몸을 드러냈다.

　마치 저항하는 모든 것의 생명을 말려 버리겠다는 듯 이글이글 불타오르는 태양의 위압감에 소이보는 가슴까지 뻐근해지는 것을 느꼈다.

　하지만 소이보의 검은 그 순간에도 중심을 잃지 않았다.

　도리어 시원하고 거센 한여름의 소나기로 변해 있었다.

　그 청량감에 답답했던 소이보의 가슴까지도 시원해졌다.

　소나기는 모든 달아오른 열기를 식히는 것으로도 모자라 노인이 만든 뜨거운 태양까지 식혀 버렸다.

　픽!

　노인의 신형이 뒤로 일 장여를 튕겨 나갔다.

　그리고도 남은 여력을 감당 못하겠다는 듯 뒤로 보기 흉하게 데구루루 구른 후 큰대 자로 뻗었다.

　하늘로 튕겨져 나간 녹슨 검이 한참이나 허공에서 빙글빙글 돌다 노인의 옆구리 옆에 떨어져 꽂혔다.

　"진짜 괴물은 따로 있었구나!"

　노인이 입을 쩍 벌리고 경악성을 토해놓았다.

　그리고도 한참이나 눈을 깜빡이던 노인이 얼른 상체를 일으켜 앉고는 품속에 손을 넣고 무언가를 꺼내 들었다.

　"이젠 밥을 얻어먹긴 다 틀렸구나!"

　마치 땅이 꺼져라 한숨을 쉬는 노인의 손에 들린 것은 조금 전 충격으로 반으로 쪼개진 자그마한 나무패였다.

　반으로 갈린 나무패가 진짜 밥줄이라도 되는 것처럼 울상을 짓고 있는 노인을 향해 소민이 쪼르르 달려와 큰 소리로 말했다.

　"거봐! 울 아빠 강하다고 했지!"

　"당연히 강하지!"

울상인 채로 노인이 고개를 끄덕였다.

"거 봐! 강하다니까!"

소민이 정말 기쁜 듯 활짝 웃으며 박수를 쳤다.

그 모습을 보고 있던 노인이 한숨처럼 중얼거렸다.

"세상에 요안이 강하지 않다면 그 누가 강할 것이냐. 하지만 내기는 내가 이겼단다."

"……?"

소민이 무슨 뜻인지 몰라 멍하니 있다가 말도 안 된다는 듯 고개를 흔들었다.

"괴물 할아버지가 검을 이렇게 내뻗었어."

소민은 왼손 검지손가락을 펴든 채 허공을 내뻗는 흉내를 내었다.

다른 쪽 검지손가락마저 뻣뻣하게 피고는 왼손 검지손가락과 맞부딪치는 흉내를 내며 말했다.

"아빠는 이렇게 검을 내뻗었고! 그리고는 쫘~앙~ 모두 일초! 일초에 끝난 거야."

노인이 소민의 말에 고개를 들어 소이보를 쳐다보며 물었다.

"자네도 그렇게 생각하나?"

소이보는 노인을 쳐다보며 천천히 고개를 저었다.

그 모습을 보던 소민의 얼굴이 울상으로 변했다.

저 괴물 할아버지는 몰라도 아빠가 거짓말을 하지는 않을 것이다.

소민이 곧 울 것 같은 표정으로 소이보를 쳐다보며 물었다.

"그럼 이 초야?"

소이보의 고개가 다시 좌우로 흔들렸다.

"그으럼… 삼 초?"

묻는 소민의 눈망울이 불안한 듯 흔들렸다.

하지만 대답은 소이보 대신 노인의 입을 통해 나왔다.

그것도 아주 통쾌한 듯 껄껄 웃는 웃음소리와 함께.

"우하하하~ 삼 초? 아마도 수백 초, 아니, 수천 초, 아니, 수만 개의 초식으로도 셀 수 없단다. 요 작은 귀신아! 하하하~"

그랬다. 분명 그랬다.

밖에서 보는 것과는 달리 노인의 공격은 매우 맹렬하면서도 강한 것이었다.

태양의 빛을 초식으로 셀 수 있을까? 한 방울 한 방울의 바닷물이 모인 해일을 숫자로 센다면 아마도 평생 걸려도 다 세지 못할 것이었다.

태극혜검(太極慧劍).

노인의 검은 분명 그것이었으므로…….

소이보의 검이 숨이 넘어갈 것처럼 껄껄 웃는 노인의 목에 가 닿았다.

웃음을 멈춘 노인이 소이보를 올려다보자, 요사스럽게 빛나는 두 개의 요안을 볼 수 있었다.

"어디서 배웠는가?"

"무엇을?"

"태극혜검 말이다."

소이보의 목소리는 마치 심장을 얼릴 듯 싸늘한 것이었다.

자신이 알기로는 세상에 태극혜검을 통달한 사람은 단 한 사람, 바로 별림의 할아버지밖에 없었다.

비록 눈앞에 노인의 태극혜검은 아직 정수를 깨닫지 못했지만, 분명 태극혜검이 틀림없었다.

하지만 노인은 대답 대신 빙그레 웃을 뿐이었다.

마치 소이보의 마음을 모두 알기라도 한다는 듯 여유있는 미소였다.

"안 돼, 아빠!"

소민의 비명 소리에 소이보의 어깨가 가늘게 떨렸다.

소민이 비명처럼 외치고 그 소리에 소이보의 어깨가 떨리는 순간, 소이보의 검은 죽어버렸다.

소이보가 손에 들고 있는 검은 더 이상 앞으로 나아갈 수 없었다.

마치 천겹만겹의 무게추를 달아 맨 것처럼 그 자리에서 조금도 움직일 수 없었기 때문이다.

소민의 눈앞에서 피를 보게 할 수는 없었다.

노인이 헤실헤실 웃더니 손가락으로 검끝을 집고는 천천히 옆으로 밀어냈다.

"가족의 힘이란 무섭군. 물론 이미 알고 있었지만……."

"……!"

노인의 말에 소이보는 그저 말없이 노인을 쏘아보았다.

노인의 검은 무당에 기원을 둔 것이었다.

누구보다 소이보만은 알 수 있었다.

다른 사람도 아닌, 무당의 태극혜검을 손수 느낀 사람이 바로 자신이기 때문이었다.

만약 그런 경험이 없었다면, 어쩌면 패해서 뒤로 나동그라진 사람은 소이보 자신일지도 몰랐다.

태극혜검, 대자연을 검 안에 담은 검법 앞에 그 어떤 것도 무사할 수는 없었다.

그저 태극혜검을 상대하려면 태극혜검밖에 없었다.

그래서 노인이 빙글 도는 것에 맞추어 소이보도 발걸음을 옆으로 옮겼고, 소이보의 발걸음이 멈출 때면 노인의 발걸음도 멎은 것이었다.

태극이 돌고, 음양이 서로 순환하는 원리 때문이었다.

노인이 빙긋 웃으며 말했다.

"그래, 난 무당의 말코도사다. 무당의 말코 도사 중에도 꽤나 높은 사람이지."

"그리곤 졌지."

소이보의 싸늘한 대답에 노인 역시 웃었다.

"그래, 졌다. 하지만 무당의 검이 꺾인 건 아니지."

"……."

"태극혜검. 정말 아름다운 검법이지 않나? 두 번째 본 자네의 태극혜검은 엉성하기 짝이 없었지만 감동은 더하군."

"두 번째?"

소이보의 검미가 움찔거렸다.

이 세상에서 태극혜검을 알고 있는 사람은 단 한 사람이었다.

아니나 다를까, 노인이 물었다.

"넌 영고자… 아니, 그 태극혜검을 알고 있는 사람을 뭐라고 부르지?"

"할… 아… 버지……."

노인이 껄껄거리며 웃었다.

하지만 곧 웃음을 멈추고는 소이보를 쳐다보며 말했다.

낮은 목소리였지만, 심장을 얼어붙게 하는 또 다른 기도였다.

무공이 높고 낮음이 아닌, 자연스러운 기세였다.

"그럼 이 늙은 말코도사를 보고는 큰할아버지라고 불러야 할 게다!"

노인의 목소리는 정정했다.

느닷없는 내용의 말이었지만, 이상하게 소이보 가슴에선 커다란 파문이 일기 시작했다.

◆ 第二章 ◆

오래된 이야기

등에 업은 소민은 너무나 가벼웠다.

잊고 지낸 세월 동안, 반대로 소민은 하나도 자라지 않은 것 같았다.

마치 아기 새의 깃털보다 더 가벼워 두 손으로 꽉 쥐고 있지 않으면 이대로 구름 위까지 날아올라 갈 것만 같았다.

새근새근 자고 있는 소민의 가느다란 숨소리가 등 뒤로 가늘게 느껴졌다.

그 숨결에 따라 뜨거운 물 한 바가지를 등에 퍼부은 것처럼 짜릿한 그 무엇이 등줄기를 타고 흘렀다.

이대로 어디든 갈 수 있을 것 같았다. 등에 업은 채, 설령 세상이 끝나는 그곳까지라도 걸어갈 수 있었다.

휘적휘적 걸으면서도 무서운 속도로 앞서 가며 길을 재촉하는 저 노망난 늙은이만 아니라면 더욱 즐거운 걸음이 될 수도 있을 터였다.

"빨리 걸어야 해. 아니면 대업이 망가질 수 있으니……."

뒤를 돌아보는 노인의 눈길엔 책망의 빛이 들어 있었다.

어쩌면 귀로 듣고 눈으로 본 요안의 실력에 비해, 이토록 발걸음이 느리냐는 듯한 질책이었는지도 몰랐다.

하지만 지금 이 순간이 소이보에겐 중요했다.

등 뒤에 작은 요안이 있었다.

그것만이 중요했다.

노인이 되돌아와 소이보 얼굴에 더러운 얼굴을 바짝 들이대고는 말했다.

"네 그 빌어먹을 할아버지는 걱정 안 해도 된다니까 그러네. 그놈은 말이다……."

흘낏 소이보가 죽립 사이로 쏘아보았다.

아무리 가까운 사이더라도 별림의 할아버지를 빌어먹을 노인네로 부를 수는 없었다.

하지만 노인은 네가 그래 봤자 어떻게 할 거냐는 듯 눈을 동그랗게 뜨고 말했다.

"네놈이 그 요안으로 노려보면 어쩔 것이냐! 네 하늘 같은 그놈이 나한텐 사제에 불과한 것을!"

"……?"

"그래, 맞다. 영 자 항렬 중 내가 영허자(寧虛子)고, 그놈은 영고자(寧古子)란 까마득한 사제이니 내가 놈이라고 부른들 잘못된 건 없지 않느냐!"

소이보는 말없이 앞으로 걸어갔다.

저 영허자란 도인이 할아버지, 그러니까 영고자란 이름으로 무당산에 있었을 때 사형이란 건 분명해 보였다.

다른 사람이라면 몰라도 이미 무당의 진수를 할아버지를 통해 생생히 알고 있는 소이보는 알 수 있었다.

무당파의 무공을 저 정도로 익힌 사람이 있으리라곤 믿어지지 않을 만큼 영허자의 무공은 훌륭했다.

하지만 그렇다고 해서 소이보가 영허자를 죽이지 못하는 건 아니었다.

단지 소민이 갑작스레 나타났고, 또 저 영허자란 더러운 도사와 소민이 꽤나 가깝다는 게 마음에 걸릴 뿐이었다.

만약 영허자를 죽인다면 성녀의 피를 이은, 아니, 마안과 귀령의 피를 이은 진정한 성녀 소민은 알아차릴 것이다.

만약 소민 모르게 영허자를 죽일 수 있다 해도, 항상 마음속에선 죄책감이 느껴질 것이 분명했다.

소이보의 마음속의 갈등을 아는지 모르는지 영허자는 밉살스런 표정으로 묵묵히 걷는 소이보의 뒷등을 바라보고 있었다.

한참 후에 소이보가 입을 열었다.

"하지만 무당은 할아버지를 버렸지 않았습니까."

"버리다니!"

영허자는 무슨 말이냐는 듯 눈을 동그랗게 뜨고 말했다.

"그 빌어먹을 놈이 무당을 버린 거지!"

"말조심하슈!"

소이보가 다시 냉기 풀풀 날리는 목소리로 으르렁거렸다.

하지만 영허자는 이게 무슨 태도냐는 듯 한쪽 눈썹을 치켜올린 채 소이보를 쏘아보았다.

"어쭈? 말끝이 조금 달라진 것 같다?"

노인, 영허자의 마뜩잖다는 듯 표정을 노려보며 소이보는 아무런 말도 하지 않았다.

"……."

만약 소민이 아니었다면, 아니, 대결 후 소민을 귀엽다는 듯 머리를 쓰다듬지 않았다면, 또 그런 괴물 할아버지를 잘 따르는 소민이 아니었다면 가만두지 않았을 것이다.

영허자가 소이보를 보며 물었다.

"너 내가 네 그 빌어먹을 할아버지를 살려준 것은 아느냐?"

"……?"

"나 아니었으면 네 그 빌어먹을 할아버지는 이미 예전에 죽었다."

"……."

소이보는 아무런 말도 하지 않았다.

왜 할아버지가 숨어 살아야 했는지, 또 무당과의 관계는 어떠한 것인지 알 수 없었기 때문이다.

영허자가 아득한 먼 하늘을 보며 말을 이었다.

"예전 무당엔 한 사람의 말썽쟁이와 순진하기 이를 데 없는, 아니, 멍청하기 짝이 없는 두 사제가 있었지. 물론 다른 사제들도 많았지만, 다른 놈들은 다들 냄새나는 말코도사들일 뿐이었어. 검도 제대로 휘두를 줄 모르는 사람들 말이다. 하지만 그중 검을 제대로 대할 줄 아는 인물이 둘 있었으니 한 사람은 재능이 많은 사형 하나와 재능이 없음을 이미 깨닫고 있던 멍청한 사제 하나였지."

영허자는 녹슨 검으로 휘휘 풀을 잘라내어 길을 만들며 계속 말을 이었다.

심드렁한 태도로 마치 재미없는 옛날이야기를 풀어내는 듯한 모습이었다.

"그래서 사형은 갑갑한 골방에 갇혀 검을 닦았고, 사제는 이리저리 문파의 연락을 전하는 전령사 노릇을 해야만 했어. 사실 무당의 속가제자는 차고도 넘칠 지경이라 강호 어디를 가도 발에 채일 정도로 많지. 그러다 보니 무당에 무슨 일이 있거나 행사를 알려 제때에 제자들을 모으는 일이 보통 일이 아니게 된 거야. 게다가 강호에서 목에 힘 좀 주고 산다는 놈들이 되면, 보잘것없는 항렬의 도사들을 보내면 꽤나 섭섭해하거든. 솔직히 무당 정도 되면 향화객들이 던져 주는 돈으로 꾸려가긴 불가능하지. 속가제자들이 이리저리 신경 써서 뒤로 찔러주는 돈이 매우 긴요하니 실력은 없어도 항렬은 꽤나 높은 사제가 딱 적격이었단 말이야.”

좌우로 움직여 풀을 베어 길을 내던 영허자의 검이 까딱까딱 일정한 간격으로 움직였다.

영허자의 눈은 자신의 옛 기억을 헤아리는 것처럼 아예 먼 구름 너머를 향해 있었다.

오랜 시간을 더듬느라 더욱 마르고 건조하게 느껴지는 영허자의 목소리가 허허롭게 풀밭 위로 켜켜이 쌓여만 가고 있었다.

“사형은 원래 풍류를 즐기는 사람이라 이리저리 구름에 달 가듯 세상을 주유하길 즐겨 했지. 그래, 누구는 도망이라고도 말했지만, 그런 낭설은 믿지 말거라. 단지 자유롭고 싶었던 게지. 그저……. 아무튼 너무도 잘난 탓으로 여간해선 무당산에 깃들이지 못하는 사형을 찾느라 이리저리 찾아다니는 일은 못난 사제의 몫이었지. 그래도 제일 친했던 사제만이 사형을 곧잘 찾아내곤 했거든. 또 누구 말도 듣지 않는 사형 역시 제일 아끼는 사제가 옷깃을 잡고 청하면 못 이기는 척 무당으로 돌아왔으니 말이야. 어느 날 또 한 번 사형이 무당산에서 사라졌을 때, 이번에도 역시나 사제가 사형을 찾아 길을 나섰단다. 그리고 끝내 찾았지. 잘생긴 사형 대신 신비로운 한 소녀를…….”

“…….”

소이보는 아무런 말도 하질 않았다.

분명 그 잘생기고 풍류를 즐긴다는 사형은 영허자 스스로를 뜻하는 것이었고, 못난 사제라는 것은 영고자, 즉 별림의 할아버지를 가리키는 것이 틀림없었다.

못난 할아버지였다.

검에 재능도 없고, 그저 번거로운 일만 맡았던 할아버지였다.

하지만 그 따스한 마음이 성난 들소처럼 치달리던 영허자를 달래 무당산으로 발걸음을 돌리게 할 수 있었으리라 생각했다.

그 시절의 할아버지는 진정 행복했으리라.

욕심없는 사람이라, 그저 이리저리 무당산의 소식을 전하는 전령사의 일을 매우 즐거이 했을 게 틀림없었다.

어쩌면 지금 걷고 있는 이 길 역시 할아버지가 꿈 많던 어린 도사 시절 걸어갔던 바로 그 길이었을지도 몰랐다.

어린 소민을 등에 업고, 젊은 시절 할아버지가 걸었을지도 모를 그 길을 걷는다는 사실에 몸과 마음이 훈훈해졌을 때였다.

잠시 멎은 듯했던 영허자의 말이 한숨과 함께 계속되고 있었다.

"소녀는 너무도 아름다웠고, 못난 사제는 너무도 젊었지. 소녀는 보통 사람이라면 견뎌내지 못할 신비한 매력을 가지고 있었으니, 한참 피 끓는 젊은 도사는 그만 정해(情海)의 바다에 퐁당 빠져 버린 게야. 하지만 항상 괴로웠단다. 사문을 배신하고 젊은 여자와 함께 지내는 것은 있을 수 없는 일이었으니. 사제는 어쩔 수 없이 사문을 택하려 했지만, 그럴 수가 없었지."

"……?"

무슨 일이 있었냐는 듯 돌아보는 소이보를 보며 영허자가 의미심장한 눈빛으로 말했다.

"다른 사람은 몰라도 너만은 이해해야 한다."

영허자는 곧 고개를 돌려 등 뒤에 업혀 있는 소민을 바라보며 말했다.

"사제에게 딸이 생겼으니까, 아주 예쁜 딸이."

'딸······?'

소이보는 그제야 이해가 갔다.

어제, 아니, 오늘 아침까지만 해도 이해 못했겠지만, 지금은 이해가 갔다.

등 뒤에 소중한, 어쩌면 자신의 목숨보다 더 중요한 소민이 새근새근 잠들어 있었으므로······.

2

영고자는 더할 나위 없이 행복했다.

사랑하는 사람의 배가 나날이 불러오는 모습이란 세상 그 무엇보다 더 아름다운 것이었다.

하늘에 떠가는 구름만 봐도 웃음이 나왔다.

산이 어깨춤을 추고 강물이 노래를 부르는 날이었다.

그리고 첫눈이 소담스럽게 오던 어느 날 딸이 태어났다.

너무나 아름다웠다.

너무도 행복해 저도 모르게 눈물이 나왔다.

비록 풀과 나무로 얼기설기 지은, 거지들이나 살 만한 허름한 움막일망정 황제가 산다는 고래등 같은 황궁과도 바꿀 수가 없었다.

거기에 사랑하는 아내가 있었으므로, 또한 눈에 넣어도 아프지 않을 딸이 있었으므로······.

자신이 혼인이 금지된 무당의 도사라는 것은 예전에 잊었다.

물론 아침마다 축문을 외며, 아내의 산고에 불안한 마음으로 미친 듯 검무를 추었지만, 더 이상 스스로 무당의 도사라고는 생각하지 않았다.

무당에 대한 미안함과 죄책감도 컸지만, 그보단 사랑하는 가족이 더 중요했다.

이것 또한 상제(上帝)께서 안배해 놓은 길이 아닐까 하는 생각까지 했다.

대강 문짝에 얽어맨 가죽 조각을 헤집고 거센 북풍이 몰아닥쳤지만, 영고자는 전혀 추위를 느끼지 못했다.

그저 발그스레한 딸을 소중히 가슴에 품고 바보같이 웃을 뿐이었다.

"좋아요?"

그녀가 영고자에게 물었다.

왠지 그 목소리가 너무도 처연하게 들려 영고자가 불안한 듯 그녀를 보며 짐짓 더 환한 미소를 지어 보였다.

"좋다 뿐이겠소? 너무도 행복하다오."

"당신은 가족이 없다 그랬죠?"

"없었소. 다행히 산에 오른 후 좋은 스승님을 만났지만, 너무도 연세가 드신 후라 스승의 따뜻한 사랑을 느끼기엔 힘이 들었지. 하지만 사형이 있었소. 내겐 형님이자 스승이자 아버지 같은 사형이시지."

영특한 여자였다. 영고자가 예전에 말한 내용을 잊어서 물어본 것은 아니리라.

하지만 영고자는 산에서 삶이 어땠는지, 또 사형이 얼마나 잘해줬는지를 몇 번이고 되풀이해서 얘기했다.

그녀가 불안해했기 때문이다.

신비한 여인이었다.

세상에 모르는 것이 없었고, 예측하지 못한 일이 없었다.

만약 그녀가 아니었다면, 그저 이리저리 소식을 전하는 것 외엔 세상 일에 대해 하나도 모르는 영고자가 지금처럼 멀쩡히 가정을 꾸릴 수는 없었을 것이다.

그녀가 일러주는 곳에 가보면 영락없이 값나가는 약초가 있었다.

아니, 어쩌면 약초인지, 아니면 그저 야생초일지 모를 그 풀을 뜯어오면 이번엔 어느 마을의 누구를 찾아가라고 일러주곤 했다.

그녀의 말을 따라 집을 찾으면, 영락없이 환자가 있었다.

또 몇십 년간 무당산에 깃들어 산 기운이 아직 속세의 때에 가시지 않았는지, 영고자가 나타나 혹시 이 가정에 환자가 있느냐고 물어보면 환자의 가족들은 신선이 찾아온 걸로 착각할 정도였다.

더구나 영고자가 뜯어온 볼품없는 약이, 백약이 무효인 환자를 그 자리에서 벌떡 일어서게 만들고 나면 영고자가 평생 꿈꿔보지도 못할 돈을 안겨주곤 했다.

영고자가 한 것은 아무것도 없었다.

그저 풀을 뜯어 환자를 찾아 먹인 후에 진심을 담아 축문을 외워줄 뿐이었다.

도리어 영고자는 그녀를 선녀라고 생각했다.

아리따운 외모에 신비한 능력을 가진 그녀가 자신처럼 아무 능력 없는 도사의 품에 안긴다는 것은 정말 삼생에 걸친 복이라고 생각할 정도였다.

하지만 그런 그녀가 산달이 다가올수록 불안해했다.

수중에 돈은 많았지만, 도리어 인적 드문 산속으로만 들어가길 원했다.

항상 불안해하고 슬픈 표정이었다.

영고자로서도 번잡한 도시보다는 깊은 산속이 편했다.

하지만 불안했다.

그녀가 불안해하는 만큼 영고자의 불안감도 더욱더 커져 갈 뿐이었다.

오늘도 그랬다. 그녀는 전혀 아이를 돌볼 마음이 없는 듯했다.

그저 아이가 울면 귀찮은 듯 젖을 물리고는 처연한 표정으로 물끄러미 영고자만 바라볼 뿐이었다.

그래도 영고자는 행복했다.

어쩌면 자신의 사랑을 아이가 뺏어가서 불안해하는 게 아닐까 하는 생각에 그녀에게 더욱 정성을 다했다.

어느 달 밝은 밤, 아이가 잠든 깊은 밤에 그녀가 문을 열고 나가고 있었다.

영고자는 아무런 말 없이 그녀의 뒤를 따랐다.

왠지 그래야 할 것 같았다.

사박사박, 풀숲을 걷는 그녀의 발소리에 영고자의 심장이 쿵쾅거렸다.

달빛이 그녀의 머리 위에서 아름답게 부서지고 있었다.

그래서인지 그녀에게선 처음 그녀를 만났을 때 느꼈던 신비한 기운이 흐르고 있었다.

우뚝 그녀의 발이 멈추었다.

영고자도 발을 멈추고는 꿀꺽 저도 모르게 마른침을 넘겼다.

아무리 깊은 산이라도 어디에 약초가 있는지 아는 그녀가 자신이 뒤를 따라왔다는 것을 모를 리가 없었다.

그녀는 그 자리에 가만히 서서 뒤도 돌아보지 않은 채 고요히 멈춰 있었다.

영고자는 그녀에게서 풍겨 나오는 위압감에 숨조차 쉬질 못했다.

이윽고 억겁의 시간이 지난 것처럼 느껴지는 침묵을 깨고 그녀가 말했다.

"나를 잊으세요."

“······.”

영고자는 목이 옥죄어오는 것 같았다.

저렇게 냉랭한 목소리는 그녀를 만난 이후 처음 들었다.

“나를… 잊으세요.”

그녀가 다시 말했다.

영고자가 억지로 숨통을 트고는 한숨처럼 대답했다.

“불가능하오.”

그녀가 몸을 휙 돌리고는 발악하듯 말했다.

“잊어야 해요. 나를, 또한 우리의 딸을 잊어야 해요.”

“불가능하오.”

그녀의 눈에서 한줄기 눈물이 떨어졌다.

“잊지 못한다면 당신에겐 불행만이 있을 거예요. 그것도 너무도 긴 고통을 겪어야 한단 말이에요.”

“…그게 당신 때문이오?”

영고자는 아무 말 없이 그녀를 바라보다가 불쑥 물었다.

그녀가 아랫입술을 몇 번 잘근잘근 깨물었다.

영고자는 그것이 눈물을 참으려 하는 것임을, 또한 냉정을 되찾으려 하는 것임을 알아보았다.

이윽고 그녀가 말했다.

“그래요. 다 나 때문이에요. 당신이 이대로 떠나 버리지 않는다면 당신에겐 고통만이······.”

그녀의 말을 끊고 영고자가 말했다.

“그렇다면 괜찮소.”

그녀가 놀란 눈으로 영고자를 보았다.

하지만 달빛이 몇 번을 씻어낸 듯, 영고자의 얼굴엔 맑고 담담한 미소만이 어려 있었다.

영고자가 말했다.

"그렇다면 괜찮소. 당신 때문이라면, 또 우리의 딸 때문이라면 그 어떤 고통이라도 괜찮을 것이오."

그녀는 한참이나 말없이 그저 영고자를 바라보고 있었다.

하지만 그녀의 좁은 어깨 위에 잔떨림은 점점 그 크기를 키워가고 있었다.

도저히 참지 못했는지 그녀가 영고자를 향해 뛰어왔다.

아니, 날 듯이 영고자 가슴으로 안겨들었다.

영고자는 아무런 말 없이 그저 가슴에 안고 그녀의 머리를 손으로 쓰다듬었다.

"길고 긴 고통이에요."

"괜찮소."

"인간으로서는 견디기 힘든 고통일 거예요."

"괜찮소."

"너무도 오랜 세월일 거예요."

"괜찮소."

그녀가 영고자의 품 안에서 고개를 들었다.

이미 눈물로 번질거리는 그녀의 얼굴에 영고자는 말없이 입을 맞추었다.

그녀는 조그마한 주먹으로 영고자의 가슴을 치며 울먹였다.

"너무 괴로우면… 잊어도 돼요."

"그런 일은 없을 것이오."

"내가… 내가 당신을 떠난다 해도?"

"괜찮소. 내가 당신을 보내지 않을 것이오."

“세상엔 어쩔 수 없는 일도 많아요!”

그녀가 악을 쓰듯 말했다.

“그럴 수도 있겠지. 하지만 내 마음속 당신까지는 떠나보내지 않을 것이오.”

“영원히?”

“영원히!”

영고자는 힘주어 말했다.

그녀는 아무 말 없이 그저 고개를 영고자의 가슴에 파묻고 얼굴을 부빌 뿐이었다.

한참이나 시간이 흐른 후 그녀가 부끄러운 듯 고개도 들지 않은 채 모깃소리만큼 작은 목소리로 말했다.

“나 소원이 있어요.”

“……?”

“당신 닮은 아들을 낳고 싶어요.”

“아들을?”

“예. 딸은 싫어요. 당신 닮은 아들을 꼭 낳고 싶어요.”

“그게 뭐 어렵겠소.”

영고자는 빙그레 웃었다.

그녀는 결코 색을 밝히는 여자가 아니었다.

도리어 그런 부분엔 담백한 편이었다.

하지만 아들을 낳고 싶다는 그녀의 말 때문인지, 그날 밤의 평원에서의 그녀는 더욱 뜨겁게 불타올랐다.

뜨거운 숨결 속에 그녀가 마지막 유언처럼, 흐느낌을 닮은 듯한 신음소리와 함께 물었다.

“기다릴 거죠?”

"당연히!"
"정말?"
"날 믿어요."
"고마워요. 그리고 미안해요."
말과 함께 그녀의 눈가엔 한 방울 눈물이 흘러내렸다.

그날 이후 그녀는 편안한 모습이었다.
하지만 영고자까지 그럴 수는 없었다.
어쩌면 긴 헤어짐을 준비해야 할지도 몰랐다.
그것도 고통으로 가득 찬 오랜 기다림이 될 게 분명했다.
그녀의 말은 항상 운명처럼, 또 기적처럼 이루어지곤 했으므로…….
하지만 영고자는 그것이 어떤 형태의 운명이 되었든 담담히 기다리기로 했다.
그리고 어느 날 그 일이 벌어지고야 말았다.
어느 날 아침, 딸아이의 기저귀를 맑은 물에 헹굴 때 한 사내가 헐레벌떡 뛰어올라 영고자를 청했다.
자신의 부모가 아프니 함께 가서 고쳐 달라는 부탁이었다.
영고자가 환자를 고친다는 소문을 듣고 용케도 영고자가 숨어 사는 움막을 찾아온 것이다.
영고자는 처음으로 환자를 돌봐 달라는 부탁을 거절했다.
그런 영고자의 뒷등을 떠민 것은 바로 그녀였다.
"괜찮아요. 다녀오세요."
"그래도……."
"제 생명이 귀하다면 다른 사람의 생명 역시 귀한 거예요."
맞는 말이었다.

영고자는 그녀가 일러준 약초를 들고 환자 집으로 찾아갔다.

증세는 위중했지만, 그녀가 일어준 약초를 달여 먹인 지 얼마 안 되어 거짓말처럼 자리를 박차고 일어나는 것을 보고 나서야 영고자는 날 듯이 움막으로 돌아왔다.

하지만 그 어디에도 그녀는 없었다.

이제 막 눈을 맞추고 방실방실 웃던 딸아이 역시 없었다.

단지 움막 안 탁자 위에 피로 아무렇게나 휘갈겨 쓴 편지 한 통만이 남아 있을 뿐이었다.

미친 듯 찾아다녔지만 그 어디에서도 흔적조차 찾지 못했다.

결국 영고자는 무당산으로 되돌아갈 수밖에 없었다.

일 년이 훨씬 지나 있었지만 무당산은 변한 것이 없었다.

도리어 그 즈음 무당으로 되돌아온 사형은 자신을 찾기 위해 일 년 넘게 헤맸을 사제에게 뒷머리를 긁으며 미안함을 표시할 뿐이었다.

하지만 돌아온 영고자는 어딘가 모르게 변해 있었다.

미친 듯 검을 손에 쥐고 흔들다가도 먼 하늘을 보며 눈물 섞인 한숨을 내쉴 뿐이었다.

하지만 뒤늦게 무공에 맛을 들인 영고자를 무당에선 기쁘게 생각했다.

도리어 노력만큼 얻어지지 않는 무공 수위에 지켜보는 모든 사람들이 더 아쉬워하며 도움의 손길을 내밀 정도였다.

진도가 나가지 않아 답답해하는 영고자에게 장로 이상만 출입할 수 있는 장경각(藏經閣) 출입의 권한이 은밀히 주어진 것도 이상할 게 없었다.

만약 조사들의 심득이 남겨져 있는 곳에서 조그마한 성취라도 이룬다면 더 원할 것이 없었다.

어느 그믐날, 어둠조차 깊은 잠에 빠져 있을 때, 무당산에선 요란한 종소리가 울려 퍼졌다.

무당의 무가지보(無價之寶)인 태극혜검(太極慧劍)이 감쪽같이 사라진 것이다.

어눌하기 짝이 없는 영고자란 도사와 함께······.

＊　　　　＊　　　　＊

"그럼?"

소이보의 검미가 움찔거렸다.

영고자가 고개를 끄덕이며 괴로운 듯 신음성과 함께 대답했다.

"그래, 사제는 더 이상 선택을 미룰 수가 없었다. 그리고 그때 마도칠가의 마수가 뻗어왔지. 사랑하는 그녀와 사랑스런 딸의 목숨을 인질로 잡고 사제에게 한 가지 요구를 했거든."

"······."

소이보는 대강 알 수 있었다.

왜 할아버지가 괴로워했는지, 또 무당의 이야기만 나오면 그토록 죄책감을 느껴야 했는지, 또 어떻게 태극혜검을 얻을 수 있었는지도.

영허자가 고개를 끄덕였다.

"그래, 너도 알았겠지만, 그건 바로 무당의 검보(劍譜)였다. 태극혜검이었지. 사제는 어쩔 수가 없었단다. 그들이 서찰로 남긴 협박 때문에 사제는 다시 무당산으로 돌아와야만 했고, 열심히 틈을 보다 태극혜검을 훔쳐 내는 데 성공한 것이다."

소이보는 이해할 수 있었다.

사랑하는 사람을 위해서, 딸을 위해서 목숨을 걸고 높지 않은 무공으로 검보를 훔쳐 냈을 것이다.

또 다른 사랑하는 사람들, 즉 사형과 무당산의 스승과 제자들을 속여야만 했던 것이다.

그게 슬펐고 마음이 아팠다.

영허자가 그때를 추억하는 것처럼 먼 하늘을 보다가 끌탕을 쳤다.

"그래서 난 분노했지. 가장 사랑하던 사제가 그런 극악무도한 일을 행하다니, 도저히 믿지 못할 일이었지. 그래서 검을 들고 뒤쫓았다. 기사멸조(欺師滅祖)의 죄는 죽음으로만 갚을 수 있었다. 만약 사제가 죽어야 한다면 내 검 아래 죽는 게 좋겠다는 생각을 하면서……."

3

영허자는 분노했다.

자신이 믿고 이끌어주었던 그 순둥이 사제가 감히 무당파의 보물인 태극혜검을 훔쳐 내다니!

태극혜검 자체는 중요하지 않았다.

아니, 원한다면 자신이 훔쳐 영고자에게 내주었을지도 몰랐다.

사실 영허자 역시 태극혜검을 익힌 적이 있었다.

너무도 난해한 내용에 좌절해야만 했던 자신의 재주에 실망한 나머지 천하를 주유해야만 했다.

이건 인간이 익힐 무공이 아니다. 아니, 익힌다는 상상조차 할 수 없는 무공이었다.

그렇게 홀로 결론짓고 나서야 마음에 평화를 얻을 수 있었다.

어찌 검에 천하를 담을 수 있단 말인가.

어찌 쇠로 만든 물건에 모든 것을 담아낼 수 있단 말인가.

그저 늙어 치매 걸린 무당파 선배 중 한 명이 약간 정신이 이상한 가운데 책을 꾸며낸 것이라 믿었다.

무당조사인 장삼봉 어른이 실제 창안한 무공이란 것 역시, 할 일 없는 말 많은 선배들 중 한 명이 멋들어지게 후배들을 속아 넘긴 것이 틀림없었다.

그렇게 믿었다. 아니, 영허자는 그게 진실이라고 생각했다.

하지만 이 미련하기 짝이 없는 영고자는 그렇지 않은 모양이었다.

그래도 그렇지, 이런 짓까지 할 줄은 영허자는 몰랐었다.

그것도 자신과 다른 무당 도사들을 속인 채 검보를 훔쳐 내다니!

영허자는 정말 눈앞에 나타난다면 검으로 영고자를 죽이겠노라고 다짐했다.

사제인 영고자가 사형 영허자를 찾는 실력보다 영허자가 영고자를 찾는 일이 훨씬 수월했다.

이 멍청하기 짝이 없는, 그저 착하고 물러터진 사제의 흔적은 조금만 노력하면 쉽게 찾을 수가 있었다.

지난 세월 동안 어떤 삶을 살았는지, 또 어떻게 생계를 이어갔는지 알 수 있었다.

모든 게 혼란스러움의 연속이었다.

더욱이 그 순둥이 사제가 여자를 만나 가정을 꾸리는 걸로도 모자라 딸까지 낳았다는 데에는 입을 쩍 벌려야만 했다.

하지만 그 사실을 넘어 교묘하게 가려진 진실을 알았을 때, 영허자는 정말이지 미칠 듯 영고자를 찾아다녀야 했다.

이 멍청한 사제는 제가 무슨 일을 하는지, 또 어떤 함정에 빠져 있는지도 모른 채, 제 죽을 길로만 일직선으로 치달려가고 있었기 때문이다.

그렇게 며칠이 지난 후, 그렇게도 찾아다녔던 사제를 무당산에서 얼마 안 떨어진 곳에서 찾아낼 수가 있었다.

사제는 아무 말 없이 고개를 떨군 채 무릎을 꿇었다.

영허자는 그런 영고자를 보며 온몸을 부르르 떨었다.

극도의 분노 때문인지 도리어 차분해진 목소리로 영허자가 물었다.

"너는 몇 개의 계를 어겼느냐."

"모두 무너뜨렸습니다."

영고자는 담담한 목소리로 대답하며 양손으로 땅을 짚고는 고개를 숙였다.

영허자는 그런 사제를 보며 분노에 찬 일갈을 토해놓았다.

"발정난 암캐를 만나 잘도 살림을 차렸더구나!"

"제가 사랑하는 사람입니다."

영고자는 그 순간까지도 담담했다.

영허자는 영고자의 뒤를 쫓으면서 영고자가 얼마나 그녀를 사랑했는지 알 수 있었다.

그런 그녀를 암캐라고 불렀는데도 영고자는 그 어떤 분노도 내보이지 않았다.

이미 그 누가 뭐래도 영고자의 마음속 그녀는 지우지 못할 것이 분명했다.

만약 욕하는 몇 마디 때문에 흥분할 정도라면, 그토록 치밀하게 목숨을 걸고 태극혜검을 훔치지도 않았을 것이다.

이미 그녀를 위해 모든 것을 버린 사람만이 가능한 일이었고 태도였다.

영허자는 사제의 태도에 더욱더 분노한 나머지 검을 뽑아 들고 외쳤다.

"버릇없는 놈! 비열한 놈! 암캐와 붙어먹은 놈! 뭘 기다리느냐! 어서 칼을 뽑아라. 감히 날 이렇게 기망하다니!"

"미안합니다."

"미안하다는 말로는 안 된다. 아니, 미안하다는 말조차 해서는 안 된다. 네 그 잘난 입으로 무당에 충성을 다짐했다. 나를 사랑한다고, 믿는다고 말했다. 그렇게 말하고는 배신을 한 것이다! 암캐 때문에! 그러니 말하지 말아라! 무당파의 주문을 외고, 날 따르겠다는 맹세를 했던 그 입으로 다시는 미안하다는 말을 하지 말아라!"

영고자는 천천히 상체를 일으켰다.

그렇게 무릎 꿇은 상태로 아무런 말 없이 그윽한 눈길로 자신의 사형을 쳐다보더니 곧 검을 꺼내 들었다.

영허자는 그 모습을 보고는 분노 때문에 벌게진 얼굴로 검을 치켜들었다.

"오냐! 네놈 실력이 얼마나 높은지 보자꾸나! 가짜 도사의 훔친 검보에서 어떤 무공이 나올지 내 지켜보……."

하지만 영허자의 말은 온전히 끝나지 않았다.

영고자는 그저 말없이 꺼내 든 검을 입에 물고 가볍게 한 바퀴 돌렸기 때문이었다.

곧 얼굴을 찡그린 영고자가 입을 열자 시뻘건 고깃덩이가 툭 하고 튀어나왔다.

영고자가 피를 가득 머금은 입을 열어 보이며 웅얼거렸다.

"미… 아… 하… 니… 다……."

그 말은 분명 '미안합니다' 였다.

하지만 피가 폭포처럼 흘러내릴 뿐 영고자의 입에선 정확한 말이 튀어나올 수 없었다.

“이… 이런!”

칼을 치켜든 채 영허자는 눈을 부릅떴다.

너무도 가슴이 아팠다.

하지만 가슴속의 아픔보다는 분노가 더했다.

조금 전까지 느꼈던 분노와는 또 다른 분노였다.

“이 빌어먹을 말코도사 놈아! 눈은! 눈은 어떻게 할 거냐! 잘난 그 입이야 혀를 베어내 없앴다 해도, 눈은? 무당의 검을 훔쳐 본 너의 눈은? 성스런 무당산을 보았던 네놈 눈은?”

그러자 영고자는 처연히 웃어 보이고는 빳빳하게 펴든 두 개의 손가락으로 서슴없이 눈을 찔러갔다.

하지만 이번엔 성공하지 못했다.

마치 그러길 기다리기라도 한 것처럼 영허자가 재빠르게 혈을 짚어갔기 때문이다.

굳은 결심만큼이나 거침없는 영고자의 속도 때문에 하마터면 혀뿐만 아니라 두 눈까지 잃을 뻔한 순간을, 영허자가 간신히 제지할 수 있었다.

“이런 미련하기 짝이 없는 놈 같으니라구!”

답답하다는 듯 영허자가 크게 고함을 질렀다.

＊　　　　＊　　　　＊

“음……!”

소이보는 저도 모르게 신음성을 토해내었다.

왜 할아버지의 혀가 없는지 이제야 알게 된 것이다.

그때의 광경이 눈앞에 펼쳐진 듯 생생해서 소이보는 저도 모르게 신음성을 토해낸 것이다.

"멍청한 놈! 정말 멍청한 놈이었지!"

영허자가 방금 일어난 일이라도 되는 것처럼 계속해서 고함을 질렀다.

"……."

소이보는 아무런 말 없이 그런 영허자를 바라보았다.

할아버지는 그러고도 남을 사람이었다.

그걸 몰랐던 영허자가 도리어 미련해 보일 지경이었다.

어느 정도 분노가 식었는지 영허자가 말했다.

"내가 혈을 짚었지. 내 손으로 죽이면 모를까, 제놈 손으로 죽다니! 그 꼴을 볼 순 없었지. 또한 사제의 뒤를 따르면서 어찌 된 일인지 이미 대강 알 수 있었거든. 난 말했다. 네놈이 어찌 그리 쉽게 죽으려 하느냐고! 사제는 괴로운 듯 피를 토하고는 곧 정신을 놓아버렸지. 못난 놈이야. 저를 함정에 빠뜨린 사람이 바로 그녀라는 것을 알지 못한 놈이지."

"그녀라고요?"

소이보는 깜짝 놀랐다.

자신을 사랑하고 또 딸까지 낳은 남편을 함정에 빠뜨렸다니?

영허자가 맞다는 듯 고개를 끄덕이고는 말했다.

"그녀는 태극혜검을 원하지 않았다. 그보다 더한 무공이 있다 해도 관심이 없었지. 물론 구대문파의 무공이 필요하지 않은 것은 아니었지만, 그녀는 소문을 더 신경 써야 했지."

"무슨 소문을?"

영허자가 답답하다는 듯, 아니, 이런 장난 같은 일을 만든 빌어먹을 세상을 조롱하는 듯한 눈빛으로 하늘을 쳐다보며 껄껄 웃었다.

"세상에 마도의 성녀가 무당 도사와 붙어먹어 딸을 낳았다고 할 수는 없지 않느냐!"

"……!"

소이보는 눈을 동그랗게 떴다.

믿을 수 없는 이야기였다.

하지만 영허자의 입은 다물어지질 않았다.

"그래, 그 성녀다. 단지 성녀가 원한 것은 작고 귀여운, 다음 차례의 성녀를 이어갈 딸아이뿐이었지. 이미 사제에게 그걸 얻은 성녀는 더 이상 사제를 필요로 하지 않은 게야!"

소이보의 정신이 빙글빙글 돌았다.

영허자가 재미있다는 듯 웃었다.

"그래, 할아버지다. 정확히 말하자면 장인 할아버지라고 불러야 될지도. 지금 네 등에 업힌 소귀가 바로 영고자의 외손녀가 되니까!"

소이보의 손바닥이 축축해졌다.

성녀의 전설은 이미 잘 알고 있었다.

신비한 능력을 가진 여인이었다.

앞날을 내다보는 예지력과 함께 사랑이 넘치는 존재라고 들었다.

어느 날 때가 되었다 느끼면 어디론가 사라졌다가 홀로 다음 차례를 이을 또 다른 성녀를 낳아 되돌아온다고 들었다.

하지만 그저 재미난 이야기라고 느꼈을 뿐, 그런 일이 실제 존재하리라고는 생각하지 못했다.

아니, 이젠 알 수 있었다.

할아버지가 그런 일을 겪은 것이다.

또한 자신 역시 소민이란 아이를 그렇게 얻은 것이 아닌가!

할아버지와 자신의 차이라면 그래도 자신은 자신의 딸아이를 얻은 데 반해, 할아버지는 핏덩이 때 헤어져 지금까지 만나지 못했다는 점이었다.

그 점이 더욱더 가슴을 아리게 만들었다.

영허자가 말을 이었다.

"난 어떻게 해야 할지 몰랐다. 성녀 역시 마찬가지였겠지. 그때 때마침 요선보가 나타났다. 성녀에게 말을 들었는지, 아니면 무당산과 붙어 있었으니 주위에 무당파 고수 둘이 겨루는 떠들썩한 일을 알아보려 나타난 것인지도 모르지. 아무튼 난 요선보의 사람들에게 한 가지 제안을 했다. 사제는 더 이상 무당으로 되돌아올 수 없다. 돌아가 봐야 죽음밖엔 없다. 그러니 사제의 목숨은 너희들이 책임지고 맡아라. 하지만 사제의 목숨에 위해가 가해진다면 너희들 모두를 죽일 것이다. 그래서 요선보는 아무것도 모른 채, 그저 마교의 한 여자와 정을 통하고, 그 정분을 이용해서 자신들을 돕다 무당파에서 쫓겨난 가짜 도사로만 알고 영고자를 맡게 되었지. 그녀가 성녀라는 것은 꿈에도 모른 채 말이다. 영고자 역시 자신이 탈출한다면 사랑하는 가족들의 목숨이 달아날까 걱정하며 그 빌어먹을 조그마한 곳에 갇혀 있던 것이고. 킬킬킬, 웃기지 않느냐? 요선보나 영고자나 서로 성녀의 간악한 꾀에 빠져 그렇게 지내왔다는 것을. 물론 내가 가끔 요선보에 들러 그 삼팔구인지 뭔지와 놀며 으르렁댄 탓에 아직도 목숨을 보전하고 있었는지도 모를 일이지만."

"그건……."

"나도 안다, 그 당시 성녀 또한 예영당의 겁박 아래 있었다는 것을."

"그럼……?"

"그래, 성녀 또한 예영당의 포로 아닌 포로가 되어 갇혀 있었지. 아니, 정확하게 말하자면 전전대 성녀라고 해야겠군. 우습게도 그 성녀 역시 목숨을 부지하고 있는 단 하나의 이유가 바로 영고자 때문이었다. 자신 때문에 풍파에 휩싸인 젊고 순진했던 도사를 잊지 못하고 있었지. 예영당주는 예전부터 교활했어. 영고자에겐 성녀의 목숨을 위협 삼아, 또 성

녀에겐 정인의 목숨을 위협 삼아 양쪽 모두 제 수중에 가둬두는 데 성공
했지. 듣기론 새롭게 예영당을 이어받은 동무군이란 아해 역시 제 아비
의 아래가 아니라고 하더군.”

소이보는 한참이나 말이 없었다. 그리곤 불쑥 물었다.

“그럼 당신 역시 비증(費增)이 남긴 석상이 탐나서……?”

“아니, 난 태극혜검을 눈앞에 두고도 익히지 못한 몸, 그따위 허상엔
얽매이진 않는다. 그리고 말버릇 좀 고쳐라. 큰할아버지라고 부르라니
까.”

“할아버지의 안위를 눈으로 보고 나서…….”

“걱정 마라, 그놈은 지금 무당산에 없다.”

“……?”

“마누라 보러 가고 없다.”

“그럼?”

“그래, 질긴 목숨들이지. 널 대신해 무당산에 와 있더군. 오로지 걱정
은 너 하나뿐이었지. 그 꼴을 보다 못해 내가 알려줬다. 네 마누라가 지
금 어디에 있는지 아냐고. 그랬더니 그 길로 무당산을 내려가더군. 깊은
산중에 작은 암자에 갇혀 비구니가 된 전대 성녀와 별림이란 곳에서 갇
혀 살았던 도사 하나가 늙은 나이에 신혼방을 다시 차리는 것이지. 에구,
내 팔자는 뭔지…….”

“당신은 어떻게 그 모든 것을 다 알고 있는 겁니까?”

영허자가 아무런 말 없이 소이보를 쏘아보다 말했다.

“넌 문기서 혼자 힘으로 이 모든 것을 이루어냈다고 생각하느냐?”

“……!”

“바로 나다! 배분만 높고 실력은 없는, 하지만 이것저것 참견하고 다
녀 아는 것은 많은! 바로 나만이 할 수 있지. 그 덕에 고생은 죽어라 했지

만, 알아주는 사람은 아무도 없더군."

"……!"

그랬다. 저 늙은이였다.

마도칠가에 예영당주 동무군이 있다면 구대세가엔 바로 저 영허자란 노인이 주동자였다.

맞다, 그럴 수밖에 없었다.

문기서(文己逝)는 성녀의 실종을 알지 못했다.

사천당가의 소가주인 당소유(唐素留)가 나타나리라는 것도, 또 소림무치가 나타날 거란 것 역시 알지 못했다. 그렇다면 그 두 사람을 부른, 이미 뒤에서 일을 꾸몄던 다른 사람이 있어야 했다.

감히 소림무치를 부릴 수 있는 인물이 있다면, 또한 무당뿐만 아니라 소림의 방장도 한 수 접어줘야 할 인물이 있다면 바로 저 노인인 것이다.

소이보는 거기까지 깨닫자 곧 온몸이 부르르 떨렸다.

"그럼 당신 때문에 그 많은 사람들의 목숨이……!"

그랬다. 진작 자신이 모든 것을 알았다면 더 이상 희생은 없었을 것이다.

강요맹이나 지반월, 그리고 사검정 역시 목숨을 버릴 이유가 없었을 것이다.

곽예주는 생기있는 모습 그대로일 것이고, 곰 같은 둔비 역시 병신의 몸이 되어 있진 않았을 것이다.

이 모든 것이 동무군과 이 빌어먹을 노인네가 벌인 일인 것이다.

소이보의 살기에 등 뒤에 있던 소민이 잠에서 깨어났다.

곧 울먹이는 듯싶더니 잠투정이라도 하는 것처럼 소이보의 등에 얼굴을 파묻고 꺽꺽 울기 시작했다.

곤란한 일이었다.

눈에 핏기가 도는 요안으로 영허자를 바라보았다.

하지만 검을 빼내어 한 번에 내려칠 수는 없었다.

"아빠, 미안해… 아빠, 정말 미안해… 정말 미안해……."

소민이 뒤에서 흐느끼고 있었다.

영허자 역시 그런 소민을 안됐다는 눈길로 보다 곧 고개를 절레절레 흔들며 말했다.

"미안하네. 하지만 어쩔 수 없었네. 소귀, 아니, 저 귀여운 아이의 탄생을 원했기 때문이라네. 자네만은, 그 아이를 등에 업은 아버지인 자네만은 이해해 줘야만 하네."

소이보는 아무런 말도 할 수 없었다.

영허자가 앞장서며 말했다.

"어서 가세나. 자네의 잘난 할아버지 때문에 무당산엔 비상이 걸렸을 테니……."

◆ 第三章 ◆
마음을 훔치는 재주

영허자는 아예 어른 노릇을 하려고 마음먹은 것 같았다.

아예 하대는 물론 동도(童道)를 하나 얻은 듯 소이보를 마구 부리고 있었다.

따지고 보면 잘못된 일도 아니었다.

영허자의 사제가 영고자였고, 영고자의 손자 사위가 소이보였기 때문이다.

아니, 그런 인척 관계를 떠나 할아버지는 할아버지였다.

비록 밉살스럽고 마음에 들지 않았지만 별림 할아버지의 사형이라는 것 하나만으로도 영허자는 소이보에게 거드름을 피울 자격이 있었다.

"아빠, 안 힘들어?"

소민이 소이보 품 안에서 고개를 빼꼼히 내밀고 올려다보았다.

소이보는 그저 씨익 웃었다.

푸릇푸릇한 미소가 소이보 머리에 쓴 죽립 아래에서 번지자 소민은 안

심한 듯 다시 소이보의 가슴에 얼굴을 묻었다.

소민은 두툼한 털가죽을 온몸에 감싸고 소이보에게 안겨 있었다.

소이보가 넓은 죽립을 머리에 썼듯, 아무래도 보통 사람과 다른 소민의 눈빛을 숨기기 위해서였다.

하지만 보통 아이보다 더 작은 몸집의 소민이 훤칠한 소이보 가슴에 안겨 있는 모습은 왠지 쌀쌀한 겨울 날씨에도 잘 어울려 보였다.

영허자는 앞서 걸으며 흥거운 듯 계속 콧노래를 부르고 있었다.

"뽀뽀 다섯 번에 부탁 두 번~ 뽀뽀 다섯 번에……."

소민이 듣기 싫다는 듯 작은 손으로 귀를 꼭 틀어막고 있었다.

"소민아."

소이보가 작은 목소리로 소민을 불렀다.

"응?"

귀를 막고 있으면서도 나직이 부르는 소이보의 음성에는 곧바로 반응했다.

아마도 낮고 굵은 아버지의 목소리를 그리워한 세월이 짧지 않았기에 가능한 일일 것이다.

"어떻게 한 초식인지 알았지?"

"응?"

소민이 눈을 동그랗게 뜨고 반문했다.

그 동그란 눈 한가운데 박혀 있는 두 개의 요안.

파랗고 잿빛의 두 눈이 너무도 맑고 깨끗해 보여 왠지 시선을 맞추고 있는 소이보가 까닭 모를 죄책감까지 느낄 정도였다.

"아까 말이다, 저 할아버지와 아빠가 겨룰 때……."

"아항, 그거……."

소민은 알겠다는 듯 고개를 끄덕이다가 곧 부끄러운 듯 이마에 씌워져 있던 모자를 코밑까지 내렸다.

　영허자와 소이보의 겨룸은 엄밀하게 말하자면 한 초식으로 이루어진 것이 맞았다. 아니, 꽤나 고수라고 자부하는 사람들 역시 어쩌면 한 초식이라고 보았을 것이다.

　하지만 그걸 보지도 않은 채, 당당히 한 초식이라고 대결 전에 내기를 걸 수는 없었다.

　"아빠……."

　소민이 작은 목소리로 소이보를 불렀다.

　"응?"

　"나, 미워 안 할 거지?"

　모깃소리보다 더 작은 목소리였다.

　부끄러움에 턱밑까지 발개진 소민이 입술만 달싹인 정도였지만, 소이보는 들을 수 있었다.

　다른 사람도 아닌 딸이었기에 가능한 일이었다.

　"내가 왜 너를 미워하겠느냐."

　"저~엉~말~?"

　끄덕끄덕.

　소이보는 몇 년 동안 잊어버렸던 미소를 얼굴 가득 지어 보였다.

　비록 익숙하지 않아 뺨 한쪽에 작은 경련이 일었지만 소민에게는 그걸로도 충분한 것 같았다.

　하지만 그래도 아직 부끄러움은 가시지 않은 것 같았다. 아니, 어쩌면 더욱 불안한 음색으로 조그맣게 소민이 물었다.

　"내가 괴물이라도?"

　"응?"

　소이보는 마음이 아팠다.

조그마한 아이가 자신을 괴물이라고 부르는 것이 바로 그 두 개의 요안 때문이라고 생각했기 때문이다.

소이보는 천천히 소민의 얼굴을 덮은 모자를 위로 젖히며 말했다.

"눈 때문이냐? 괜찮다."

소민이 눈을 동그랗게 뜨고는 세차게 도리질했다.

"아냐, 아냐, 내 눈이 얼마나 예쁜데!"

앞서 가던 영허자가 흘깃 뒤돌아보더니 큰 소리로 말했다.

"맞다, 맞아! 그게 얼마나 예쁜 눈인데! 그런 눈은 보석이라고 불러야 할 게야!"

소이보가 피식 웃었다.

하지만 마음만은 따뜻해졌다.

자신의 요안을 보고 누구나 요안이라고 말했지 보석이라고, 정말 예쁜 눈이라고 말해준 사람은 단 한 사람도 없었다.

그러나 소민에겐 아빠가 있었다.

또 예뻐 미치겠다는 듯 바라보는, 소민의 뽀뽀를 미친 듯 좋아하는 미친 괴물 무당 도사도 있었다.

아마 별림의 할아버지 역시 소민을 보면 텅 빈 입을 쩍 벌리고 걸쭉한 침을 흘리며 혼이 달아날 정도로 예뻐해 줄 것이었다.

소민이 다시 손을 들어올려 털모자를 푹 내려썼다.

"나… 괴물이야."

"그게 무슨 뜻이더냐."

소이보가 물었다.

털모자 아래로 보이는 소민의 아랫입술이 바르르 떨렸다.

"나… 앞날이 보여. 아니, 일이 어떻게 될지 알아……."

"어떻게?"

“그냥… 그냥 알아.”

소이보는 고개를 끄덕였다.

소민은 성녀였다.

그것도 예전 성녀와는 전혀 다른 진정한 성녀였다.

귀령(鬼靈)과 마안(魔眼)의 자식인 것이었다.

반쪽밖에 안 되는 전대 성녀들 역시 신비한 예지력으로 유명했다.

아니, 유명한 정도가 아니라 마도칠가(魔道七家)를 세우기까지 했다.

소민이 자신이 나타난 것을 알고 종종 걸어와 나무 위를 쳐다보며 아빠라고 부른 것 역시 이상한 게 아니었다.

“그건 말이다, 괴물이 아닌 아주 좋은 능력 중에 하나란다.”

“능력?”

소민이 고개를 털모자 아래로 빼꼼히 내밀며 눈을 반짝였다.

“그래, 능력.”

소이보가 웃으며 대답했다.

확실히 털모자는 소민에게 너무도 컸다.

살짝 고개만 돌려도 푹 아래로 꺼져 소민의 코까지 가릴 정도였다.

어쩌면 성녀는 소민이 빨리 자랄 걸 예상하고 이런 모자를 씌워줬는지도 모르겠다는 생각이 들었다.

‘만나면 한 소리 해야겠군.’

소이보는 그런 생각을 하다가 저도 모르게 화들짝 놀랐다.

성녀……. 이때까지 생각하던 여자가 아니었다.

발정난 암캐, 남들의 고통을 야기한 발칙한 개년으로만 생각해 왔었다.

하지만 방금 전 소민의 어미이자 자신의 아내로 생각한 것이다.

소이보는 소민을 만난 이후 구태여 성녀에 대해 묻지 않았다.

유리알같이 투명한 두 눈을 가진 그녀에 대해 소민 역시 아무런 말도 하지 않았다. 아니, 그 특이한 능력으로 구태여 성녀에 대해 묻지 않는 소이보의 마음을 짐작한 것일지도 몰랐다.

뒤늦게 떠올린 성녀의 존재 때문에 소이보의 마음이 싸해질 때 영허자가 과장된 행동과 함께 소리쳤다.

"괴물이라니! 너같이 예쁜 작은 귀신이 괴물이라면 난 죽어 지옥으로 갈 게다! 그건 특출난 재능이라고 부르는 게야! 누구는 뜀박질을 잘하고 누구는 헤엄을 잘치는 것처럼 넌 그저 남들보다 미리 앞서 안다는 것뿐이지! 남들이 다 부러워서 그러는 게야. 그런 놈들은 이 할아비가 엉덩이를 뻥 하고 차줄 테다!"

아마도 가슴 아파하는 소민을 위해 영허자는 짐짓 입술을 꾹 다물고는 화난 표정을 지었다.

"그럼 괴물 할아버지는 뭘 잘해?"

소민이 고개를 뒤로 돌리고는 물었다.

"응?"

영허자가 순간 눈썹을 치켜올렸다가 자랑스럽게 말했다.

"무공을 잘하지! 아니, 그냥 잘하는 게 아니라 매우, 썩, 아주아주, 엄청나게 잘하지!"

"피이~ 울 아빠한테도 졌으면서……."

"그거야…… 그건…… 으흠……."

영허자가 뒷머리를 벅벅 긁었다.

할 말이 없었다. 아무리 상대가 동무군과 소림무치에 비견되는 요안이라 해봐도 일단 진 것은 진 거였다.

아무리 낯짝이 두꺼워도 요안을 앞에 두고 무공을 잘한다고 말할 수는 없었다.

"아! 이건 잘한다. 아마도 강호에서 이 늙은 도사만큼 잘하는 사람은 없을 게다!"

영허자는 긴장한 얼굴로 두 손을 천천히 들어올려 가슴께에 올려놓고는 하늘을 쳐다보았다.

곧 초점이 분명히 맺힌 눈으로 노을진 하늘을 쳐다보며 입을 벌렸다.

"왈왈~ 왈왈왈~"

난데없이 늦은 저녁 하늘을 울리는 목소리는 분명 개의 목소리였다.

그것도 담 타 넘는 밤손님이라도 발견한 것처럼 날카롭게 짖어대는 목소리는 영락없는 개의 것이었다.

소민이 까르륵 웃기 시작했다.

영허자는 소민의 웃음에 더욱 힘을 얻었는지 아예 허공으로 치솟아 그 자리에서 맴돌기 시작했다.

한 번, 두 번, 세 번…….

영허자의 공중돌기는 영원히 계속될 것만 같았다.

회전의 속도와 횟수가 늘어갈수록 소민의 웃음소리는 커져만 갔다. 나중에는 아예 두 손바닥으로 회전에 맞춰 박자를 맞추듯 박수를 쳤다.

그걸 지켜보고 있는 소이보 역시 영허자의 독특한 재주에 감탄할 수밖에 없었다.

무당파의 제운종(梯雲縱)이었다.

하지만 이미 능숙히 펼칠 수 있는 소이보마저도 저렇게 신묘한 공중돌기는, 그것도 벌써 일각을 넘게 바닥은 한 번도 딛지 않고 허공을 돈다는 것은 불가능에 가까울 정도였다.

붉은 노을이 검은 남색으로 변해가는 산등성이를, 맴을 도는 늙은 도사의 호탕한 웃음과 박수를 치는 조그마한 계집애의 웃음소리만이 가득 채우고 있었다.

2

"어때, 괜찮아 보이지?"

영허자가 소이보 눈앞에 나무패를 내밀고는 진지한 표정으로 물었다.

소이보가 나무패를 찬찬히 살펴보았다.

소이보와 한 수 겨루었을 때 쪼개진 나무패였다.

그걸 보고 영허자는 내 밥줄이 끊겼다고 말했지만, 솔직히 소이보로서는 그런 나무패로 밥을 얻어먹을 수 있으리라고는 생각하지 않았다.

"글쎄요. 지금 같은 밤이면 알아보기 힘들 겁니다."

소이보의 대답에 영허자가 반색하며 말했다.

"그렇지? 감쪽같지?"

그 모습을 보며 소이보가 씁쓸하게 웃었다.

눈 밝은 사람이라면, 아니, 제법 몇 수 할 줄 아는 무인이라면 나무패 한가운데를 가르고 있는 틈을 금방 알아볼 수 있었다.

"그런데 거기 뭐라고 써 있는 겁니까?"

소이보가 물었다.

별림의 할아버지에게 글을 배우긴 했지만, 간단한 몇 글자 외엔 까막눈과 다름없었다.

다행히 영허자는 별다른 타박 없이 나무패를 소중히 쓰다듬으며 대답해 주었다.

"이거야말로 보물이지. 이걸 가지고 밥 내놓으라고 하면 밥이 나오고, 술을… 아니, 술은 그렇고, 아무튼 내놓으라는 건 다 내놔야 한단 말일세.”

“……?”

소이보가 궁금하다는 듯 쳐다보자 영허자가 빙그레 웃었다.

“이게 무당 태상장로의 신표거든. 무당산에서는 아무도 쳐다보지 않을 물건이지만, 그래도 속가제자들에겐 아직 제법 먹힌다 이 말씀이야. 그나저나 민아는 자고 있나?”

“예.”

소이보는 자신의 품에서 새근새근 자고 있는 소민을 내려다보았다.

태상장로(太上長老), 그것도 무당의 태상장로 신표라면 웬만한 군소문파의 수장들은 그 앞에서 고개도 못 들 물건이 분명하다.

단지 그걸 들고 있는 사람이 영허자란 게 믿겨지질 않았고, 그저 술과 밥을 타내는 데 쓰이는 게 좀 찜찜한 문제이긴 했어도 속세의 무당파 무인들에겐 황제의 신표보다 더 값나가는 물건이란 것은 확실했다.

영허자가 잠든 소민을 귀엽다는 듯 쳐다보다 하늘로 고개를 돌려 별자리를 살폈다.

“아무래도 서둘러야겠군.”

“누가 뒤를 쫓기라도 하는 겁니까?”

소이보가 물었다.

그저 ‘누가’라고 말했지만 그 안에 든 뜻은 여러 가지였다.

별림의 할아버지를 잃어버린 무당파일 수도 있었고, 소민을 잃은 성녀일 수도 있었다. 아니면 성녀의 존재에 대해 무심할 수 없는 마도칠가일 수도 있었다.

그 어떤 상대든 지금 소이보로서는 부딪치고 싶지가 않았다.

영허자가 헤실헤실 웃었다.

“자네가 있는데 무슨 걱정인가? 도리어 쫓아오는 놈들이 불쌍할 따름이지.”

“그럼…….”

“대업의 완성을 두고 하는 말일세.”

“대업이요?”

“그래…….”

“…….”

영허자의 입에서 대업이란 말이 나올 정도면 절대 가벼운 일은 아닐 게 분명했다.

굳어진 소이보의 표정을 보던 영허자가 물었다.

“혹시 자네, 왜 예영당주 동무군이 그동안 잠자코 있었는지 알고 있는가?”

“모릅니다.”

동무군이란 이름이 튀어나오자 소이보의 요안이 어둠 속에서 반짝이며 살기를 쏟아내었다.

그 살기에 몸을 움찔거린 게 계면쩍었는지 영허자가 몇 번 헛기침을 하고는 설명했다.

“이제 얼마 안 있으면 마도칠가의 수호 가문, 그러니까 마도본가를 뽑는 대회가 열린다네. 물론 요식행위에 지나지 않아, 이번에도 예영당주가 수호 가문인 마도본가를 차지하겠지만 말이야. 아무튼 그건 그렇고, 혹시 자네 비증(費增)이란 사람에 대해 들어는 봤나?”

“예.”

틀림없이 들었다.

필기삼괴(必忌三怪) 중 하나인 나추몽마(娜醜夢魔) 팽유(彭杻)의 입을 통해서.

그러고 보면 가짜 마안(魔眼)으로 살아온 두 사람이 모두 소이보에게 죽임을 당한 것이다.

한 사람은 미쳐 날뛰며 눈으로 사람을 홀려 잡아먹는 식인귀(食人鬼) 광마(狂魔) 이장(李暲)이었고, 다른 한 사람은 꿈속에서 사람을 꾀어 죽이는 살인마(殺人魔) 나추몽마(娜醜夢魔) 팽유(彭杻)였다.

그동안 단 한 번도 떠올리지 않았던 이름들이지만, 소민을 안고 있는 지금 그 사람들의 인생을 돌이켜 보니 불쌍하다는 마음이 한 켠에 느껴졌다.

그때 영허자가 물었다.

"그럼 비증이 남긴 귀령과 마안, 그리고 석상(石像)에 대해서도 잘 알겠군."

소이보는 고개를 끄덕였다.

소이보 자신이 바로 마안이었다.

그리고 소민의 어미인 성녀가 바로 비증이 남긴 무녀(巫女) 귀령이었다. 그리고 그 둘이 지켜냈어야 할 돌로 만든 일곱 개의 조각상이 바로 석상인 것이다.

이미 신선에 접어든 비증이 세상 모든 이치와 무공을 담았다는 조각이 바로 그것이었다. 그리고 그중에 하나는 이미 꿈속에 만나 목숨을 걸고 겨루어본 적도 있었다.

"그런데 왜 그 말씀을……."

소이보가 묻자 영허자가 재미있다는 듯 웃었다.

"동무군 때문이지. 동무군이 그 석상 때문에 아마 반쯤 죽었을 게야."

"……?"

영문을 모르겠다는 듯 쳐다보는 소이보를 보며 영허자가 더 통쾌하다는 듯 웃으며 잠든 소민을 가리켰다.

"바로 이 아이 때문이지."

"예?"

"이 작은 귀신이 돌로 만든 귀신 일곱 개를 보냈으니까."

"……?"

"답답하군. 이 아이는 귀령과 마안의 자식이네. 자넨 잊었는가? 그 팽유라는 작자는 거짓 마안이었으면서도 사람들의 꿈속을 조종할 수가 있었네. 꿈속에서 생명을 앗으면 곧 현실의 사람 또한 목숨을 잃게 되었지. 가짜 마안이 그 정도 실력인데 진정한 마안과 귀령의 자식의 능력은 어떻겠는가? 더욱이 모든 것을 베풀어야 하는 성녀라면? 그래서 석상을 보냈네. 동무군 그자가 석상을 너무도 원했으니까 꿈속일망정 석상을 보낸 것이지. 사실 소민 스스로가 지키려 그리한 것이네. 시간을 벌어야 했거든. 소민이 진정한 성녀로 몸을 드러낼 때까지의 시간을 말일세."

"……!"

그제야 소이보는 이해가 갔다.

왜 동무군이 강호에 나오지 않았는지, 또한 마도칠가의 움직임이 왜 잠잠했는지를.

팽유의 꿈속에서 헤맨 자신처럼, 동무군 역시 꿈속에서 석상들을 만났을 것이다.

그리고 치열한 전쟁을 치르고 있을 터였다.

생사를 오가는 격투, 만약 꿈속일망정 석상에게 가슴을 베인다면 현실의 동무군 역시 가슴이 갈라졌을 게 분명했다.

일곱 개의 석상 중 단 한 개와 부딪쳤던 소이보 역시 목숨을 잃을 뻔했는데, 일곱 개의 남은 석상을 상대해야 하는 동무군에겐 너무도 벅찬 시험이었을 것이다. 어쩌면 그걸 노리고 보낸 것일지도 모를 일이었지만.

상념에 잠겨 있는 소이보를 보며 영허자가 어울리지 않게도 굳어진 표정으로 말했다.

"그런데 그게 문제가 생겼네."

"무슨……."

"애당초 그리 기대는 하지 않았지만, 그래도 혹시 동무군이 그 석상들을 상대하다 죽었으면 하고 생각했었네. 하지만 역시 동무군은 동무군이더군."

"그럼……?"

"그래. 동무군은 이미 여섯 개의 석상을 깨고 마지막 일곱 개의 석상을 상대하고 있다네. 그리고 이제 거의 성공 단계지."

"……."

소이보는 아무런 말도 할 수가 없었다.

단 하나의 석상에 깃든 묘리에 온몸이 조각날 듯한 위압감을 느꼈던 소이보였다.

하지만 이미 동무군은 여섯 개의 석상을 깨는 데 성공하고, 이제 나머지 하나만을 남겨두고 있다지 않은가.

만약 그 일곱 개의 석상을 모두 부순 후, 꿈에서 깨어 세상에 나온다면 상대할 사람이 아무도 없다.

설령 무의의 극을 깨달았다는 소림의 무치마저도 상대할 수 없으리라.

심장이 얼어붙는 듯한 긴장감을 느낄 때 영허자가 소이보 어깨 위에 한 손을 올려놓으며 말했다.

"자네는 할 수 있는가?"

"……?"

"해야만 하네."

영허자의 눈에선 더 이상 술기운이 느껴지지 않았다.

소이보는 영허자가 무엇을 말하는지 알 수 있었다.

영허자는 소이보에게 동무군과 마찬가지로 석상을 깨기를 요구하는 것이다.

소이보는 솔직히 두려웠다.

이미 석상을 마주쳐 본 경험이 있는 소이보로서는 그런 괴물 일곱을 상대한다는 것은 죽음과도 같은 일이었다.

하지만 갈등의 시간은 짧았다.

"하겠습니다."

해야만 했다.

그래야만 소민을 지킬 수가 있었다.

별림의 할아버지와 만날 수가 있었다.

소민을 할아버지께 인사시키고, 할아버지에게 예쁜 소민을 안겨줄 수 있는 것이다.

굳은 얼굴의 소이보를 보자 마음이 놓였는지 영허자가 헤벌쭉 웃었다.

"좋아! 그럴 줄 알았네. 시간이 얼마 없어. 내 마차를 구해올 테니 자넨 마음의 준비를 단단히 해두게나."

영허자는 손에 든 나무패를 쓰다듬으며 고개를 끄덕였다.

모르긴 몰라도 꽤나 부유한 속가제자들에게서 쪼개진 신패를 빌미로 마차를 강탈해 오려는 게 틀림없었다.

영허자는 무엇이 그리 신났는지 빠른 걸음으로 멀리 사라졌다.

"……."

소이보는 아무 말 없이 품속에서 잠든 소민의 이마를 쓰다듬을 뿐이었다.

언제인지는 몰라도 항상 강해져야 한다고 스스로를 채찍질했다.

살아남으려 발버둥 치다 보니 언제부턴가 강해져 있었다.

하지만 자신의 그 강함 때문에 친한 동료들이 목숨을 잃었다.

남은 것은 복수심밖에 없던 지금, 갑자기 소민이 나타났다.

할 것이다. 설령 그것이 지옥 불 속 칼날 위를 걸어가는 일이라 해도 할 것이다.

이젠 강해지기 위해서가 아니라, 지켜줘야 할 사람이 있기 때문이었다.

머리를 쓰다듬는 소이보의 손가락을 소민의 작은 손이 감싸 쥐었다.

"아빠……."

"안 잤니?"

소이보가 부드럽게 미소를 띤 채 물었다.

하지만 소민은 눈을 뜨지 않은 채, 아니, 눈 뜨기가 두렵기라도 한 것처럼 두 눈을 꼭 감고 있었다.

"정말 할 거야?"

"그래, 해야지."

"그 바위 할아버지들은 너무도 무서워. 나 소민도 꿈속에서 만나면 얼른 도망가는걸?"

소민은 모든 것을 알고 있었다.

소이보가 어떤 길을 걸어가야 하는지 소민만은 잘 알고 있었다.

"괜찮다. 이미 난 겨루어본 적도 있단다."

"아냐, 아냐."

소민은 강하게 도리질을 쳤다.

"그건 엄마의 바위 할아버지고, 내 할아버지는 아니야."

"……!"

소이보는 그제야 소민이 진정한 성녀라는 것을 뒤늦게서야 깨달을 수 있었다.

만약 소민의 말이 맞다면, 지금부터 맞부딪쳐야 하는 석상의 위력은 소이보의 상상을 가볍게 뛰어넘는 것이 분명했다.

어쩌면 소림무치보다 더 강한 상대 일곱을 소이보 홀로 상대해야 할지도 몰랐다.

하지만 해야만 했다, 동무군이 하고 있으므로.

"걱정 말아라."

"아빠, 나 민아는 무서워."

소민은 그때서야 두 눈을 뜨고는 소이보를 쳐다보았다.

두려움 때문인지 소민의 두 눈은 흔들리고 있었다.

"아빠는 석상을 상대할 수 없어. 아빠는 마안이니까, 석상을 지키는 존재였으니까."

"……?"

소이보가 무슨 뜻이냐는 듯 부드러운 눈매로 소민을 바라보았다.

"아빠는 그 악마 같은 사람과 겨뤄야 해. 만약 그 사람이 모든 석상을 깨고 난다면, 더 이상 사람이 아니라 악마가 되거든. 바로 그 사람을 상대해야 해, 악마가 아닌 사람으로서. 그게 무서운 거야. 사람이… 악마를 이길 수는 없으니까……."

"아니, 난 이긴단다."

소이보가 무서운지 미간에 주름을 잔뜩 잡고 있는 소민의 이마를 부드럽게 손바닥으로 쓸어주며 다시 한 번 따뜻한 목소리로 말했다.

"악마가 되었든 뭐가 되었든 난 이길 수 있단다."

"어떻게?"

"난 민아의 아빠니까, 그래서 이길 수 있단다."

소민이 반신반의하는 표정으로 입을 오므리며 다시 한 번 물었다.

"진짜아~아~?"

"진짜!"

"까아! 그럼 됐어. 민아는 하늘과 땅 사이의 일은 모두 알 수 있는데 그것만은 안 보였거든. 이미 악마가 된 사람의 일까지는 알 수 없었어. 아빠가 이기면 됐어. 민아는 얼마나 겁났다구."

행복해하는 소민의 표정을 보며 소이보는 힘껏 고개를 끄덕였다.

3

영허자의 표정은 볼 만했다.

축 늘어진 눈매만큼이나 한숨 소리도 길게 늘어져만 갔다.

소이보는 영허자가 구해온 마차 안에서 그런 영허자를 재미있다는 듯 쳐다볼 뿐이었다.

대업이라면 대업일 것이다.

나름대로 치밀하게 일을 꾸미고 이제 거의 모두 이루었다고 생각했을 것이다.

하지만 그 기대가 소민의 말 한마디로 모두 사라져 버린 것이다.

동무군은 악마가 된다고 했다.

다른 사람도 아닌 소민이 그렇게 말했다면 동무군은 악마가 되어야만 한다.

다른 사람도 아닌 인간의 경지를 벗어났다고 알려진 비증이 남긴 무공이었다.

만약 그 무공을 깨닫는다면, 결코 인간으로 남아 있을 수는 없을 거라고 영허자 역시 생각했다.

하지만 그래도 혹시 모르지 않는가 하는 기대도 가졌었다.

그러나…….

"쩝."

영허자는 마차에서 연신 입맛만을 다실 뿐이었다.

그 모습을 보며 소이보는 우습기 짝이 없다는 생각을 했다.

아마도 성녀가 자신을 본 순간부터 모든 일은 시작되었을 것이다.

다른 사람은 몰라도 성녀만은 요안 소이보가 마안(魔眼)임을 한눈에 알아보았으리라.

비증이 남긴 석상을 지키기 위해 남겨진 두 사람.

그 두 사람 중 하나인 성녀가 또 다른 한 사람인 마안을 우연찮게도 요선보에서 만난 것이다.

'사실 그전부터 일은 진행되었겠지.'

소이보는 그렇게 생각했다.

동무군의 손에 석상의 무공이 들어가지 않으려면, 동무군의 손에서 성녀를 빼앗아 와야만 했다.

마침 성녀 역시 동무군 손에서 빠져나올 기회만을 엿보고 있을 때 영허자와 우연찮게 손이 닿았고, 그 결과 소림무치가 성녀를 빼낸 것이다.

거기에 소이보가 말려들었다.

더구나 소이보와 성녀가 꿈속에서 소민을 잉태하자, 그저 동무군 손에서 성녀를 빼낸다는 계획은 더욱 원대한 그림으로 변해 버린 것이다.

진정한 성녀, 귀령과 마안이 만들어낸 작은 아이라면 어쩌면 동무군의 야심을 좌절시킬 수도 있으리라 그렇게 믿었던 게 틀림없었다.

소민이 태어난 후 자랄 때까지의 시간을 벌기 위해 한 가지 결단을 내려야만 했으리라.

바로 동무군에게 그토록 원하던 무공을 익히도록 하는 것.

만약 일곱 개의 석상을 상대하다 동무군이 죽는다면 그걸로 만족이었다.

하지만 동무군은 결코 죽지 않았고, 소민의 예언대로 동무군은 악마가 될 것이 틀림없었다.

그렇다면? 그래, 요안이 있지 않은가!

동무군이 해낸다면 요안도 틀림없이 해낼 것이다.

다른 사람도 아닌, 석상을 무림인들 손에서 지켜내는 임무를 지닌 마안으로 태어난 존재가 아닌가.

만약 요안이 석상의 무공을 깨닫는다면? 동무군과의 전쟁은 이길 수 있다고 믿었을 것이다.

'그래, 그렇게 된 것이겠지.'

소이보는 내심 씁쓸한 웃음을 웃었다.

그렇게 모든 노력을 쏟아 부어 계획을 짰는데, 정작 소민의 단 한 마디가 영허자의 모든 계획과 꿈을 무너뜨린 것이다.

소이보는 석상의 무공을 익힐 수 없다.

동무군이라는 악마를 상대하려면 뜨거운 피가 흐르는 인간이어야 한다.

소민이 그렇게 말하자, 영허자는 의기양양하게 빼앗아 온 마차 옆에 털푸덕 주저앉고 말았다.

'사람 일이란 마음대로 되는 게 하나도 없는 법이지. 그걸 이제야 깨닫다니.'

소이보는 천천히 잠든 소민의 머리를 쓰다듬었다.

동무군이 악마가 되었다 한들 아무런 관심도 없었다.

그저 지켜줘야 할 사람들이 있기에 칼을 맞댈 것이다.

별림의 할아버지를 위해서, 또한 친구들을 위해서, 그리고 소민을 위해서…….

마차는 우울한 영허자의 마음을 읽은 것처럼 무거운 바퀴 소리만 뒤로
남긴 채 어둠 속을 헤쳐 나가고 있었다.

*   *   *

부홍은 항상 그렇듯 어둠 속에서 긴장한 채 있었다.

일전방(一錢幫), 일명 요안혈로(妖眼血路)라고 불리는 전투에서 살아
남은 사람들이 만든 방파는 은밀하게 자리 잡고 있었고, 낯선 마차의 출
현에 경계 삼아 나와 있던 부홍이 긴장한 것도 무리는 아니었다.

이윽고 마차가 멎고 문이 벌컥 열리며 한 노인이 내리자 부홍의 얼굴
에 순간 당혹감이 어렸다.

낯이 익은 노인이었다.

언젠가 요선보에서 보았던 노인이 틀림없었다.

'그때 무당파의 장로라고 들었거늘……'

부홍이 아랫입술을 깨물며 기억을 더듬었다.

분명했다. 그때 무당파의 보물인 진무검을 찾으러 왔던 무당파 고수가
틀림없었다.

이화림과 강요맹이 넉살 좋게 술 내기를 걸어 별일없이 되돌려 보냈던
가공할 고수.

부홍의 기억 속에 새겨진 분명한 기억이었다.

그때 무당파 고수라면 이빨을 갈던 강요맹 역시 저만한 고수는 없을
거라고, 만약 무당파를 치더라도 저 노인은 조심해야 한다고 말했었다.

그런 무당파 고수가 은밀하게 숨어 지내는 일전방엔 무슨 일로 왔단
말인가.

부홍의 의문이 채 사라지기 전에 또 다른 한 사람이 마차에서 몸을 내

리는 게 보였다. 틀림없이 소이보였다.

'적은 아닌 것 같군.'

소이보가 함께 마차를 타고 온 노인에게 별 경계를 보이는 것 같지 않자 부홍이 천천히 나가 인사를 건넸다.

"오셨……."

하지만 부홍의 말은 끝맺질 못했다.

소이보가 품에 소중히 안아 든 한 아이 때문이었다.

부홍의 목소리에 잠에서 깨어난 아이의 두 눈.

그것은 파랗고 잿빛의 요안이었다.

부홍이 놀란 눈으로 소이보와 아이의 두 눈을 번갈아 쳐다볼 때 소이보가 물었다.

"별일없는가?"

"없었……."

부홍은 저도 모르게 고개를 끄덕이다 다시 눈을 끔뻑거렸다.

소이보 품 안에 있던 또 다른 요안이 작은 손을 내밀고 인사를 건넸기 때문이다.

소이보가 부홍을 스쳐 지나 문안으로 들어갈 때까지도 부홍은 아무런 말도 할 수 없었다.

영허자가 소이보의 뒤를 따라 걷다 부홍을 보고는 고개를 갸우뚱거렸다.

"자네는 분명 그 홍안자(紅顔子)라던 사람이 맞지? 그런데 완전 사람이 달라진 것 같으이."

영허자의 말에선 불쾌한 술 냄새가 후끈했지만 부홍은 아무것도 느낄 수가 없었다.

소이보의 목을 안고 소이보 어깨 위로 턱을 받혀 든 또 다른 꼬마 요안이 부홍에게 방긋 웃으며 말했기 때문이다.

"안녕? 귀여운 아저씨!"

부홍은 마치 말뚝이라도 박아 넣은 것처럼 그 자리에 우뚝 서 있을 뿐이었다.

그것은 집 안에 있던 범우 역시 마찬가지였다.

원래 말수 적은 사람이었지만, 처음 소민을 본 이후 아예 말을 잊은 듯 그저 콧구멍만 벌렁거리고 있었다.

"다녀왔습니다."

소이보가 정중히 고개를 숙여 인사를 건넸지만, 범우는 그저 딱딱하게 굳은 얼굴로 소민만을 하염없이 쳐다보고 있었다.

뒤따라 영허자가 들어왔지만, 범우는 아예 영허자 쪽은 쳐다보지도 않았다.

"아저씨, 안녕하세요."

소민은 땅에 내려서서 예쁘게 인사를 했지만, 범우는 그저 물끄러미 고개를 숙여 쳐다볼 뿐이었다.

소이보가 소민에게 따뜻한 목소리로 주의를 주었다.

"큰아버지라 불러라. 내겐 형님 되는 분이시다."

"큰아버지, 민아가 처음 인사 올려요."

소민이 앙증맞게 양손을 모으고 조그마한 머리를 깊이 숙였다.

범우가 굳은 얼굴로 소이보를 쳐다보았다.

소이보가 고개를 끄덕이자 범우의 콧구멍이 다시 벌름거렸다.

몇 번을 번갈아 소민과 소이보를 쳐다보는 범우를 향해 소이보가 씨익 웃으며 말했다.

"형님, 조카입니다."

때마침 소민이 범우의 허벅지를 감싸 쥐고 외쳤다.

“큰아버지, 민아 무등~”

한참 동안이나 눈을 끔뻑이던 범우가 천천히 허리를 굽혀 소민을 안아 들었다.

마치, 이 세상에 태어나 난생처음 신기한 물건을 보는 것처럼 그저 가슴 어림까지 들어올린 소민의 두 눈만을 쳐다보았다.

범우의 멍해진 두 눈을 보며 소민이 활짝 웃었다.

안 그래도 가무잡잡한 범우의 얼굴이 시커멓게 변했다.

얼굴뿐만 아니라 목과 빡빡 밀어버린 머리까지 시커멓게 변한 범우가 그제야 생각났다는 듯 천천히 소민을 어깨 위에 올려놓았다.

“까아~”

신이 난 듯 크게 외치는 소민을 어깨 위에 올려놓은 채, 범우가 다시 소이보를 쳐다보았다.

소이보가 겸연쩍은 듯 웃으며 말했다.

“무등 타는 걸 좋아합니다. 귀찮으시면…….”

“안 귀찮다.”

안 그래도 딱딱한 목소리였지만, 지금 대답하는 범우의 목소리는 완전 바윗덩이처럼 굳어 있었다.

“제 딸입니다.”

소이보가 깜빡 잊었다는 듯 뒤늦게 설명했다.

“안다.”

범우는 굳은 목소리로 말하고는 그제야 영허자를 쳐다보았다.

“우리와 관련있는 분입니다. 설명을 드리려면 꽤나 긴…….”

소이보가 뒤늦게 영허자를 소개하자 영허자가 너털웃음과 함께 인사를 건넸다.

“어허허, 오랜만…….”

하지만 범우는 마치 소민을 빼앗기기 싫다는 듯 몸을 돌려 걸어가며 말했다.

"나도 아는 분이다. 나중에 듣자."

영허자의 얼굴은 너털웃음을 웃던 표정 그대로 굳어졌다.

범우 역시 일부러 그런 건 아니었다.

아마도 무등을 태운 소민이란 뜻밖의 존재 때문에 정신을 쉽게 차리지 못하는 게 틀림없었다.

그렇게 면박 아닌 면박을 준 범우가 몇 걸음 걷지 않아 중간에 멈칫 멈춰 섰다.

소민이 재미있다는 듯 범우의 민둥머리를 쓰다듬으며 말했다.

"괜찮아. 키 작은 게 어때? 아빠처럼 크진 않아도 넓어서 민아는 더 좋아."

마치 속마음을 들켰다는 듯 범우의 얼굴이 더욱 시커멓게 변한 채 소이보를 쳐다보았다.

소이보는 터져 나오려는 웃음을 참으며 말했다.

"아이가 조금 남다른 데가 있습니다."

때마침 뛰어들어 온 부홍이 범우 위에 무등을 타고 있는 소민을 보고는 다시 입을 쩍 벌렸다.

범우가 그런 부홍을 보며 말했다.

"저놈보다는 크다. 더구나 저놈은 어깨가 넓지도 않다."

소민이 깔깔대며 웃었다.

"응, 민아는 큰아버지 무등이 제일 좋아!"

범우는 그제야 안심이 된다는 듯 어깨를 뒤로 젖히고 가슴을 폈다.

보통 때의 범우 발걸음은 무게감이 있으면서도 경쾌한 것이었지만, 소민을 등에 태우고 가는 지금의 발걸음은 말할 수 없을 정도로 조심스러

위서 마치 어기적거리며 걷는 것 같았다.

그 뒷모습을 멍하니 보던 영허자가 혼잣소리처럼 중얼거렸다.

"정말 저 아이는 남다른 데가 있어……."

무슨 뜻이냐는 듯 뒤돌아보는 소이보에게 영허자가 허탈한 듯 웃으며 말했다.

"사람의 마음을 훔치는 재주 말일세."

◆ 第四章 ◆
선택과 운명

일전방을 떠난 지 며칠밖에 지나지 않았다.

하지만 그동안 곽예주의 회복은 놀라울 정도였다.

그저 의자에 앉아 움직이는 게 고작이었던 곽예주는 기다란 부목을 겨드랑이에 끼고 이리저리 걷고 있었기 때문이다.

말라 버린 듯 앙상하게 늘어져 있던 팔에도 자그맣긴 해도 근육이 붙어 있었다.

하지만 곽예주의 몸 상태를 보고 놀란 소이보보다 곽예주의 놀라움은 더욱 큰 것이었다.

"왔……."

마치 '어때? 나 이만큼이나 걸을 수 있다고' 라고 자랑하듯 콩콩콩 지팡이를 짚고 걸어나오며 인사말을 건네던 곽예주는 범우를 보고는 눈을 동그랗게 떴다.

범우가 어깨 위에 무언가 올려놓는 일은 좀처럼 없었다.

아니, 곽예주가 아는 한 단 한 번도 본 적이 없었다.

그래서 어쩌면 평균보다 조금 작은 듯한 키에 부끄러움을 느끼는 걸지도 모른다고 생각해 왔다.

그런 범우가 무언가 어깨 위에 올려놓은 채 콧구멍을 벌렁거리고 있는 것이 아닌가.

천천히 고개를 든 곽예주 눈에 작은 꼬마 계집애가 보였다.

"……!"

세상에, 다른 사람도 아닌 범우가 작은 꼬마 계집애를 목마 태우다니!

곽예주는 믿을 수가 없었다.

검은 피부에 터질 듯한 근육, 더욱이 민둥머리라 더 단단하게 보이는 범우와 작고 하얀 꼬마 계집애는 마치 태산 정산 위에 올라앉은 바다 거북이만큼이나 어울리지 않는 존재가 아닌가.

놀란 곽예주를 향해 한동안 말없이 콧구멍만 벌렁거리던 범우가 드디어 입을 열었다.

"내 조카다."

뒤늦게 소민의 두 눈이 색다르다는 점을 본 곽예주가 아래턱이 떨어져 나갈 것처럼 쩍 벌렸을 때, 범우는 억지로 입술을 벌리듯 온 뺨의 근육을 씰룩거리며 웃었다.

"예쁘지?"

짧고 딱딱한 목소리였지만, 곽예주로서는 혀를 깨물고 죽어도 상상하지 못했던 범우의 새로운 모습과 말이었다.

하지만 곽예주는 범우의 새로운 모습 따위는 눈에 들어오지도 않았다.

그저 소민의 요안만을 뚫어지게 쳐다보던 곽예주는 빽 하고 비명을 지를 뿐이었다.

"아니! 우리 소이보가 왜 이렇게 조그맣게 변했어? 그것도 계집애라니! 아니, 무슨 마공에 당했길래……."

정신없이 떠벌리는 곽예주를 범우가 한심스럽다는 듯 쳐다보았다.

"이보 딸이다."

"따~아~알~?"

곽예주가 마치 종달새가 한참 목을 돋워 울 때처럼 뾰족한 비명을 질렀다.

그때 소민이 활짝 웃으며 곽예주에게 인사를 건넸다.

"안녕하세요? 민아예요. 고모, 반가워요."

소민의 인사말이 끝나기도 전에, 곽예주 뒤에서 무언가 쿠당탕거리며 넘어지는 소리가 들렸다.

곽예주 뒤에서 따라나오던 당소유가 소민을 보고 놀라 자빠지는 소리였다.

그 뒤를 따라 나오던, 어쩌다 요선보 일에 휘말려 남아 있는 머리 위에 간(姦) 자를 멋있게 새긴 소림 승려 굉요(宏瑤)가 아예 온몸이 뻣뻣이 굳은 채 입만 벌리고 있었다.

"내 말은 들은 건가?"

소이보는 식탁에 앉은 사람들을 돌아보며 물었다.

어떻게 소민을 만났고, 또 영허자를 만났으며, 동무군이 석상의 무공을 하나하나 익혀간다는 설명을 비록 껄끄럽긴 해도 차분하고도 또박또박한 목소리로 해나갔지만, 듣는 사람은 아무도 없는 것 같았다.

모든 사람들은 마치 홀린 것처럼 그저 소민의 얼굴만을 뚫어지게 쳐다볼 뿐이었다.

소이보는 그런 사람들을 보며 가늘게 한숨을 내쉬었다.

하지만 왠지 기분이 나쁘지는 않았다.

소민을 쳐다보는 사람들의 시선은 마치 황홀한 광경을 보듯 동공이 풀려 있었기 때문이다.

뒤늦게 나타난 문기서마저 멍하니 소민을 쳐다보고 있었다.

사실 문기서가 무당산에서 만날 사람이 있다고 말한 것이 바로 소민이었다.

소이보에게 딸이 있다는 사실, 그리고 소이보와 소민이 만난다면 이리로 데려올 것이란 걸 알고 있으면서도, 처음 얼굴을 마주친 소민에게 냉정한 문기서마저 정신을 차리지 못하고 있었다.

사람들의 시선이 자신에게 쏟아지는 가운데서 소민은 부홍의 손을 어루만지고 있었다.

"미안해, 삼촌."

소민의 말에 부홍의 얼굴이 화끈하게 달아올랐다.

이지러지고 구겨진 자신의 왼손을 소민이 앙증맞은 손으로 감싸 쥔 채 쓰다듬고 있었기 때문이다.

"뭐… 뭐가……?"

부홍은 말을 더듬으며 소민에게 물었다.

요안혈로를 거치면서 그 누구보다 더 잔인해지고 말수가 적어진 부홍이었다.

더 이상 얼굴을 붉히지도, 또 말을 더듬지도 않았다. 하지만 지금 부홍의 모습은 예전 홍안자로 불리던 때보다도 더 부끄러워하고 있었다.

"아빠 구하려다 이렇게 됐잖아. 민아는 너무 마음이 아파."

부홍은 얼굴을 가슴까지 푹 숙였다.

작은 아이가 자신의 마음을 알아준 탓인지 고개 숙인 부홍의 어깨가 가늘게 떨리고 있었다.

"울어?"

곽예주가 그런 부홍을 보며 조심스럽게 물었다.

손이 일그러진 이후 부홍의 두 손은 항상 넓은 소맷자락 안에 숨겨져 있었다.

어쩌면 부끄러움에 그럴 수도 있겠지만, 곽예주는 그 두 손이 튀어나오는 순간 사람의 목숨을 앗아가기 때문에 조심스럽게 갈무리해 두는 것이란 걸 알고 있었다.

누구에겐 공포인 두 손이 작은 꼬마인 소민에겐 자신의 아버지를 구해 준 고맙고도 소중한 두 손이 되었다.

비록 비정하고 냉혹하게 변했다 해도 부홍의 마음 한구석엔 어쩌면 홍안자 시절의 고운 마음이 남아 있을 것이다.

소민의 왼쪽에 앉아 있던 범우가 소민을 안아 들어 자신의 무릎 위에 올려놓으며 탐탁지 않다는 듯 말했다.

"우는 것 아니다."

곽예주가 무슨 말이냐는 듯 쳐다보자 범우가 마음에 안 든다는 듯 딱딱한 어조로 말했다.

"이 녀석 웃고 있다."

범우의 말이 끝나기가 무섭게 부홍의 이상한 흐느낌이 들려왔다.

"흐…흐…흐……."

고개를 든 부홍의 두 눈은 감기다시피 가늘어져 있었다.

부홍은 일그러진 두 손을 자랑스레 소민 앞에 들어 보이며 말했다.

"누구든 우리 민아 맘 아프게 하는 놈이 있다면 이 삼촌이 가만 안 있겠어."

"손은 쉽게 고칠 수 있지."

좋아하는 부홍의 모습이 눈꼴시다는 듯 맞은편에 앉아 있던 당소유가 퉁명스럽게 말했다.

부홍이 언제 웃었냐는 듯 당소유를 쏘아보았다.

어느새 냉정을 되찾고 혈면수라(血面修羅)의 모습으로 돌아간 부홍의 시선에 찔끔했는지 어깨를 움츠리던 당소유가 조그맣게 중얼거렸다.

"시간이야 오래 걸리지만 고칠 수 있다고. 원한을 갚고 난 후 고치겠다고, 지금 이 모습이 좋다고 말해서 내가 손을 못 댄 거지."

당소유는 사천당문 역사상 최고 고수라 할 만했으니 고칠 수 있다고 장담한다면 시간만이 문제였다.

소이보가 입을 삐죽이는 당소유를 보며 물었다.

"둔비는 차도가 없나?"

당소유가 부홍의 눈치를 살피며 대답했다.

"몸은 괜찮네. 하지만 왠지 아직 깨어나질 못하는군. 아마도 여기가 문제인 것 같네."

당소유가 손가락으로 머리를 짚으며 말했다.

몸에 이상이 있다면 당소유의 솜씨로 금방 치유가 되었을 것이다.

하지만 아무리 사천당문의 신묘한 솜씨로도 정신에 문제가 있을 때는 한계를 보일 수밖에 없었다.

당소유는 변명하듯 말했다.

"저런 경우를 몇 봤는데, 더 이상 손을 쓸 수는 없어. 저런 상태로 몇 달, 혹은 몇 년 이상씩 걸리는 수도 있다네. 어쩌면 영원히 깨어나지 못할 때도 있고."

소민의 등장에 모처럼 밝아졌던 분위기가 당소유의 말 한마디에 싸늘하게 식었다.

옆에서 지켜보고 있던 굉요가 한마디 거든답시고 입을 열었다.

"저 상태라면 그 비싼 소림사 대환단(大還丹)도 아무 소용 없다구. 돈이 넘쳐 나면 먹어볼 수도 있겠지만……."

하지만 으레 그렇듯 아무도 굉요의 말에 귀를 기울이는 사람은 없었다.

곽예주가 시무룩해진 당소유의 표정을 보고는 대신 변명해 주듯 말했다.

"저 사람은 최선을 다했어. 더 이상 사람이 할 수 있는 건 없대. 하늘의 뜻인 거지. 강 대주가 그랬고 지반월이 그랬고 사검정이 그랬듯이……."

곽예주의 목소리는 흐느끼듯 잦아지고 있었다.

바로 그때 소민이 뾰족한 목소리로 외쳤다.

"아니야, 아니에요!"

사람들의 시선이 일제히 소민을 향했다.

소민은 눈을 동그랗게 뜨고 말했다.

"몇 밤만 잔댔어."

"응?"

"몇 밤만 더 잘 거랬어."

곽예주가 무슨 말이냐는 듯 급히 되물었다.

"말했다고? 둔비가?"

"응, 내가 아까 곰 같은 삼촌을 안고 물었거든. 언제 깨어나요? 빨리 깨서 민아랑 재미있게 놀아요. 그랬더니 삼촌이 며칠만 더 있다가 온다고 그랬어."

"둔비가?"

곽예주는 믿어지지 않는 듯 다시 물었을 때 당소유가 대신 대답했다.

"아까 누워 있던 둔비 위로 올라가더군. 다정스레 목을 껴안고 뭐라고 속삭이는 듯하긴 했어. 하지만 둔비는……."

"아니야, 말했어. 물론 나만 들을 수 있었지. 곰 삼촌이 그랬어. 면목이 안 선다고. 먼저 간 사람들 앞에 면목이 서지 않는다고. 부끄러워 눈을 뜰 수가 없다고. 그래서 내가 괜찮다고 말했어. 그랬더니 조금만 더 자고 일어난다고 그랬어. 나랑 내기해도 좋아!"

소민의 말이 떨어지기 무섭게 영허자가 큰 목소리로 외쳤다.

"뽀뽀 아홉 개 건다!"

이건 또 무슨 소린가 싶어 사람들이 일제히 쳐다보자 영허자가 껄껄 웃었다.

"다른 건 몰라도 둔비라는 아해가 깨어날 거란 건 분명하네. 다른 사람도 아닌 저 아이가 그리 말했으니……."

그제야 사람들은 고개를 끄덕이며 소민을 바라보았다.

소민의 두 요안은 그 말이 맞다는 듯 맑은 빛으로 반짝이고 있었다.

2

항상 음습하고 눅눅하고 끈적끈적한 습기만이 가득 찼던 일전방은 소민이라는 작은 존재로 놀라울 만큼 분위기가 바뀌었다.

모두 소민을 차지하기 위한 투닥거림으로 조금 더 시끄러워졌다는 것을 빼고는 몇 년 사이 찾아보기 어려울 만큼 부드러운 공기가 방 안을 채우고 있었다.

단지 동무군을 대비해 세운 계책이 크게 뒤틀어졌음을 안 문기서와 영허자만이 머리를 맞대고 무언가 쑥덕거릴 뿐, 아무도 거기에 신경 쓰는 사람이 없었다.

"정말 자신있는 건가?"

문기서는 심각한 표정으로 소이보에게 물었다.

"……."

소이보는 아무런 말도 하지 않았다.

하지만 문기서가 무엇을 묻는 것인지는 알 수 있었다.

동무군, 그 악마 같은 자와 겨루어 이길 자신이 있느냐를 문기서는 묻고 있었다.

"자네가 자신이 없다면 어쩔 수 없이 소림과 무당의 힘을 빌리는 수밖에 없네."

소이보가 대답했다.

"자신이 있는지 없는지 난 몰라."

퉁명스럽기까지 한 대답이었다.

문기서가 인상을 찡그렸지만, 소이보는 문기서의 질문엔 관심도 없는 듯 범우 등에 올라탄 채 깔깔 웃고 있는 소민과 그 뒤를 따라가며 예쁜 천으로 머리를 묶어주고 있는 곽예주, 그리고 그 모습을 넋 나간 듯 멀찌감치에서 쳐다보고 있는 핑요만을 쳐다볼 뿐이었다.

"이보게, 이 하나의 일에 내 목숨을 걸었네. 자네는 이 일이 얼마나 큰 것인지 정말 모르는 것 같군."

문기서가 가볍게 타박하듯 말했지만, 역시나 소이보의 대답은 퉁명스러울 뿐이었다.

"몰라."

문기서가 어이없다는 듯 소이보를 한참이나 쳐다보다 한숨을 푹 내쉬었다.

"휴우……."

그제야 소이보가 문기서를 쳐다보았다.

"내가 아는 건 하나야."

"……?"

"지킬 사람이 있다는 것. 그래서 그 사람을 지키기 위해 무엇이든 한다는 것. 그 외엔 관심없어."

문기서는 아무 말 없이 소이보를 쳐다보았다.

소이보의 두 눈은 전혀 흔들림이 없었다.

그 어떤 바람에도 움직이지 않는 커다란 바위를 보는 것 같았다.

문기서가 조금 마음이 놓였는지 고개를 돌려 소민을 쳐다보며 물었다.

"민아는 아무런 말도 없는가?"

"없어."

소이보는 문기서의 시선을 따라 소민을 쳐다보았다.

조금 전과는 달리 소이보의 두 눈은 한결 부드러워져 있었다.

소이보는 소민을 바라본 채로 입을 열었다.

"소민 역시 그 일에 대해서는 보이는 게 없다고 하더군. 하늘과 땅 사이에 모든 일은 알 수 있겠지만, 비중의 무공을 얻었다면 이미 하늘을 초월한 사람이니 민아 눈에 그 결과가 보이지 않는 거겠지."

"그래서 걱정이네."

문기서가 동무군이 무공을 얻는다는 생각만 해도 끔찍하다는 듯 두 눈을 질끈 감았다.

하지만 소이보는 아무 걱정 없다는 듯 그저 소민을 쳐다보며 행복한 미소를 짓고 있었다.

"민아야, 그만 해라. 큰아버지 힘드신다."

소이보의 말에 범우가 고개를 돌려 소이보를 쳐다보았다.

"난 괜찮다."

하지만 소이보의 말에 반색하는 사람이 하나 있었다.

"그래, 큰아빠 힘드실 거야. 이리 와, 고모가 재미난 거 보여줄게."

곽예주가 냉큼 범우의 목에서 소민을 빼앗듯 안아 내렸다.

범우가 콧구멍을 몇 번 벌렁거리긴 했지만, 이미 한 손으로는 소민을 안고, 다른 한 손으론 겨드랑이에 낀 부목을 짚으며 콩콩콩 걸어가는 곽예주를 말리지 못했다.

"이게 어디 있더라?"

곽예주는 뒤통수에 꽂히는 범우의 시선을 의식한 듯 과장된 동작으로 여기저기 들쑤시고 다녔다.

아직 발과 팔이 완전한 상태는 아니었지만, 소민을 옆에 끼고 움직일 정도는 되었다. 아니, 조금 더 근육에 힘이 붙는다면 예전의 모습을 되찾는 것 역시 시간문제였다.

"아!"

곽예주가 원하던 걸 찾았는지 큰 소리로 한 사람을 불렀다.

"이봐! 여기!"

당소유가 무슨 일이냐는 듯 고개를 빼꼼히 내밀다가 기겁한 표정으로 우다다 뛰어나왔다.

"안 돼, 그건……."

곽예주가 손으로 가리키는 것은 면사포를 얼굴까지 내려쓴 여자였다.

마치 숨어 있기라도 한 것처럼 기둥 뒤에 서 있던 여자 앞을 막고 당소유가 얼굴을 찡그리고는 말했다.

"이건 너무하잖아."

"왜? 그래도 사랑하는 사람이었잖아."

곽예주는 입술을 삐죽이며 대답했다.

당소유가 필사적으로 등 뒤에 숨기려는 여자, 그것은 당소유가 분신처럼 여기는 목각 인형이었다.

연(燕)이라는 이름의 여자를 본떠 만든 인형. 하지만 결국 사랑하는 여자의 얼굴을 새겨 넣지 못한 미완성의 목각 인형을 소민이 신기한 눈으로 쳐다보았다.

곽예주를 쳐다보는 당소유의 눈빛은 원망과 허탈함과 슬픔이 가득 차 있었다.

하지만 곽예주는 신경 쓰지 않는다는 듯 입술을 삐죽이며 고개를 돌려 외면할 뿐이었다.

곽예주는 자신의 마음을 스스로도 알 수 없었다.

자신이 사랑했던 여자, 그것도 목숨 바쳐 사랑했던 여자를 잊지 못해 정교한 인형을 만들어 어디든 함께 다니던 당소유가 마음에 들었다.

만약 사랑을 쉽게 잊어버리는 남자였다면 활로 가슴에 바람구멍을 내 주었을 거라고 생각했고, 나름대로 멋있는 부분도 있는 남자라고 생각했었다.

그러나 시간이 흐른 후 한 여자를 가슴에 품어두고 잊지 못하는 당소유가 왠지 답답했다. 아니, 솔직한 마음으로는 밉기까지 했다.

서로 살을 맞대고 치료하는 과정 중에 당소유와 자신 사이에 알지 못하는 감정이 생기면서 당소유는 슬슬 자신의 눈치를 보며 어느 순간부터 목각 인형을 숨겨두기 시작했다.

그것도 마음에 들지 않았다.

어느 날 아침. 홀로 흐느끼며 새장 속의 새를 먼 하늘로 날려 보내는 모습을 숨어 지켜보면서, 곽예주는 자신의 마음이 왜 이렇게 복잡한 것인지 스스로도 이해하지 못했다.

어쩌면 그래서 소민을 핑계 삼아 숨겨두었던 목각 인형을 찾아낸 것인지도 몰랐다.

당소유가 원망 섞인 시선으로 곽예주를 볼 때 소민이 조그마한 입술을 열었다.

"다행이래."

"응?"

곽예주가 무슨 소린가 싶어 소민을 쳐다보았다.

하지만 소민은 당소유를 향해 말하고 있었다.

"그리고 고맙대. 아저씨와 함께한 그 순간을 영원히 잊지 못할 거래. 고맙게 가슴에 새기고 떠나갈 거래. 행복한 사람은 떠나갔으니 이제 남은 사람을 행복하게 해주래."

"…누가……?"

당소유는 무슨 말인지 몰라 더듬거리며 묻다가 문득 무언가를 깨달았는지 얼굴이 새파랗게 질렸다.

연이였다. 가련한 삶을 살았던 바로 그 연아가 소민의 작은 입을 빌어 말하고 있었다.

소민의 슬픈 눈이 뿌옇게 흐려졌다.

"아무런 후회도 없대. 아저씨 잘못이 아니라는 걸 알고 있대. 짧은 삶이었지만, 그 누구보다 더 화려하고 행복했었대. 아무런 고통 없는 곳, 아름다운 곳에서 이제 영원한 잠을 편하게 잘 수 있어서 너무나 좋대. 그러니까 아저씨도 이제 아저씨만의 행복을 찾으래……."

느리게 흐르는 소민의 목소리에 당소유가 무릎을 꿇었다.

머리를 땅에 처박고는 온몸을 가늘게 떨며 흐느꼈다.

"연아, 정말 미안하다. 정말 미안하다. 나 역시 행복했었다. 네가 있었으므로, 너를 추억할 수 있었으므로……. 하지만 점점 잊혀지더구나. 정말 미안하다. 그리고… 행복해라……."

모두 아무런 말도 없었다.

곽예주 역시 코끝이 발개진 채 고개를 숙이고 서 있었다.

한 남자가 뜨거운 마음으로 사랑했던 여인을 떠나보내는 순간이었
다.

소민이 천천히 곽예주의 품에서 내려왔다.

한참의 시간이 흐른 후 당소유의 흐느낌이 잦아들자 곽예주가 절룩거
리며 당소유에게 다가가 천천히 당소유의 어깨를 토닥일 때였다.

"이 사람이야?"

소민이 어느새 목각 인형 옆으로 가 고개를 젖힌 채 목각 인형을 바라
보고 있었다.

당소유가 말없이 고개를 끄덕였다.

곽예주가 천천히 소민에게 다가가 어깨를 감싸 안았다.

"그래."

"우아~ 정말 아름답네."

소민은 정말 감탄했다는 듯 목각 인형의 얼굴을 쳐다보며 입을 아기
참새처럼 활짝 벌렸다.

"그래, 한 남자의 사랑을 받은 여자니까."

곽예주는 눈가를 훔치며 고개를 끄덕였다.

더 이상 목각 인형에 묘한 질투가 느껴지지 않았다. 아니, 미안하고 고
마웠다.

곽예주는 소민의 어깨를 더욱 힘껏 감싸 안으며 물었다.

"그런데 넌 저 얼굴이 보이는 거니?"

목각 인형 얼굴 앞엔 두터운 망사 천으로 덮혀 있어 내공이 깊은 사람
도 볼 수 없게 가려져 있었다.

하지만 소민은 인형의 얼굴이 보이기라도 하는 것처럼 고개를 끄덕이
며 말했다.

"응, 아름다워요. 그리고 정말 똑같아요."

곽예주는 피식 웃었다.

아이는 역시 아이로구나라고 곽예주는 생각했다.

아무리 요안의 눈이라도, 아니, 성녀의 피를 받았다 하더라도 두터운 천을 꿰뚫고 볼 수는 없었다.

그저 사랑 이야기에, 자신이 지어낸 대로 눈이 아닌 머릿속으로 보는 게 틀림없었다.

아니, 설혹 얼굴이 보인다고 해도 거기엔 아무것도 없었다.

손과 발, 그리고 머리를 만들었지만 당소유는 연아의 얼굴을 잊었고, 그저 나무테만 덩그렇게 남은 텅 빈 얼굴이라는 걸 곽예주는 알고 있기 때문이다.

소민은 곽예주의 생각을 읽었다는 듯 목각 인형의 다리를 감싸 안았다.

한동안 다리에 얼굴을 묻고 비비고는 다시 몇 걸음 뒤로 걸어 목각 인형을 바라보며 손가락 몇 개를 꼬물거렸다.

그러자 놀랍게도 목각 인형이 천천히 걷기 시작했다.

그 모습을 본 당소유의 눈물 젖은 눈이 화등잔만 하게 커졌다.

"아, 아니, 네가 어떻게……."

목각 인형을 깎고 다듬는 것은 사천당가만의 비전이었다.

아니, 특별히 고안된 몇 가지 중요한 장치는 당소유가 개발한 것이었다.

하지만 저 아이는 그저 감싸 안는 것만으로도 목각 인형의 조종술을 꿰뚫고 있는 것이었다.

목각 인형은 우아하게 걸어나와 소민 앞에 무릎을 꿇었다.

마치 살아 있는 듯한 움직임은, 당소유 손에서 움직였을 때보다 더욱 더 자연스러웠다.

소민은 그제야 키가 비슷해졌다는 듯 목각 인형의 얼굴에서 천을 걷어 내며 곽예주를 쳐다보았다.

"봐, 똑같애. 저 아저씨가 사랑하는 사람의 얼굴. 바로 고모 얼굴이야."

"……!"

곽예주는 아무 말 없이 목각 인형의 얼굴을 쳐다보았다.

눈과 코, 그리고 입이 있어야 할 자리엔 아무것도 없었다.

아직 손을 대지 않은 듯 반반하게 깎여 있는 얼굴엔 나무테만 둥글게 이리저리 얽혀 있었다.

하지만 곽예주는 볼 수 있었다, 그 한가운데서 활짝 웃고 있는 자신의 얼굴을.

그것은 눈으로 보는 것이 아닌 마음으로 보는 것이었고, 마음으로 본 자신의 얼굴은 거울 속 자신의 모습을 볼 때보다 더욱 선명한 모습이었다.

3

비는 촉촉하게 어깨 위로 내리고 있었다.

아니, 비라고 부르기에도 민망한 안개비였다.

부홍은 그래서 품속에 안아 든 소민을 더욱 힘껏 껴안았다.

"하아~"

소민이 나이에 어울리지 않게 한숨을 내쉬자, 하얀 연기로 변해 안개비 속에서 너울졌다.

“이제 돌아가자. 이런 날 나와 있으면 걱정들 하신다.”

부홍은 안아 든 소민을 감싼 옷을 더욱 여미며 걱정스런 목소리로 말했다.

소민은 항상 범우 어깨 위나 곽예주 품에 안겨 있었다.

그나마 틈이 나도 무당산에서 내려왔다는 늙은 도사 차지가 되곤 했다.

그래서 정작 아버지인 소이보조차 소민을 안아볼 기회가 흔치 않을 정도였는데, 오늘은 웬일로 소민이 먼저 부홍을 찾아와 밖에 나가자고 부탁을 하는 것이 아닌가.

그러나 애절한 슬픈 눈으로 부탁했던 소민은 정작 밖에 나온 후로는 아무런 말도 없었다.

그저 산등성이에 서서 하염없이 먼 하늘만 쳐다보며 온몸을 가늘게 떨고 있을 뿐이었다.

‘추운가?’

부홍은 혹시나 하는 걱정에 내공을 돋우었다.

하지만 시간이 지나자 소민의 떨림은 추위 때문이 아니라는 것을 알 수 있었다.

내력을 돋운 부홍의 몸이 후끈 달아올라 머리 위로 뜨거운 김까지 올라오고 있었지만 소민의 떨림은 멈춰지지 않았기 때문이다.

“돌아가자.”

“아니, 조금만 더 있다가…….”

“무슨 다른 이유라도 있는 것이냐?”

부홍은 소민이 무언가 실수를 저질러 집 밖으로 피해 나온 게 아닌가 하는 생각이 들었다.

만약 그랬다 하더라도 그걸 가지고 누가 뭐라 한다면 부홍 자신이 가만있지 않을 거라고 다짐했다.

그게 설령 소민의 아버지인 요안 소이보라 할지라도…….

어쩌면 이 자그마한 아이가 지금까지 벌어진 모든 일의 원흉일지도 몰랐다.

하지만 부홍은 전혀 그런 생각을 하고 있질 않았다.

도리어 강요맹이, 그리고 사검정이, 지반월이 목숨으로 지켜낸 소중한 아이란 생각이 들었다.

소민이 한참 주저하는 듯하더니 끝내 입을 열고는 힘없는 목소리로 말했다.

"오늘 누가 찾아와……."

"누가?"

"내가 볼 수 없는 사람이……."

소민의 이야기에 부홍 몸에선 금세 저도 모르게 살기가 돋았다.

그 살기를 느꼈는지 소민이 다급한 목소리로 말했다.

"아니야. 싫은 사람 아니에요. 내가 미안해서 그래요. 또한 너무 슬퍼서 그래요……."

부홍은 그 사람이 도대체 누군지 몰라 그저 멍하니 먼 건물만을 쳐다볼 뿐이었다.

쿵.

건물의 대문은 무거운 짐을 내려놓듯, 둔탁한 굉음과 함께 열렸다.

열려진 문 사이로 싸늘한 냉기와 함께 한 사내가 서 있었다.

범우가 긴장한 눈으로 사내를 보다가 굳은 얼굴로 입술을 열었다.

"대… 제자."

문 앞에 서 있는 사람은 분명 요선보주의 대제자인 원지상(袁支祥)이 틀림없었다.

성녀와 함께 사라졌던 원지상이 왜 갑자기 여기 나타났는지는 쉽게 추측할 수가 있었다.

아니나 다를까, 원지상이 몸에 둘렀던 도롱이, 즉 사의(蓑衣)를 풀며 주위를 빠르게 훑어보고는 말했다.

"어디 있는가."

범우는 말없이 원지상을 쳐다보았다.

어찌 됐든 모두 같은 요선보 사람이었다.

비록 사이는 좋지 않다 해도, 한 사람은 요선보주 기중국(箕增國)의 대제자였고, 다른 한 사람은 요선보를 대표하는 혈랑대의 대장이었다.

하지만 낯선 곳에서의 기묘한 마주침은 냉랭하기 짝이 없었다.

"누구 말입니까."

범우가 굳은 얼굴로 묻자 원지상이 미간을 살풋 찡그리며 대답했다.

"알지 않는가, 범 대장!"

범우의 얼굴이 더욱 굳어졌다.

아무리 대제자라 해도 범우 자신에게 하대를 하는 경우는 없었다.

그렇다면 답은 두 가지, 원지상이 적의를 가지고 여기 왔던가 아니면 무언가 다급한 일이 있다는 것.

'아마도 둘 다겠지.'

범우가 그렇게 생각할 때, 등 뒤에서 껄끄러운 목소리가 들려왔다.

"오랜만이군."

소이보였다.

원지상 역시 소이보를 발견했는지 빠르게 앞으로 걸어나왔다.

범우가 그 앞을 막아섰다.

원지상이 냉랭한 표정으로 범우를 쏘아봤지만, 범우는 쉽게 자리를 비켜줄 기색이 아니었다.

그 모습을 보고 있던 소이보가 천천히 입을 열었다.

"괜찮습니다, 형님. 아무래도 제게 볼일이 있어 온 것 같군요."

범우가 한동안 원지상의 얼굴을 쏘아보다 천천히 옆으로 걸음을 옮겼다.

드디어 거리를 두고 소이보와 마주 선 원지상이 낮게 으르렁대듯 물었다.

"어디 있는가."

"누가?"

하지만 소이보의 대답은 이죽거림에 가까웠다.

그러나 원지상은 소이보의 도발에 이글거리는 눈빛과 함께 아랫입술을 힘껏 부여 물고 한동안 쳐다볼 뿐이었다.

끝내 어쩔 수 없다는 듯 원지상이 두 눈을 감으며 말했다.

"알고 있지 않나."

"내 딸을 왜 네가 찾는 거지?"

소이보가 비웃듯 물었다.

원지상은 끓어오르는 분노를 참으려는 것처럼 한동안 숨을 고르다 말했다.

"그녀가 걱정한다."

"그 암캐, 아니, 그녀가 나와 무슨 상관이지?"

소이보는 엄마를 그런 단어로 부르지 말라던 소민의 이야기가 떠올랐는지 중간에 말을 고쳐 말했다.

원지상이 지그시 소이보를 노려보았다.

"민아는 그녀의 모든 것이다."

"또한 나의 모든 것이기도 하지. 그런데 이런 대화, 바람난 여자의 샛

서방에게 듣기엔 껄끄러운 일이군.”

“그녀를 모욕하지 마라!”

원지상의 온몸에선 살기가 물씬 풍겨 나왔다.

하지만 소이보는 그런 원지상이 가소롭다는 듯 쳐다볼 뿐이었다.

원지상은 끓어오르는 살기를 억지로 누르려는 듯 어깨를 바르르 떨었다.

“그녀는, 그녀는 성녀다. 단 한 번도 다른 사람의 손가락질받을 행동을 한 적이 없다.”

원지상은 짧게 내뱉은 후 한동안 머뭇대는 듯하더니 끝내 입을 다시 열었다.

“그건 내 선택이었다, 그녀를 따라나선 것은. 하지만 그녀는 내게 단 한 번의 틈도 보여주지 않았다. 괜찮았다, 나는 이미 알고 있었으니까. 그녀가 자신을 따라온다면 지극한 고통밖에 없을 거라고 말했지만, 그녀를 먼발치에서나마 볼 수 있다면 나는 모든 걸 버릴 수 있었다.”

“그리곤 버렸지.”

소이보가 비정할 만큼 냉정한 어투로 말했다.

하지만 소이보의 말에 원지상은 조금 전 분노했던 모습과는 달리 도리어 체념한 표정이었다.

“그래, 사부를 버렸다. 가문을 버렸다. 내가 선택을 했고, 그 결과는 내가 받을 것이다. 그러니까 그녀를 힘들게 하지 마라. 민아를……”

“소민, 그 아이가 했다.”

소이보의 말에 원지상이 무슨 뜻이냐는 듯 물끄러미 소이보를 쳐다보았다.

소이보 역시 조금 전처럼 이죽거리는 태도가 아닌 진지한 모습으로 말했다.

"소민이 선택한 것이다. 그래서 소민은 지금 내 곁에 있다. 너 역시 그 아이의 능력을 알고 있겠지?"

소이보의 말에 원지상은 충격을 받은 듯 아무런 말도 하지 못했다. 그저 혼잣소리를 하듯 입술을 달싹일 뿐이었다.

"선택, 운명, 그리고 선택……."

한동안 뜻 모를 이야기를 중얼거리던 원지상이 무언가 깨달았다는 듯 탄식과도 같은 한숨을 내쉬었다.

"오늘이 그날인가 보군."

"……?"

소이보가 무슨 말이냐는 듯 쳐다보았지만 원지상은 어느덧 처음의 굳은 표정으로 되돌아가 있었다.

"아무래도 네 말이 옳은 것 같군. 좋다, 돌아가겠다."

"어디로? 그녀에게로?"

"아니, 내가 있어야 할 자리로. 아니, 내가 있었어야만 할 자리로."

원지상은 아무런 미련도 남지 않았다는 듯 몸을 돌려 문으로 걸어나갔다.

하지만 막 문을 나가려는 찰나, 원지상이 발걸음을 멈추었다.

그리고는 뒤도 돌아보지 않은 채 말했다.

"그녀는 항상 말했다. '귀령과 마안은 하나였어요. 처음 시선이 마주쳤던 순간부터 하나였고 앞으로도 하나일 거예요. 그게 귀령이고 마안이니까…' 라고. 내가 슬픈 눈으로 그녀를 바라볼 때면 습관처럼 그 말을 하곤 했었지. 난 무엇이 귀령이고 또 마안은 무엇인지 알지 못한다. 하지만 그녀가 밤하늘의 달에게 기원하는 상대가 내가 아니라는 것은 알고 있지. 난 오래전부터 깨닫고 있었다, 그녀의 마음속엔 단 한 사람만 들어갈 수 있다는 것을. 그리고 그게 내가 아니라는 것 또한……. 소민을 부탁한다. 또한 그녀를 부탁한다.”

원지상은 소이보의 대답도 기다리지 않은 채 그대로 밖으로 빠르게 걸어나갔다.

그 뒷모습이 왠지 쓸쓸하면서도 비장해 보여 한참이나 바라보던 범우가 혼잣소리처럼 중얼거렸다.

“위험하군.”

“……?”

무슨 말인지 몰라 바라보는 소이보에게 범우가 굳은 표정으로 말했다.

“모든 걸 잃은 남자가 찾아갈 곳은 단 하나다. 이보, 아무래도 네가 나서야 할 것 같다.”

부홍은 먼발치서 한 사내가 일전방 건물 안으로 들어갔다가 잠시 후 되돌아 나오는 모습을 바라보았다.

마치 작은 개미처럼 작은 형체였지만, 그 모습이 왠지 눈에 익었다.

그때 소민이 온몸을 부르르 떨었다.

걱정되어 쳐다보는 부홍의 목을 마치 울 것 같은 표정의 소민이 꽉 껴안았다.

“무슨 일이지?”

소민이 물기가 가득한 눈으로 부홍을 쳐다보며 속삭이듯 작은 목소리로 말했다.

“삼촌, 부탁이 있어요.”

부홍이 걱정 말라는 듯 고개를 끄덕였다.

무슨 일인지 몰라도 들어줄 것이다, 온몸이 부서지더라도. 아니, 설령 죽는다 하더라도 이 작은 아이의 부탁을 들어줄 것이다.

부홍은 그렇게 생각하며 소민의 머리를 쓰다듬었다.

비록 뒤틀리고 일그러진 손이었지만, 부끄럽지도 또 자랑스럽지도 않았다.

그저 소민의 걱정을 덜어주려는 듯 부드럽게 쓰다듬을 뿐이었다.

◆ 第五章 ◆

붉은 노을

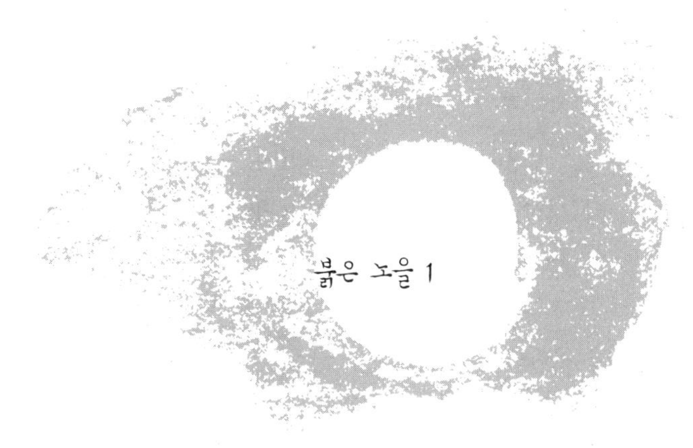

부홍(符弘)은 머뭇거리고 있었다.

하지만 옳은 선택인지 아닌지 판단할 시간이 없었다.

"어서……."

작은 목소리로 귓전에 속삭이는 음성 때문이었다.

부홍이 음성을 낮추어 대답했다.

"너무 거리를 좁혀서도 안 돼. 들킨단 말이다."

부홍은 짧게 말을 끝내고는 저도 모르게 입술을 꾹 다물었다.

자신이 생각하기에도 냉랭한 목소리였다.

소민같이 어린아이라면 어쩌면 차디찬 목소리에 놀라 울지도 모른단 생각이 뒤늦게 들었기 때문이다.

하지만 소민은 눈을 동그랗게 뜨고는 말했다.

"가까우면 안 돼요, 들켜서도 안 되고."

다행히 소민은 자신의 목소리에 놀란 것 같지 않았다.

“…….”

부홍은 아무 말 없이 소민을 내려다보았다.

지금 소민은 마치 나뭇가지에 올라앉은 애벌레처럼 부홍의 옆에 찰싹 붙어 있었다.

부홍 역시 키가 크지 않은 편이라 소민이 붙어 있는 부홍은 땅딸하고 작달막하게 보였다.

신기한 노릇이었다.

요안혈로(妖眼血路)로 알려진 치열한 전투 이후 부홍은 변했다.

다른 사람들도 그렇게 말했고, 스스로도 그렇게 느꼈다.

어디서도 홍안자(紅顔子)란 별명으로 불리던 예전 부홍의 모습은 없었다.

붉게 충혈된 눈에 살기로 번질거리는 두 눈빛은 아무도 시선을 마주치려 하지 않을 정도였다. 아니, 아예 가까이 올 생각도 하지 않았다.

부홍은 그것이 편했고 은근히 즐겼다.

지금은 일이 있어 밖에 나가 있는 넉살 좋은 소림 승려 굉요(宏瑤)만이 가끔 장난을 쳐왔지만, 곧 살기 어린 표정의 부홍을 보고는 뜨끔한 얼굴로 멀리 도망치곤 했을 정도였다.

하지만 이 아이는 달랐다.

무서워하기는커녕 맘씨 좋고 장난치기 적당한 막내 삼촌처럼 자신을 대하고 있었다.

“……?”

소민이 눈을 동그랗게 뜬 채 무얼 보냐는 듯한 시선으로 부홍을 쳐다보았다.

“…….”

하지만 부홍은 아무런 말 없이 그저 소민의 묘한 두 눈을 쳐다보았다.

손가락이 뒤틀리고 흉측한 검은색으로 변한 자신의 손을 먼저 잡아온 아이였다.

그리고는 흐느껴 울며 자신에게 속삭였었다.

"할 일이 있어요."

그 할 일이란 것이 저 재수없는 대제자 원지상의 뒤를 따르는 일이었다는 걸 그때 알았다면 부홍은 절대 소민을 데리고 나오지 않았을 것이다.

말없이 바라보는 부홍의 뺨을 소민이 작은 손가락으로 쿡쿡 찔렀다.

"안 따라가고 여기서 뭐 하는 거예요?"

부홍이 짐짓 살기를 돋워 노려보았지만, 소민은 마치 개구리가 자신을 멀뚱멀뚱 쳐다본다는 듯한 표정을 지을 뿐이었다.

마치 일부러 그런 표정을 지어 보이는 걸 다 안다는 듯한 눈빛이었다.

할 수 없다는 듯 부홍이 낮은 한숨을 쉬며 말했다.

"이 길은 하나뿐이다. 저 언덕을 넘으면 작은 길이 나오고 그리 가야 큰길과 이어지지. 다른 길은 없어. 또 저 사람의 무공은 높기 때문에 너무 가까이 붙는다면 곧 알아차릴 것이 분명하다. 그러니 우린 급히 뒤쫓을 필요는 없는 거야. 차라리 되돌아가서 네 아버지께……."

"그건 안 돼."

소민이 세차게 도리질을 쳤다.

그리고는 입술을 삐죽이며 말했다.

"또 너무 빨라서도 안 되고 너무 늦어서도 안 돼요."

빠르게 말을 잇던 소민이 슬픈 듯한 눈빛으로 고개를 푹 숙였다.

목 뒤로 드러난 소민의 하얀 뒷등이 너무도 투명하고 깨끗해 보여 부홍은 잠시 눈을 감았다.

소민이 처연한 목소리로 말했다.

"예전에, 예전에 말이야. 작은 애벌레를 하나 주웠어요, 뒷등에 빨간 꽃잎 다섯 개가 새겨진 아주 예쁜 벌레를. 그래서 난 집으로 데려왔지."

소민은 올려다보지도 않은 채 검지와 엄지로 애벌레의 크기만큼 벌렸다.

부홍의 짧은 손가락 한 마디쯤 되는 크기였다.

아이는 역시나 아이였다.

그저 숲 속에서 놀다 조그마한 애벌레를 친구로 삼은 모양이었다.

아무도 없는 깊은 숲 속에 숨어 살던 작은 계집애에게 결국 친구로 삼을 것은 작은 애벌레뿐이었으리라.

소민이 작은 요안을 반짝이며 물었다.

"왜 그런 줄 알아?"

"왜지?"

"애벌레가 죽었거든……. 그냥 놔두면 죽을 걸 알았거든요."

"……?"

부홍은 아무 말 없이 소민을 바라보았다.

자신도 그랬다. 어렸을 적 마당 한가운데 좁다란 길을 열던 개미를 하루 종일 보았던 기억이 있었다.

개미가 신기해서가 아니었다.

그저 높다란 신분의 귀하디귀한 자제였던 자신에게는 아무도 다가와 주지 않았기 때문이었다.

어머니밖에는…….

그래서 어머니 역시 자신에게 시간을 내줄 수 없을 때는 마당의 개미를 지켜보곤 했다.

그래야 했으니까. 그래야 바보처럼 보이지 않았으므로. 그래야 오랜 시간을 홀로 견딜 수 있었으니까.

그때 오랫동안 지켜보았던 개미의 기억은, 그래서 희미했다.

개미를 보고 있을 때면 항상 눈에 눈물이 잔뜩 고여 있는 상태였기 때문이다.

그래서 작은 친구, 그저 꿈틀거리는 재주밖에 없는 애벌레의 죽음을 보는 아이의 심정을 부홍은 누구보다 더 잘 알 수 있었다.

하지만 정작 불쌍하다고 생각한 소민은 작은 새처럼 입술을 오물거리며 종알거리고 있었다.

"모르지. 작은 새가 꿀꺽했을지. 아니면 높다란 나무에서 떨어져 죽었을 수도 있고. 하지만 난 알았어요. 그냥 그대로 두면 그 작은 친구가 곧 죽을 거란 걸."

"그랬니?"

부홍은 저도 모르게 손으로 소민의 머리를 쓰다듬었다.

하지만 곧 자신의 오그라지다시피 한 손이 너무도 맑아 보이는 소민의 이마에 어울리지 않는 것 같아 얼른 손을 치웠다.

"응, 그래서 난 애벌레에게 '화아(嬅兒)'라는 이름을 붙여주고는 집으로 가져와서 작은 상자 안에다 넣었어. 그럼 새들에게도 안전하고 높은 나무에서 떨어질 일도 없잖아요. 하지만 말이야, 다음날 상자를 열자 작은 화아는 죽어 있었어요. 딱딱하게 굳은 채. 난 너무 슬퍼서 울었어요."

부홍은 한참이나 주저대다가 손을 소민의 이마에 가져다 대었다.

갈라지고 엉퀸 부홍의 손가락이 가늘게 떨리고 있었다.

"화아가 죽어서 우리 소민이 너무 슬펐구나……."

부홍의 말에 소민이 다시 도리질을 쳤다.

"아니야."

"그럼?"

"죽음을 지켜봐 주지 못했거든. 친구로서……."

"……!"

소민이 부홍의 옷을 움켜쥐고 슬픈 눈으로 올려다보며 말했다.

"친구잖아. 운명은 피할 수 없어. 하지만 친구잖아. 그러니까 내가 지켜봐 줘야 하잖아……."

"……."

부홍은 잠자코 소민을 바라보고 있었다.

자신도 그랬다. 친구들의 죽음을 보았다.

소민은 부홍과 눈을 맞춘 채 떨리는 목소리로 말했다.

"그러니까 우린 뒤따라가야 해요……."

"저 사람을?"

"응, 지금 저 아저씨는……."

소민은 고개를 돌려 이미 이슬비 속에서 한 점으로 멀어진 대제자의 뒷등을 바라보며 말을 이었다.

"죽으려고 하거든……."

부홍은 한참 동안 말이 없다가 곧 소민을 당겨 안았다.

"그래, 가자꾸나. 지켜봐 줘야지."

소민이 마음에 든다는 듯 그제야 활짝 웃었다.

＊　　　＊　　　＊

원지상은 말없이 커다란 대문을 바라보았다.

커다란 대문은 예전의 크기 그대로일 것이다.

하지만 원지상의 눈엔 한없이 초라하고 작게만 보였다.

대문은 말없이 원지상을 보고 있는 것 같았다.

현판에는 요선보라고 적혀 있었지만 더 이상 요선보가 아니었다.

도리어 요선보 옆에 쓰여진 마도본가 예영당 호북 지부라고 쓰인 글씨가 더욱 커 보일 정도였다.

그것도 천박한 서체로 박아 넣어져 있었다.

대문 앞에서 창을 들고 서 있던 두 사람이 긴장한 눈길로 원지상을 쳐다보다 조심스럽게 물었다.

"무슨 일로……?"

원지상은 아무런 말 없이 상대를 쳐다보았다.

이럴 수는 없었다. 예전에 걸쳐져 있던 굵고 힘찬 글씨의 현판은 어디로 가고 그저 예영당 호북 지부라니…….

원지상이 말없이 현판만을 쳐다보자 머쓱해졌는지 더욱 조심스러운 목소리로 물었다.

"여긴 무슨 일로……."

지금 원지상의 모습에서 아무래도 고수의 냄새를 맡은 것 같았다.

"여기가 요선보가 아닌가?"

"요선보 맞습니다. 하지만……."

"하지만?"

"더 이상 그렇게 부르지는 않지요. 물론 우리들끼리만 하는 얘기지만."

사내가 어투에선 한껏 비웃음이 묻어 있었다.

원지상이 한동안 사내의 얼굴을 쳐다보다 물었다.

"온 지 얼마 안 되는가 보군."

"예?"

"날 모르니 하는 말이다."

"예, 사실 전 기현소축에서 파견 나온……."

사내가 주절주절 말하는데 옆에 있던 사내가 팔꿈치로 사내의 옆구리를 툭 하고 쳤다.

아무래도 이상했나 보다. 눈치를 보아하니 이 사내는 아무래도 예전, 그러니까 강요맹이 이끌던 흑랑대(黑狼隊)와 혈랑대(血狼隊), 그리고 이화림이 이끄는 요화림(妖火林)이 명성을 떨쳤을 때 요선보에 없었던 사람임에 틀림없었다.

"저기, 누구신지……."

"보주를 만나고 싶다."

원지상은 더 이상 사내들을 쳐다보지 않은 채 툭 뱉었다.

윗사람만이 가질 수 있는 자연스러운 기도를 느꼈는지 어깨를 좀 더 움츠린 채 사내가 대답했다.

"보주께서는 어제 연회의 숙취로 인해서… 뉘신지 말씀을 해주시면……."

"숙취?"

원지상이 반문했다.

순간 눈에선 살기가 번뜩였다.

보주, 그러니까 사부께서는 술을 하지 못하셨다.

아니, 몸 상태로 인해 술은 금기시하는 형편이었다.

그런 사람이 연회를 열고 또 술을 마셨다니 이상한 일이었다.

"어……?"

사내가 경계의 눈길로 창을 고쳐 쥐더니 앞으로 겨누어 내밀었다.

원지상이 몸을 부르르 떨다 곧 한숨과 함께 어깨를 내렸다.

"마도칠가 사람이다."

한결 누그러진 목소리였다.

아니, 분노를 깊은 곳에 갈무리했을 때만이 가능한 목소리였다.

그제야 두 사람이 서로 얼굴을 쳐다보며 고개를 끄덕였다.

요선보와 어떻게 얽혀 있는지 몰라도 분명 정파의 사람은 아니었다.

더구나 자연스런 기도와 하대도 이상하게 들리지 않으니 분명 높은 자리에 있는 사람임이 분명했다.

마도칠가 중에는 무공에 미쳐 강호의 일엔 무관심한 사내들도 분명 있기도 했다.

한 사내가 굳은 얼굴로 억지로 웃으며 말했다.

"아! 그럼 진작 말씀하시지 그러셨습니까. 요선보 일은 보주 대신 총관인 교 어르신께서 보고 계십니다. 보주야 허수아비에 지나지 않지요."

"교 어르신이라니? 교단서 말이더냐?"

"예? 예, 교 어르신께서……."

"그럼 보주는? 보주가 바뀌었단 말이냐?"

"모르셨습니까? 벌써 삼 년이나 지난 일……."

"누구냐!"

"예?"

"막부갱(莫扶更), 부열상(符劣翔), 호절강(胡切剛) 중에 누가 보주더냐!"

"그야 호 어르신께서……."

"으흠……."

그 순간 원지상의 얼굴이 시커멓게 변했다.

자신의 막내 사제인 호절강이었다.

간교한 면은 있어도 항상 계집애 같은 놈이라 그리 신경 쓰지 않던 놈이었다.

"다른 사람은? 막부갱이나 부열상은? 아니, 이화림은?"

"전대 보주의 제자들은 모두 죽었고, 이화림이라면 그 곱상한 계집 맞지? 멀리 쫓겨 도망쳤다는……."

사내가 더듬거리며 말을 잇다가 옆에 동료를 보고 물었다.

그러자 동료가 사내의 말을 막으며 원지상을 보고 물었다.

"그런데 뉘신지……."

원지상은 고개를 숙인 채 침울한 표정을 지었다.

"교단서… 내 이놈을……."

그랬다.

비밀리에 요선보의 일을 처리하던 바로 그 사람이 일을 꾸민 것이다.

더욱이 막내 제자는 사부를 밀어내고 그 자리에 앉아 있었다.

아니, 솔직히 그런대로 그건 괜찮다고 생각했다. 사부만 죽이지 않았다면, 또 요선보를 잘 이끌고 있다면.

떠나면서 자신의 자리는 아마도 두 번째 사내인 막부갱이 맡으리라 생각했다, 야심이 있는 놈이었으니까.

하지만 호절강이라면? 그 간교한 놈이었다면?

"……."

아무 말 없이 서 있는 원지상을 보고 무언가 이상했는지 다시 사내들은 경계의 빛을 나타냈다.

사람이 바뀌고 주인이 바뀌었다. 요선보는 더 이상 예전의 요선보가 아니었다.

원지상이 아무런 말 없이 상대의 창을 손으로 잡았다.

"어?"

상대가 딸려오지 않으려는 듯 발에 힘을 주었지만 이미 창은 그 짧은 순간 원지상의 손에서 어느새 두 동강이 나 있었다. 아니, 두 동강났다 싶은 순간 어느새 창끝은 제 주인의 목에 틀어박혀 있었다.

그 모습을 보고 혼이 나간 듯 한참이나 멍하니 서 있던 또 다른 사내가 겨우 입을 열었다.

"누, 누구요."

"되찾으러 온 사람이다. 제자리로 돌아온 사람이다, 이미 너무 늦었지만."

"그럼?"

"요선보의 대제자. 못나기만 한 그놈이 바로 나다."

원지상의 마지막 말을 사내는 듣지 못했다.

손으로 사내의 이마 한중간을 살풋 짚으며 마치 자책처럼 중얼거린 말이었기 때문이다.

털썩.

둔탁한 소리와 함께 사내가 허물어져 내렸다.

하지만 원지상의 시선은 더 이상 사내에게 있지 않았다.

가볍게 땅을 박차고 오른 원지상이 대문 위에 걸려 있던 현판을 잡았다.

바로 눈앞에 크게 새겨진 호북 지부란 글자가 있었다.

원지상이 현판을 뜯어내고는 허공중에 맴을 돌았다.

펑!

굉음과 함께 커다란 현판이 조각나 비처럼 쏟아져 내렸다.

원지상은 가볍게 땅에 내려선 뒤 대문을 힘껏 열어젖혔다.

갑작스런 소리에 놀랐는지 사람들이 우르르 쏟아져 나왔다.

모두 흑색을 걸쳤지만, 더 이상 예전의 엄정한 기색은 보이지 않는 행색이었다.

"건물은 그대로이되 사람은 간곳없구나."

홀로 탄식처럼 원지상이 중얼거릴 때쯤 그중 우두머리로 보이는 한 사내가 걸어나오며 크게 호통을 쳤다.

"대체 누구이길래 마도칠가를……. 허억!"

사내는 입을 쩍 벌리고는 믿지 못하겠다는 듯 원지상을 쳐다보았다.

원지상이 물었다.

"넌 서관(徐款)이었던 것 같군."

"예……."

얼떨결에 고개를 숙이며 인사를 건네던 사내가 문득 고개를 들었다.

"그런데 어쩐 일로……."

"내가 이곳에 오는 데도 꼭 이유가 있어야 하는가?"

"아, 아닙니다."

"그런데 보기보다 빨리 출세를 했군."

"……."

서관이라 불린 사내는 곧 얼굴이 새빨갛게 변한 채 고개를 숙였다. 하지만 그것도 잠시, 그는 발작적으로 고개를 들며 말했다.

"요선보는 더 이상 요선보가 아닙니다!"

"오호, 언제 요선보가 없어졌지? 난 마도칠가가 마도육가로 바뀌었다는 것을 듣지 못했거늘."

"세상이 바뀌었습니다. 주인이 바뀌었습니다."

원지상이 크게 호흡을 들이키고는 말했다.

"세상? 주인? 주제넘은 말이구나. 아느냐? 밥을 주면 꼬리를 흔드는 게 네놈 일이다. 그런 놈에 세상과 주인을 논할 수 있다고 생각하느냐?"

서관이 이를 악물더니 크게 고함쳤다.

"교 어르신께 연락하라! 그리고 모두 막아라!"

하지만 정작 서관은 연신 뒷걸음을 칠 뿐이었다.

몰려나온 사람들은 모두 백여 명 남짓. 하지만 원지상은 주위를 둘러보며 감회에 젖었다.

예전엔 떠들썩했다.

모두들 입엔 웃음이 걸리고, 입에서 쏟아져 나오는 말이라고는 모두 걸쭉한 욕설들뿐이었지만 활기에 차 있었다.

하지만 지금은 모두들 누렇게 뜬 희멀건한 눈으로 주위만 살피고 있었다.

사람이 바뀌니 모든 게 바뀌었다.

건물들 역시 수리한 지 오래되었는지 기둥이나 지붕 한쪽이 내려앉은 것투성이였다.

깃들여 살았던 사람들이 이미 떠난 지 오래였다.

원지상이 주위를 둘러보다 포권을 취했다.

"늦은 인사를 용서하라. 내 이름은 원지상, 요선보의 대제자다!"

모두들 원지상의 장중하면서도 넘치는 위압감에 침을 꿀꺽 삼켰다.

원지상이 칼을 빼 들고는 크게 고함을 쳤다.

"북풍이 차고 매섭다. 형제들은 휘파람을 불어라!"

심후한 내력 탓인지 외침은 넓은 전각 건물들 사이로 쩌렁쩌렁 울려 퍼졌다.

아마도 요선보 안에 있는 사람이라면 못 들은 이는 하나도 없을 게 분명했다.

하지만 정작 원지상을 에워싼 혹의를 입은 사람들은 그저 서로의 눈치만을 살피고 있을 뿐이었다.

그중에는 예전부터 요선보에 있던 사람들 역시 많았다.

갈 곳 있는 사람들은 모두들 떠난 상태, 남은 사람들은 갈 곳도 없고 그저 할 줄 아는 것은 마적질이 전부인 사람들뿐이었다.

원지상의 말은 말을 타고 재물을 강탈하는 향마(響馬)들만의 은어였다.

즉, 적이 뒤따르니 모두들 경계하라는 뜻이었다.

잊혀지다시피 했던 오래전 은어를 갑작스레 듣게 된 사람들의 표정이 묘하게 변했다.

원지상이 다시 크게 외쳤다.

"노을이 붉다. 배향(配享)은 나중 일이다. 술은 뜨겁게 데워질 것이다."

노을이 붉다는 말은 마음먹고 크게 살인을 하겠다는 뜻이었다.

또 배향과 술이 뜨겁게 데워질 것이란 것은 늦은 일에 대한, 아니, 일이 이렇게 된 것에 대한 사과는 나중에 하겠다는 뜻이었다.

포위하고 있던 사람들 중에 눈매가 서글서글한 노인네 하나가 떨리긴 해도 카랑카랑한 목소리로 말했다.

"산주(山主)께서 올리실 배향은 우리 몫입니다. 오늘 노을은 참 붉으니 저도 꽃을 꺾어 술 한 잔 올리겠습니다!"

노인네가 갑자기 목청을 높이자 옆에 있던 흑의인이 이상하다는 듯이 쳐다보았다.

노인이 그 사내의 어깨에 손을 올리며 미소 띤 얼굴로 말했다.

"오래 기다리다 보면 좋은 일도 있는 게야. 진짜 주인이 돌아왔으니 오늘은 노을이 참 붉겠군."

노인의 말에 사내는 무슨 노을을 말하는가 싶었는지 저도 모르게 멍하니 하늘을 쳐다보았다.

바로 그때 노인의 칼날이 사내의 가슴을 매섭게 꿰뚫었다.

갑작스런 변고에 사람들의 시선이 노인을 향했을 때 갑작스레 사람들 사이 여기저기에서 외침이 들려왔다.

"노을이 붉다!"

외침 소리와 함께 사람들의 비명 소리가 터져 나오기 시작했다.

요선보를 잊지 못한 채 남아 있던 사람들이 일제히 칼을 휘둘러 주위의 사람들을 베어간 것이다.

영문도 모른 채 갑작스레 당한 일에 사람들이 일제히 우왕좌왕하는 가운데 원지상이 맨 처음 말했던 노인을 보며 웃었다.

노인 역시 원지상을 보며 미소를 띠었다.

하지만 그것이 노인이 마지막 짓는 미소였다.

곧 옆에 있던 사람이 노인의 목을 칼로 내려쳤기 때문이다.

"놈!"

원지상이 칼을 빼 들고 노인을 죽인 사람의 목을 베어냈지만 이미 늦은 일이었다.

그러나 땅에 떨어진 노인의 머리는 그 순간까지도 행복한 듯 미소를 짓고 있었다.

원지상이 머리를 들고는 더 높은 목소리로 외쳤다.

"산중 부처는 어서 목을 드리워라!"

그 절절한 목소리에 사람들의 다툼이 일제히 멎었다.

그리고 사내가 나타났다.

"형님!"

사내의 형색은 막 일어난 듯 부스스한 머리에 구겨진 옷차림이었지만, 걸친 옷과 장신구는 화려하고도 호화로운 것이었다.

게다가 갈라진 듯 찢어지는 목소리는 분명 귀에 익었다.

계집애처럼 곱상하게 생긴 놈은 분명 막내 사제 호절강이 틀림없었다.

"놈, 어찌 된 일이냐!"

호절강이 눈알을 교활하게 떼구루루 굴렸다.

"형님이 여긴 어쩐 일이오?"

"그건 내가 물을 이야기다!"

호절강은 한참 동안 말이 없다가 곧 헤헤 웃었다.

"헤헤, 나야 사형을 기다렸잖우. 다른 사형들은 모두 떠나갔수다."

원지상은 호절강을 보며 더욱 얼굴을 굳혔다.

다른 사형제들은 떠난 게 아니라 모두 죽었을 게 틀림없었다.

자신이 예상한 대로라면 교단서와 호절강의 짓이 분명했다.

하지만 지금은 그게 중요한 것이 아니었다.

"사부는 어디 계시느냐!"

"사부?"

놈은 눈을 동그랗게 떴다가 고개를 끄덕였다.

"늘 그렇듯 태청전(太淸殿)에 계시지요. 모두 손을 멈춰라, 우리 형님이시다! 형님, 어서 이리로. 사부께서도 기뻐하실 겁니다. 물론 형님을 알아보실는지 모르겠지만."

호절강은 주위에 소리쳐 싸움을 말리고는 얼른 원지상 앞에 달려와 소매를 잡고 앞으로 끌었다.

뒤에 서 있는 흑의인들이 이제 원래 요선보에 있던 사람들과 다른 마도칠가에서 온 사람들로 각기 두 패로 갈려져 서로를 쳐다보고 있는 가운데, 원지상은 호절강의 뒤를 묵묵히 따랐다.

"글쎄 말이우, 그 교단서란 놈이 동무군과 손을 잡았을 줄 누가 알았겠수? 그냥 뒤통수를 맞은 격이라우. 더구나 요선보로서는 요안과 어울려 강요맹과 범우가 사고를 쳤으니 예영당에 할 말도 없어진 게 아니우."

호절강은 술과 여자에 절었는지 눈 밑이 검게 변해 있었다.

하지만 그 와중에도 자신에 대한 변명만은 잊지 않았다.

"형님이 왔으니 얼마나 다행인지 모르우. 다른 사형들 역시 돌아오면 이제 요선보는 크게 어깨를 펴도 되겠지. 사부께서 정신이 온전하지 않아 업무를 보지 못하시니 내가 대신 일을 봐야 했지만 사실 볼 일도 없었다우, 교단서가 모든 일을 처리했으니. 사부께서도 정신이 온전하지 않아 보는 사람마다 내쫓으셔서 이젠 시중드는 사람도 없을 지경이우."

천천히 문을 열며 호절강이 주절주절 이야기했다.

왜 저렇게 이야기를 늘어놓는지 원지상은 잘 알 수 있었다.

화려했던 문은 이미 먼지로 얼룩진 지 오래였다.

문을 열자 맨 처음 느껴지는 것은 지저분한 악취와 더러움이었다.

그리고 기다란 대전 위 단상에는 어쩌면 자신이 당당히 앉아 있었을지도 모를 의자가 올려져 있었다.

그리고 그 앞에 한 노인이 누워 있었다.

갈아입은 지 오래돼 보이는 꾀죄죄한 옷이 헐겁게 노인의 몸 위에 얹혀져 있었다.

원지상의 눈이 깊게 가라앉았다.

노인의 형색은 이미 예상했다.

아니, 살아만 있어달라고 얼마나 빌었는지 몰랐다.

다행히 살아 있어주었다. 그것이 감사했다.

하지만 노인이 침상처럼 누워 있는 그것, 넓은 판때기가 너무나 눈에 익었다.

굳이 노인을 비키게 하고 읽지 않아도 알 수 있었다.

대문에 걸어놓았어야 할 요선보란 세 글자가 새겨져 있는 현판이었다.

노인은, 이렇게 보잘것없는 모습으로 누워 있으면서도 현판만은 몸으로 꼭 지키고 있는 것이다.

그 모습에 마음이 저릿해져 오고 손이 떨렸다.

"누구냐. 쿨럭~"

가늘게 이어지는 목소리와 기침 소리는 귀에 익었다.

"누구냐?"

노인 역시 이상한 기운을 느꼈는지, 살거죽만 남아 오르락내리락하는 가슴팍이 크게 요동치고 있었다.

호절강이 과장된 웃음소리와 함께 말했다.

"사부님, 형님이 오셨습니다."

"형님이라니, 모두 죽었을 텐데?"

힘없이 고개를 외로 돌리는 노인네의 두 눈은 멀겋게 멀어 있었다.

호절강이 얼른 원지상의 눈치를 살피다가 다시 킬킬거리며 웃었다.

"저렇게 정신이 없으시다우. 아, 글쎄, 큰형님께서 오셨다구요. 사부의 가장 사랑스러운 제자, 바로 대사형이 말입니다."

"누구?"

노인이 자세히 보려는 것처럼 머리를 들어올렸지만 곧 힘을 잃고 아래로 툭 떨어져 내렸다.

원지상이 몇 걸음 앞으로 나서며 말했다.

"사부, 너무 오랜 시간이었군요. 못난 제자 원지상이 인사 올립니다."

목소리는 떨렸다. 고개를 숙인 채 땅을 짚은 두 손바닥 사이에 눈물이 떨어지고 있었다.

"지상이냐?"

"예!"

"정녕 지상이더냐?"

“예!”

짧은 질문과 대답 사이에 원지상의 목소리는 언제 흐느꼈냐는 듯 평온하고 무겁게 가라앉아 있었다.

그것을 느낀 노인이 한숨을 내쉬었다.

“하아~ 진짜 지상이로구나!”

노인의 목소리는 처연했다.

오랜 기다림 속에 보상을 받은 듯 노인의 굳은 얼굴이 펴졌다.

그때 두 손을 짚은 원지상의 두 손바닥 사이가 붉게 변했다.

조금 전 원지상의 눈물로 얼룩졌던 땅바닥은 다시 붉은색으로 물들어가기 시작했다.

요선보주가 한숨처럼 말했다.

“쓸데없는 짓을 했구나.”

“제가 응당받아야 할 죗값입니다.”

담담히 말하는 원지상의 뒤에서 호절강이 눈을 부릅뜬 채 서 있었다.

마치 뱀의 형상을 닮은 듯 아홉 번 구부러진 독특한 모양의 사형검(蛇形劍)을 손에 쥔 채였다.

사형검은 기회를 노려 찔렀음에도 사혈을 비켜 왼쪽 어깨 위에 꽂혀있었다.

“으윽!”

하지만 호절강이 힘을 주었지만 검은 좀체 원지상의 몸에서 뽑히질 않았다.

마치 조개가 입을 다문 것처럼 꾹 다물어진 원지상의 근육이 단단하게 호절강의 검을 잡고 있었기 때문이다.

“합!”

호절강이 어쩔 수 없다는 듯 검에서 손을 놓고는 뒤로 물러서며 일장을 날렸다.

펑!

마치 가죽 부대를 치는 것 같은 소리가 요란하게 울렸다.

곧 켜켜이 쌓여 있던 먼지가 충격 때문에 뿌옇게 허공에 떠올라 어지러이 날렸다.

잠시 후 먼지가 가라앉자 원지상이 마치 석상처럼 그 자리에 있었다.

마치 아무 일도 벌어지지 않은 것처럼 처음 그 모습 그대로 엎드린 자세였다. 단지 원지상의 옷이 부풀어 올라 있을 뿐이었다.

자신의 기공을 뿜어내어 맨몸으로 호절강의 장공(掌功)에 맞선 것이었다.

호절강은 믿을 수 없다는 듯 자신의 손바닥을 내려다보았다.

은은하게 붉은색으로 물든 손바닥은 분명 자신이 모든 공력을 내뻗었다는 것을 나타내 주고 있었다.

노인이 말했다.

"막내는 게으른 게 탈이었지. 무공에 있어 간교함보다 우둔함이 더 필요하다 했거늘. 더구나 매일 계집질에 술까지 했으니……."

"그래도 사부님에게 식은 밥 한 덩이 올리지 못한 못난 사형보다는 나은 면이 있습니다."

노인이 피식 웃으며 말했다.

"밥은 교단서가 신경 쓴 것이지. 비록 쉰 밥일망정……. 저놈은 가장 먼저 날 죽이자고 했던 놈이다."

뒤에 있던 호절강의 눈매가 매서워지더니 곧 박차고 올라 앞으로 구르며 떨어져 있던 구곡사형검(九曲蛇形劍)을 쥐었다.

"조심하거라."

"걱정 마십시오."

원지상의 말이 끝나기가 무섭게, 아니, 입을 여는 그 순간 호절강의 사형검이 허공을 날았다.

자신의 진력을 다한 듯 눈으로도 따라가지 못할 속도였다.

하지만 원지상은 손끝 하나 움직이지 않았다.

막 사형검이 원지상의 등에 꽂히려 할 때, 붉은 구름이 피어올랐기 때문이다.

마치 안개처럼 내려앉은 붉은 인영은 사형검의 끝을 한 손으로 튕겨내고는 다른 한 손을 부드럽게 호절강의 가슴에 얹었다.

호절강은 믿을 수 없다는 듯 자신의 가슴에 얹힌 손을 보았다.

아이의 것마냥 작고 앙증맞은 손이었다.

원래 작기도 했지만, 지금은 불에 이즈러진 것처럼 검게 일그러진 그 손이 마치 봄날의 꽃잎처럼 자신의 가슴 사이에서 사라지는 것을 볼 수 있었다.

손이 사라진 뒤를 이어 작은 팔꿈치가, 그리고 곧 어깨와 몸통이 자신의 가슴 사이로 빠르게 사라지고 있었다.

호절강의 귀에 으드득거리는 가슴뼈가 일그러지는 소리가 요란하게 들렸다.

귀로 듣는 소리가 아닌, 몸에서 곧바로 느껴지는 소리였다.

곧 호절강의 뒷등이 터져 나가고 좀 더 붉어진 손과 어깨와 몸이 나타났다.

좀 더 사악해진 눈매와 비웃음을 입꼬리에 매달고 있는 사람, 부홍이 자꾸 거칠어지려는 숨결을 가라앉히느라 온몸을 가늘게 떨고 있었다.

원지상이 뒤를 천천히 돌아보며 말했다.

"그럴 필요 없었다."

부홍이 뒤도 돌아보지 않고 말했다.

"내가 필요했으니까."

노인이 허옇게 먼 눈을 멍하니 뜨고 물었다.

"누구냐."

원지상이 다시 노인을 향해 고개를 숙이며 말했다.

"요선보 사람입니다."

"다행이구나……."

요선보 사람이란 말에 노인이 가늘게 안도의 한숨을 내쉬었다.

노인의 한숨을 기다리기라도 한 것처럼, 가운데가 뻥 뚫린 호절강의 몸이 털썩 바닥에 떨어져 내렸다.

어찌 되었든 호절강은 요선보의 사람, 아니, 자신이 손수 기른 제자였다.

다른 사람의 손이 아닌 요선보 사람의 손에 그 끝을 맺었다면 그걸로 좋다는 뜻이었다.

"대단한 실력이로구나."

노인은 비록 눈이 보이지 않아도 상황을 알고 있는 것 같았다.

"부홍이란 자입니다."

원지상이 설명하자 노인이 알겠다는 듯 고개를 끄덕였다.

"들은 것 같구나. 혈랑대에 혈면수라(血面修羅)가 있다는 것을……. 이리 오너라."

부홍이 천천히 다가갔다.

얼굴 한 번 제대로 보지 못한 사람이었다.

하지만 한 시대의 패주이자 요선보를 있게 한 사람이었다.

"소… 손을……."

노인이 앙마른 손을 천천히 들어올렸다.

하지만 마음만 그럴 뿐 이미 기력이 빠져나간 노인의 손은 힘없이 아래로 떨궈져 내렸다.

부홍이 얼른 노인의 손을 잡았다.

노인이 멀건 눈으로 부홍을 보며 물었다.

"부덕한 권력 앞에 무릎 꿇지 않았느냐?"

"예."

"힘없고 헐벗은 사람들을 도왔느냐?"

"예."

"불의 앞에 목숨을 걸었느냐?"

"예."

"형제들을 네 목숨처럼 여겼느냐?"

"예."

노인이 그제야 흐뭇한 미소와 함께 말했다.

"하아~ 요선보는 아직 죽지 않았구나."

잠시의 적막이 흘렀다.

노인은 말하고 있었다.

큰 건물이 요선보가 아니었다. 사람들이 많이 모여 힘을 가졌다고 해서 요선보가 아니었다. 강자가 많고 위세가 드높은 요선보를 원한 게 아니었다.

부덕한 권력 앞에 무릎 꿇지 않고, 불의 앞에 목숨을 걸며, 형제들을 목숨처럼 여기는 사람, 그게 단 한 사람에 지나지 않더라도 그 한 사람이 있기에 요선보가 존재하는 것이라는 것을 노인은 말하고 있었다.

한참이나 멍하니 천장만 바라보던 노인이 입을 열었다.

"그런데 저 아이는 누구냐?"

노인의 감각은 매서웠다.

비록 그저 숨만 붙어 있는 시체와 다를 바 없다 해도 감각만은 그 어느 고수에 뒤떨어지지 않았다.

숨다피시 기둥 뒤에 조용히 서 있던 소민의 존재를 알아차리고 묻는 것이 틀림없었다.

부홍이 천천히 고개를 숙이고 노인에게 말했다.

노인이 고개를 끄덕였다.

"대단한 분이 나타나셨군."

곧 고개를 한 켠으로 돌리고는 말했다.

"성녀께 물어볼 말이 있소이다. 너희들은 뒤로 물렀거라."

원지상과 부홍은 천천히 뒤로 걸어나왔다.

곧 소민이 종종걸음을 걸어 노인의 옆에 앉았다.

노인이 입술을 달싹였다.

힘없이 달싹이는 노인의 입술을 소민이 작은 손으로 막고는 곧 노인 옆에 납작 엎드려 턱을 괴었다.

소민이 소곤소곤 무언가 이야기를 시작하자 노인의 얼굴에는 밝은 미소가 번지기 시작했다.

창가에서 쏟아져 들어오는 햇살 아래 뿌연 먼지가 떠다니고 있었다.

그렇게 마치 얇은 천을 두른 것 같은 햇살이 누워 있는 노인과 소민 위에 부드럽게 내려앉고 있었다.

어둡고 습한 대전과 대비되어서 그런지 노인과 소민은 마치 환상 속에 있는 것 같았다.

노인과 소민은 마치 할아비와 손녀처럼 나직한 정담을 계속 이어가고 있었다.

가끔씩 노인의 '그래, 그렇구나' 하는 낮은 읊조림만 간간이 들려오는 가운데, 이야기를 들려주는 소민의 표정이 어떨 때는 환하게, 또 어떨 때는 슬픈 듯 코끝을 찡긋거리며 계속 소곤거리며 이야기를 전해주고 있었다.

언제고 그치지 않았으면 하는 아름답고 몽환적인 분위기를 전각의 문 밖에서 들리는 냉랭한 목소리 하나가 깨뜨리고 있었다.

"오랜만에 오셨거늘 인사가 늦었구려."

마치 딱딱한 인형이 아래턱을 달그락거리며 내는 듯한 건조한 목소리.

바로 교단서의 목소리가 틀림없었다.

◆ 第六章 ◆
당당한 죽음

원지상이 천천히 다가가 문을 열었다.

벌써 대전 앞엔 사람들이 가득 모여 있었다.

모두 손에 병기를 든 채 긴장한 얼굴로 자신을 보고 있었다.

교단서의 푸르죽죽한 얼굴은 여전했다.

하지만 눈빛만은 이미 망한 집안에 뒤늦게 찾아온 장자(長子)를 보듯 냉랭하기 짝이 없었다.

원지상은 주위를 둘러보았다.

아직 교단서가 완전히 제압한 것은 아닌 듯, 모든 사람들 중 삼 할 정도의 사람들은 따로 떨어진 채 저 멀리서 원지상을 바라보고 있었다.

만약 원지상이 무슨 명령이든 한다면 원지상 편에서 싸워줄 사람들이었다.

지금에서야 원지상은 사부의 말을 이해할 수가 있었다.

그 사람들이 요선보였다. 불의에 무릎 꿇지 않고, 불의에 맞서 형제를 위해 목숨을 거는 사람들이 바로 요선보였다.

요선보는 아직 죽지 않은 것이다.

원지상이 냉랭히 말했다.

"기다리시오."

그 말에는 어떠한 분노도 들어 있지 않았다. 아니, 어쩌면 아무 일 없이 몇 년 전으로 돌아간 것처럼 평범하게 건네는 이야기인 것 같았다.

그래서인지 원지상의 존재는 더욱 사람들의 마음속에 깊이 내려앉고 있었다.

"……."

말없이 교단서가 노려보았다.

원지상이 다시 입을 열었다.

"보주께서 아직 준비가 안 되셨소. 그러니 기다리시오."

원지상은 등을 돌려 걸었다.

마치 기다려라, 이야기했으면 너희들은 기다려야 한다는 듯한 태도였다.

교단서의 얼굴이 더욱 시퍼렇게 변했다.

원지상이 사부에게 다가갔다.

무엇이 그리 재미있는지 소민은 깔깔 웃었고 노인은 흐뭇한 미소로 멍하니 천장을 바라보고 있었다.

"때가 되었습니다."

원지상이 조심스럽게 말을 건넸다.

노인이 팔을 가슴께에 올려놓고는 말했다.

"이거……."

원지상이 천천히 다가가 노인의 품속에 손을 넣었다.

소민은 가까이 다가오는 원지상과 눈도 마주치지 못하고 붉어진 고개를 푹 숙였다.

이윽고 노인의 품에서 꺼내 든 것은 붉은 쌍두불(雙頭佛)이었다.

위에는 악마의 얼굴이, 아래는 천사처럼 자비로운 표정인 두 개의 얼굴을 가지고 있는 불상이었는데, 아마도 서역(西域) 밀교(密敎)에 전해져 내려오는 물건 같았다.

"이건……."

"그래, 네게 건네주고 싶었던 거다. 또 네가 이것 때문에 여기까지 왔다는 걸 알고 있고."

원지상의 눈에 습기가 찼다.

노인이 건네주고 싶어했던 것은 바로 요선보의 표식인 물건이었다.

노인이 힘을 가지게 되었을 때 우연히 손에 넣었고, 그 이후 요선보의 상징이 되었다.

어쩌면 노인이 바란 요선보의 모습일지 몰랐다.

불의엔 악귀처럼, 정의엔 자상한 부처의 모습으로…….

그 사실을 알고 있는 원지상이 힘없이 말했다.

"이건… 건네줘야 할 사람이 따로 있습니다."

"나도 알고 있다. 하지만 잠시라도 네 손에 그게 들려 있는 모습을 보고 싶었다."

"……."

원지상은 아무런 말도 하지 않았다.

그저 힘껏 쌍두불을 움켜쥐었을 뿐이다.

한동안 말이 없던 원지상이 고개를 돌려 부홍에게 말했다.

"한 가지 부탁할 게 있네."

부홍 역시 원지상을 바라보다 곧 고개를 숙였다.

"하명하십시오."

“……..”

원지상이 의외라는 듯 부홍을 바라보았다.

지독히도 말을 안 듣는 사람이 바로 요선보의 혈랑대였다.

자신이 대제자로 있을 때도, 그 대제자란 존재를 발끝의 때만큼도 여기지 않던 사람들이 혈랑대의 삼팔구였다.

그런 사람이 자신에게 고개를 숙이고 하명을 바란다는 말을 하다니.

의외라는 표정을 읽었는지 부홍이 원지상이 들고 있는 쌍두불을 보며 말했다.

“잊으셨나 본데, 저 역시 요선보의 사람입니다.”

인간 원지상이 아닌 원지상이 들고 있는 쌍두불상을 향한 존경이었다. 아니, 존경하는 그 모습을 살 시간이 얼마 남지 않은 요선보주에게 보여 주고 싶었는지도 몰랐다.

“보주를…….”

원지상이 아무런 말 없이 요선보주가 누워 있는 현판을 들었다.

부홍 역시 뒤로 가서 현판의 뒤를 잡았다.

요선보, 마치 용이 날아갈 것같이 휘갈겨 써진 현판 위에 진정한 요선보주가 올라 있었다.

소민 역시 요선보주 옆에 앉아 있을 만큼 현판은 컸지만, 원지상과 부홍은 어렵지 않게 들 수가 있었다.

“이제 문턱을 넘습니다. 밖에 개 몇 마리가 있지만 그리 걱정하실 것은 없습니다.”

원지상이 말했다.

노인이 알았다는 듯 눈을 깜빡이다 건조한 목소리로 힘없이 물었다.

“지상아.”

“예.”

마치 마지막 유언처럼 들려 원지상이 발을 멈추었다.

하지만 뒤를 돌아보진 않았다. 아니, 돌아볼 용기가 없었다.

노인이 물었다.

"행복하였더냐?"

"……."

원지상은 고개를 숙였다.

노인의 말은 결코 그동안 자신의 부재를 탓하고자 하는 음성이 아니었다.

도리어 그러길 바랐다는 듯 걱정과 기원이 가득 담긴 목소리였다.

"…예."

한참이나 울대를 움직이고서야 간신히 잠긴 목을 풀어내고는 원지상이 대답했다.

노인이 흡족하다는 듯 웃었다.

"그럼 되었다."

노인은 고개를 끄덕였다.

마치 자신의 말처럼 모든 게 잘되었다는 듯이…….

부홍이 크게 외쳤다.

"요선보주가 납신다!"

부홍의 외침에 문밖에 서 있던 흑의인들이 주춤주춤 뒤로 물러섰다.

전각 앞마당에 모여 있던 사람들 중 사십여 명이 요선보주가 나오자 곧 일제히 무릎을 꿇었다.

"보주를 뵙습니다!"

교단서가 의외라는 듯 눈가를 실룩이며 보주를 보다가 곧 옆에 있는 소민을 바라보았다.

소민은 아무 말 없이 교단서를 보았다.

맑은 두 눈을 보자 교단서는 마치 귀신을 본 것처럼 뒷걸음질을 쳤다.

그리고는 혼잣말처럼 더듬거렸다.

"저건 요… 요안……."

요안. 요사한 눈동자.

그 말이 뜻하는 것은 단순한 글자의 뜻 이상이었다.

마도칠가 사람들에게는, 아니, 요선보 사람들에겐 더욱 큰 의미였다.

또 다른 절대자, 두려움을 모르는 존재, 바로 그것이 요안이었다.

신비한 두 눈을 가진 절대자의 전설은 요안혈로라는 이름으로 아직도 회자되어, 바로 어제 벌어진 일처럼 여겨질 정도였다.

요안 소이보가 가져다준 강렬한 충격이 아직 가시지 않은 지금, 또 다른 요안이 나타났다는 것은 꿈에서도 상상하지 않았던 일이었다.

"이게 대체……."

교단서가 믿어지지 않는다는 듯 중얼거릴 때였다.

원지상이 천천히 앞으로 걸어나와 계단 위, 한창때의 요선보주가 버티고 서서 군웅들을 독려했던 바로 그 자리 위에 현판을 내려놓았다.

천천히 몸을 일으킨 원지상이 품에서 한 가지 물건을 꺼내 들었다.

쌍두불상(雙頭佛像). 아래위 두 개의 부처 얼굴이 조각되어 있는 독특한 물건이었다.

"아아~"

엎드려 있던 사람들 중 몇몇의 입에서 탄성이 터져 나왔다.

어떤 사람은 감격 어린 눈으로 쳐다보고 있었다.

저 쌍두불상 아래서 강호를 말발굽 아래 놓고 질타했던 세월을 경험했던 사람들이었다.

새로운 요안과 쌍두불상, 사람들의 동요를 눈치 챈 교단서의 마음이 다급해졌다.

어쩌면 저 쌍불상을 미리 빼앗아야만 했었다.

단지 그러려면 저 노인을 죽이는 수밖에 없었다, 그 앙상한 뼈마디만 남은 손으로 꽉 움켜쥐고 있었으니까.

이미 허울밖에 안 남은 불상 따윈 아무래도 좋다고 생각했다.

그보다는 노인을 살려두어 요선보 사람들의 동요를 막는 게 낫다고 생각한 게 탈이었다.

원지상이 냉랭히 말했다.

"교 단주, 나 없는 동안 요선보를 이끌어주어 고맙소. 아, 내 사제는 이미 사부의 명을 받아 내가 처치했소이다. 아니, 정확히는 보주님의 명을 받은 혈면수라가 마지막 숨통을 끊어놓았지만."

혈면수라(血面修羅) 부홍(符弘).

어쩌면 요안혈로에 참여하지 않은 요선보 사람들에겐 요안 소이보보다 더 치 떨리게 만드는 존재일 수 있었다.

적어도 요안의 실력은 직접 보지 못했지만, 부홍이 악귀같이 설치던 모습은 너무나 익숙한 것이었으므로……

피에 굶주린 미친 악귀처럼 길길이 뛰어다닐 때의 부홍의 모습은 요선보 사람이라면 절대 잊을 수 없는 것이었다.

그제야 사람들이 원지상의 뒤에 서 있는 부홍의 모습을 보았다.

예전 홍안자(紅顔子), 즉 부끄럼쟁이일 때의 모습은 없었지만, 도리어 지금 살기를 풀풀 풍겨내는 모습이 더욱더 살 떨리게 만들고 있었다.

원지상의 쏘아보는 눈매에 교단서가 저도 모르게 천천히 뒷걸음질을 쳤다.

모든 것을 머리로 세상을 재단하며 살아온 자였다.

주판알을 튕기듯 앞뒤 순서를 따져 가며 일 처리를 해온 자였다.

또 다른 요안의 출현과 갑작스런 대제자의 모습은 자신의 예상을 넘어선 것이었고, 자연히 문기서의 머리는 혼란스러웠다.

그러다 문득 발걸음을 멈췄다.

이미 주사위는 굴려졌다.

자신은 이미 예영당의 개가 된 지 오래였다.

그 결과 요선보는 교단서 자신의 것이었다.

비록 보주는 호절강이지만, 그건 그저 껍데기에 지나지 않는다는 걸 누구도 알고 있었다.

원지상은 자신을 교 단주라 부르고, 또 수고했다는 말을 했다. 그 몇 마디 말 때문에 자신의 위치가 다시 예전으로 되돌아간 것이다.

그럴 수는 없다고 생각한 교단서가 입을 열었다.

"대제자께서 이렇게 요선보에 다시 오시리라 생각지 못했소. 하지만 지금 보주는 분명 호절강 그분이셨거늘……."

이때까지 누워 있던 보주가 뒤에 서 있던 부홍에게 작은 목소리로 무언가 말을 건넸다.

부홍이 보주를 일으켜 세웠다.

보주가 힘겹게 입을 열었다.

"호절강은……."

작은 목소리였지만, 자신의 모든 것을 짜내어 말한 것이었다.

이 중에 그 말을 듣지 못한 사람은 없었다.

노인은 힘겨운지 잠시 말을 끊었다가 곧 손가락을 들어 원지상을 가리키며 말했다.

"다음 요선보의 보주는 원지상이다."

비록 허파에서 바람 빠지는 작은 한숨과도 같은 말이었지만, 분명한 자기 표현이었다.

교단서가 무어라 하든 요선보주를 선택하는 것은 교단서가 아니라 요선보주였다.

그 요선보주가 요선보의 사람들 앞에서 당당히 다음 보주가 원지상이라고 밝힌 것이다.

원지상이 손에 든 쌍두불상을 높이 들고 크게 외쳤다.

"나 원지상은 새로운 요선보주가 되었다. 그리고……."

원지상은 슬쩍 뒤에 서 있던 소민을 바라보았다.

소민은 아직도 고개를 숙인 채 눈을 맞추지 않았다.

아니, 이렇게 많은 사람들 앞에 나선 것이 처음이라 그런 것일지도 몰랐다.

그때 어디선가 키득거리는 소리가 들렸다.

마치 커다란 쇠톱끼리 비비는 것 같은 높은 쇳소리였다.

"요선보는 주인이 잘도 바뀌는군."

노인이었다. 한가롭게 산책이라도 나온 듯한 부잣집 노인네 같은 차림새였다.

옷은 비단으로 화려하게 치장했고, 허리엔 보석으로 요대(腰帶)를 삼은 듯 눈부신 광채까지 흘러나왔다.

하지만 어울리지 않게 손에 든 양산(陽傘)은 검은색이었다.

치장은커녕 검은 기름칠이라도 한 듯 볼품없고 둔탁해 보이기까지 하는 양산이었다.

원지상의 눈빛이 순간 흔들렸다.

노인의 손에 들린 양산이 그저 햇빛을 가리기 위한 것이 아닌, 기현소축의 가주가 들고 다니는 쇄혼산(碎魂傘)임을 알아보았기 때문이다.

기현소축의 무리가 그렇듯, 쇄혼산 역시 변화가 심한 물건이었다.

펼치면 방패로, 접으면 단창으로 휘두를 수 있었고, 뽑아 들면 칼이 되며 심지어 쇄혼산 끝에선 암기까지 쏘아져 나오곤 하는 괴병(怪兵) 중의 괴병이었다.

기현소축의 가주인 기현환이 마치 친구에게 말을 건네듯 웃으며 요선보주에게 말을 건넸다.

"오랜만이로군. 하지만 이렇게 아이들 손에 들린 장난감처럼 손에서 손으로 쉽게 건네지는 게 요선보주 자리일 줄은 몰랐네."

요선보주가 허옇게 먼 눈빛으로 기현환을 보며 씨익 웃고는 작은 목소리로 말했다.

"능력있는 사람이 많으니까. 좀 더 기다려 보면 더 재미있는 광경도 보게 될 걸세."

"……?"

기현환이 눈을 동그랗게 떴다.

마치 기현환의 궁금함을 풀어주려는 듯 원지상이 손에 든 쌍두불상을 높이 쳐들며 말했다.

"내가 첫 번째로 할 일은 내 다음번 보주를 정하는 것이다."

사람들의 표정이 일순 묘하게 변했다.

벌써 오늘만 해도 두 번째 보주가 바뀌었다.

호절강에서 원지상으로.

하지만 갓 보주가 된 원지상이 제일 먼저 할 일이란 것이 다음번 보주를 정하는 일이라고는 전혀 예상조차 하지 못한 일이었다.

원지상이 주위를 둘러보며 잠시 시간을 가진 뒤 다시 입을 열었다.

"다음번 보주는 요안이다. 요선보 혈랑대 삼팔구에 속해 있던 요안 소이보, 바로 그 사람이 다음 요선보의 주인이 될 것이다."

사람들의 놀라움은 이제 극에 달했다.

아니, 지켜보던 사람들뿐 아니라 교단서까지도 진정 놀라 버렸다.

요안 소이보. 소림무치와 예영당주 동무군과 멋지게 한 수 겨루고도 살아남은 자.

교단서의 놀란 얼굴을 보며 원지상이 다시 크게 외쳤다.

"하지만 지금 요선보주는 바로 나 원지상이다. 바로 나 원지상이 현재 요선보주다!"

원지상이 심후한 내력으로 거듭 외쳤다.

메아리처럼 울려 퍼지던 원지상의 목소리가 잠잠해지고, 사람들의 거친 호흡 소리도 조용해질 때서야 원지상이 몸을 틀어 기현환을 보며 말했다.

"미처 오신 걸 몰랐습니다. 무슨 일로 오셨는지……."

기현환이 기도 안 찬다는 듯 눈을 동그랗게 뜨다가 크게 웃었다.

"하하, 내가 정말 재미있는 광경을 보는군. 예영당주에게 크게 패한 후 숨어 사는 놈이 다음번 요선보주라니……. 나? 나야 통보를 하러 왔지. 바로 다음 마도본가를 뽑는 모임이 다가왔거든. 굳이 내가 오지 않아도 되는 일이지만, 오랜 친구인 요선보주를 보러 왔다가 아주 재미있는 광경을 보게 되는군."

"재미있으셨다니 다행입니다."

담담히 말하는 원지상의 태도는 요선보주다운 모습을 보여주고 있었다.

"하지만 누가 요선보주로 자넬 인정했지? 내 듣기로 예영당주는 그러한 뜻을 나타낸 적이 없는 것 같은데?"

기현환의 말에 요선보 사람들의 눈에 은은한 분노의 빛이 나타났다.

또 교단서와 새로 요선보에 들어온 사람들의 어깨는 천천히 뒤로 펴지고 있었다.

예영당주 동무군.

그 이름만으로도 사람들의 마음을 진탕시키고 있었다.

하지만 원지상은 담담히 얘기했다.

"요선보주의 자리는 예영당과 상관없는 일입니다."

"과연 그럴까?"

"왜냐하면 요선보의 이름을 지키는 사람들이 바로 요선보이기 때문입니다."

"맞습니다!"

단상 아래 있던 사람들이 일제히 외쳤다.

요선보가 있어 요선보 사람들이 있는 게 아니라는 말, 요선보 사람들이 있기에 요선보가 만들어졌다는 그 말이 사람들의 가슴을 끓게 만들고 있었다.

원지상이 흐뭇하게 웃으며 말했다.

"또한 못난 사람이긴 하지만, 요안에게 자리를 넘겨주기 전까진 제가 요선보주인 것 같습니다만."

그때였다.

담 너머로 듣기 싫은 껄끄러운 목소리 하나가 날아들었다.

"누구 마음대로 나한테 자리를 넘겨준다는 것이지?"

죽립을 깊게 내려쓰고 담장 위에 올라서 있는 사람이었다.

"왔는가?"

"아빠!"

소민과 원지상이 동시에 말했다.

소이보가 죽립을 들어올리며 말했다.

"어딜 가면 나한테 허락을 받아야 하지 않느냐."

소이보가 가볍게 책망하듯 소민에게 말했다.

그 모습 어디에서도 강호를 벌벌 떨게 만든, 사람들의 혼을 훔쳐 간다는 요안의 모습은 없었다.

도리어 자신의 아이를 걱정하는 듯한 아비의 모습만 있을 뿐이었다. 아니, 더 나아가 부홍에게 타박까지 했다.

"너는……."

"……."

부홍이 고개를 숙였다.

홍안자란 예전 별명다운 모습이었다.

이때까지 삭막하고 살기에 찼던 그런 모습과는 달랐다.

소이보 역시 별다른 말 없이 그저 눈가를 살풋 찡그렸을 뿐이었다.

그때였다.

이때까지 죽은 듯 비스듬히 기대앉아 있던 요선보주가 입을 열었다.

"네놈이 요안이렷다!"

곧 숨넘어갈 것 같던 노인의 음성치곤 기합이 잔뜩 들어 있는 목소리였다.

소이보가 이건 또 뭔가 하는 눈빛으로 보주를 본다.

"내가 요선보의 주인인 기증국(箕增國)이다!"

소이보가 그제야 알았다는 듯 고개를 끄덕였다.

요선보에 들어온 이후 처음으로 얼굴을 보는 사람이었다.

요선보는 익숙했지만, 요선보주는 얼굴조차 보지 못한 낯선 사람이었다.

아니, 요선보보다는 강요맹이 이끌던 혈랑대에 익숙했다는 말이 맞았다.

요선보주 기증국이 형형한 눈빛으로 소이보를 보았다.

"강요맹은 어디 있느냐!"

마치 꺼지기 직전의 촛불이 밝은 빛을 내듯, 어쩌면 기증국 역시 죽기 전에 잠시 기운을 되찾은 것인지도 몰랐다.

소이보가 껄끄러운 목소리로 말했다.

"죽었습니다."

보주는 그럴 줄 알았다는 듯 끄응 하는 한숨 소리와 함께 눈을 감았다.

마음속 무언가를 삭이려는 듯 잠시 말이 없던 기증국이 다시 눈을 뜨고는 물었다.

"그럼 지금 혈랑대를 이끄는 사람은 누구냐!"

소이보가 아무 말 없이 요선보주 기증국을 바라보았다.

혈랑대. 잊혀졌던 이름이었다.

소이보의 시선이 고개를 숙이고 있는 부홍을 보았다.

부홍 역시 아무 말 없었다.

하지만 부홍의 눈빛에서 소이보는 알 수 있었다.

부홍은 소이보를 따르는 게 아니었다.

그렇다고 요선보를 따르는 것도 아니었다.

그저 혈랑대를 따르는 것뿐이었다.

더 이상 핏빛 악몽 속에서 어머니의 죽음을 지켜보며 공포에 온몸을 떨던 나약한 사람이 아니었다.

자신의 가족과도 같던 강요맹 이하 모든 사람들의 원혼을 갚기 원하고 있었다.

'범우 형님이 계시지 않은가?'

소이보는 순간 그렇게 생각했다. 아니, 그게 순리였다.

하지만 범우는 대장, 즉 앞서 돌격하는 데 능한 사람이었다.

무언가 목표가 정해지면 군말없이 치달려 가는 사람이었다. 그것이 범우였다.

그래서 강요맹 같은 대주(隊主)는 되지 못했다.

아니, 현재 와서는 요안 소이보와 혈랑대의 삼팔구는 동일시되고 있었다.

요안이 없으면 혈랑대는 없었다.

소이보가 무너지면 혈랑대 또한 무너지는 것이었다.

싫든 좋든, 자신이 원하지 않아도 이미 소이보는 혈랑대를 대표하고 있었다.

소이보가 천천히 고개를 돌리고는 말했다.

마땅치 않다는 듯한 목소리였다.

"저인 것 같습니다만……."

기중국이 말없이 소이보를 쳐다보았다.

소이보 역시 아무런 말 없이 기중국을 마주 볼 뿐이었다.

붉게 충혈된 눈으로 소이보를 보는 기중국의 얼굴에 천천히 미소가 번지더니 결국 껄껄대며 웃었다.

"물건이군, 물건이야. 이제 마음 놓을 수 있겠어. 크하하하하……."

이제 곧 숨넘어갈 것 같은 노인의 웃음소리가 아니었다.

웃음은 호탕하고 낭랑했다.

하지만 그 웃음은 오래가지 못했다.

기중국은 고개를 뒤로 젖힌 채 호탕하게 웃는 모습 그대로 굳어진 것처럼 움직이지 않았다.

그것이 기중국의 마지막 웃음이었다.

앉은 채 호탕하게 웃는 모습으로 숨진 기중국의 시신 앞에 원지상이 천천히 무릎을 꿇었다.

아랫입술을 깨문 채, 원지상이 자신의 왼팔 소매를 부욱 찢어내어 왼

팔에 감았다.

그 옆에 있던 부흥 역시 무릎을 꿇고 자신의 왼 소매를 찢어내어 왼팔에 감아 묶었다.

계단 아래 모여 있던, 마음속으로 요선보를 따르는 사람들 역시 일제히 무릎을 꿇고 찢은 소매를 팔에 묶었다.

눈물도 없었다. 비통함도 없었다.

누구도 비분에 찬 호통 소리조차 토해내지 않았다.

소이보 역시 아무 말 없이 자신의 왼 소매를 부욱 뜯어내었다.

왠지 그래야만 할 것 같았다.

어찌 됐든 별림의 할아버지와 은원이 얽히고 또 강요맹이 몸담았던 장소의 주인이었기 때문이다.

옆에 서 있던 교단서가 푸르죽죽한 얼굴 한가운데 있는 눈알을 데구루루 굴렸다.

일이 이상하게 돌아가고 있었다.

교단서가 흘낏 옆에 서 있는 기현환을 쳐다보았다.

다른 사람도 아닌 마도칠가 중 한 축인 기현소축의 수장이 바로 옆에 있었다.

또 자신과 손을 합쳐, 아니, 자신의 명령을 따르는 요선보의 일부 사람들과 예영당에서 파견한 무인들 수 역시 적지 않았다.

기현환이 교단서의 눈짓에 짐짓 헛기침과 함께 말했다.

"마도칠가의 큰 별 하나가 졌군. 요선보주라면 무림의 큰 기둥 중 하나인데 이렇게 허망하게 가다니 믿질 못하겠군. 아쉬운 일이야……."

기현환이라고 해도 주위의 공기가 싸늘해진 것을 못 느끼는 것은 아니었다.

어찌 보면 요선보주의 죽음 역시, 마도칠가 중 당당히 한자리를 차지

하는 기현소축의 주인이면서도 예영당주 동무군의 개 노릇을 하던 기현환 때문일지도 몰랐다.

하지만 기현환의 얼굴은 사람들의 생각보다 더 두꺼운 게 틀림없었다. 주위를 둘러보며 기현환이 짐짓 혼잣소리처럼 중얼거렸기 때문이다.

"자, 그럼 누구에게 말을 전한다? 요선보주 자리가 공석이 되었으니……."

원지상이 그 말에 천천히 몸을 일으켜 돌아섰다.

"나한테 주면 됩니다."

기현환이 인상을 찡그리며 말했다.

"아니지. 아직 예영당주의 허가가 떨어지지 않았으니 요선보의 주인 자리는 정해진 것이 아니지."

기현환은 흘깃 옆에 있는 교단서를 쳐다보며 빙그레 웃었다.

"혼란한 시기엔 그래도 나이 많고 경험 많은 안전한 사람이 적당해 보일 것도 같고……."

기현환의 속마음은 분명했다.

이 혼란한 기회를 틈타 교단서에게 요선보의 주인 자리를 주려고 하는 것이었다.

교단서 역시 그 말을 기다렸다는 듯 고개를 끄덕였다.

교단서가 살 방법은 단 하나밖에 없었다. 아니, 그것이 기다려 왔던 일이었다. 자신이 요선보의 주인이 된다면 그 누가 나서서 요선보에서 저지른 자신의 과오를 지적하겠는가.

물론 원지상과 요안 소이보가 이 자리에 나타났다는 게 떨떠름했지만, 기현소축의 주인인 기현환과 자신이 힘을 합친다면 적어도 일방적인 결과는 나오지 않을 거라 믿었다.

설혹 밀린다 해도 목숨을 부지하고 돌아갈 자신은 있었다. 만약 낭패

한 꼴로 빈손으로 돌아간다 해도 괜찮았다.

요안 소이보의 생존과 또 다른 꼬마 계집애 요안의 등장은 충분히 동무군의 관심을 끌 수 있을 거라 믿었다.

기현환 역시 속으로 같은 생각을 하는 게 틀림없었다.

원지상이 기현환의 얼굴에서 그런 뜻을 읽었는지 눈을 가늘게 뜨며 말했다.

"안 뵌 사이에 나이가 꽤나 드셨나 봅니다."

"무슨 뜻인가?"

기현환이 짐짓 눈을 동그랗게 뜨고 물었다.

"새로 마도본가를 뽑는다는 통고를 위해 오신 것이 아니셨습니까?"

"그렇네만……."

기현환이 미간을 찌푸리며 대답했다.

원지상이 무슨 의도로 말을 꺼내는지 알 것 같았기 때문이다.

아니나 다를까, 원지상은 천천히 입을 열었다.

"마도칠가 중 마도본가를 뽑는 시기에는 여타 다른 가문의 일에 절대 관여할 수 없습니다. 설령 마도본가라 해도 말이지요. 이유는 기현소축의 주인께서 아시다시피 차기 마도본가를 뽑는 일에 그 어떤 영향력을 주는 일도 없어야 하기 때문입니다. 이 일은 초대 성녀께서 정하신……."

원지상은 성녀라는 단어에서 잠시 말을 멈췄다.

기현환이 낭패한 표정으로 고개를 끄덕였다.

"그… 그야 그렇지. 다른 가문의 일에 감히 끼어들 수는 없는 일이지. 설령 그 가문의 배신자를 처단한다는 구실로 아랫사람을 함부로 죽인다 해도 말이지."

기현환이 흘깃 교단서를 쳐다보았다.

교단서의 퍼런 얼굴이 더욱 퍼렇게 변해 아예 남색 물감을 들인 것처럼 보일 정도였다.

기현환의 속셈은 뻔했다.

교단서와 원지상은 이미 요선보에서 같이 숨 쉬기 곤란한 존재였다.

아마도 죽고 죽이는 무시무시한 싸움이 벌어질 것이고 그사이, 자신은 가볍게 몸을 빼낼 계획이었다.

어쩌면 지금 요선보의 일보다 더 중요한 것이 요안과 또 다른 새로운 요안의 출현일지도 몰랐다.

원지상이 고개를 끄덕였다.

상대적으로 교단서의 시퍼런 얼굴이 더욱더 시커멓게 변했다.

기현환이 만면의 미소를 띠며 천천히 뒤로 걸음을 옮겼을 때였다.

원지상이 고개를 저으며 입을 열었다.

"아니, 제 말을 잘못 들으신 듯하군요. 무슨 일이든 벌인다는 것은 배신자를 두고 말한 것이 아니었습니다."

"그럼?"

원지상이 천천히 검을 뽑아 들며 말했다.

"나 원지상이 어른께 도전합니다."

어쩌면 너무도 담담한 태도라 기현환마저도 잘못 들은 것이 아닌가 생각했을 정도였다.

기현환의 눈썹이 움찔거렸다.

"자네……."

원지상은 그런 기현환의 눈을 똑바로 쳐다보며 말했다.

"나 원지상, 요선보의 주인 자격으로 기현소축의 주인이신 선배께 감히 도전합니다."

물이 흐르듯 담담한 어조에 뽑아 든 검을 한가롭게 옆으로 치켜든 지금 원지상의 모습은 정녕 요선보의 주인다운 모습이었다.

기현환이 어이없다는 표정을 짓다가 끝내 호탕한 웃음을 웃었다.

"하하하, 좋아, 좋아. 어린놈의 도전을……."

기현환이 문득 웃음을 멈추고는 나머지 말을 내뱉었다.

"내 받아줌세!"

기현환의 우산이 순간 활짝 펴졌다. 지금 그의 마음은 다급하기 짝이 없었다.

강호의 싸움은 사람 수로 결정되는 것이 아니었다.

아무리 양 떼가 많다 해도 범 한 마리를 당해낼 수는 없었다. 아니, 만약 실력이 출중하다면 자연히 사람들이 모이는 법이었다.

예영당 역시 사람의 숫자보다는 동무군이란 절대자가 있었기 때문에 지금의 위세를 가지게 된 것이었다.

지금 고수라고 할 수 있는 사람은 모두 넷. 그중 기현환 자신과 교단서가 손을 잡는다 해도 저쪽은 요안 소이보와 원지상이 있었다.

자신은 몰라도 교단서는 사실 솜씨가 떨어졌다.

아니, 피만 보면 일류의 솜씨를 나타내 보이는 부흥과 비슷하다 할 수 있었다.

그런 상황에서는 마도칠가의 가주라 해서 체면을 돌볼 상황이 아니었다.

그래서 염치 불구하고 선공을 취한 것인데, 원지상은 마치 그럴 줄 알았다는 듯 검을 치켜올렸다.

그 모습을 본 기현환의 얼굴에 묘한 미소가 어렸다.

'되었다!'

상대는 자신의 우산을 막아야만 했다.

활짝 펴진 우산은 상대의 시야를 막으려고 하는 것이 아니었다.

도리어 우산을 움직이는 서른여덟 가지 변초를 숨기려는 의도가 강했다.

만약 그걸 무시하고 칼을 휘두른다면 상대는 가슴이 꿰뚫리겠지만, 우산에 가려진 자신은 그저 팔뚝 하나 희생하면 되는 일이었다.

물론 그런 일은 한 번도 일어나지 않았고, 일어나리라 생각하지도 않았다.

특히 상대하는 사람이 고수일수록 그 정도 일은 서로가 예상했기 때문이었다.

그러나 이때까지 일어나지 않았던 바로 그 일이 눈앞에서 벌어지고 있었다.

찌— 익—!

쇄혼산의 정중앙이 갈라지는 듯하더니, 불쑥 칼날이 그 사이에서 튀어나왔다.

"제길!"

기현환은 쇄혼산 끝이 무언가 뭉툭한 걸로 헤집어놓는 듯한 느낌과 함께 자신의 오른팔에 화끈함을 느꼈다.

뒤로 몇 걸음 물러선 기현환의 눈에 가슴이 벌어진 채 비틀거리고 있는 원지상의 모습이 보였다.

"이런 멍청한……."

기현환이 볼 때는 정말이지 멍청한 짓이 분명했다.

그저 상대의 팔뚝 하나를 노리기 위해 자신의 목숨을 내놓는 일 따윈 한 번도 생각해 본 적이 없었다.

하지만 자신은 우산을 놓쳤지만, 상대는 칼을 놓치지 않았다.

그것이 승부를 갈랐다.

원지상은 마치 상처 입은 호랑이처럼 하늘로 치솟고는 그대로 칼을 내리그었다. 그것이 기현환의 마지막이었다.

그저 세상 모든 일을 머릿속으로만 생각하고 계산해서 살아왔던 기현환은 이런 상황을 단 한 번도 상상해 보지 못했던 게 분명했다. 머리부터 몸통까지 두 동강 나 죽는 그 순간까지도 멍한 표정을 지은 채였으니까.

원지상은 한쪽 무릎을 꿇은 채 고개를 숙인 자세로 숨을 거칠게 몰아쉬고 있었다.

무리하게 공력을 끌어올린 탓인지 죽은 기현환이 쏟아낸 피보다 원지상의 가슴에서 뿜어져 나오는 피가 더욱 많은 것처럼 보일 정도였다.

"요안……."

입술을 달싹이듯 작은 목소리였지만, 소이보는 무엇을 뜻하는지 알 수 있었다.

장검을 뽑아 들고 앞으로 걸어나오는 소이보를 보며 교단서의 얼굴이 긴장으로 시커멓게 변했다.

하지만 교단서의 두 손까지 긴장한 것은 아니었다.

어느새 두툼한 교단서의 두 손바닥에는 새파란 기운이 어른거리고 있었다.

단 한 번도 세상에 꺼내 보이지 않았던 자신만의 절기인 청독장(青毒掌)이었다.

하지만 소이보는 그런 데 관심이 없다는 듯, 그저 한가롭게 교단서의 어깨너머를 보며 한마디 할 뿐이었다.

"부홍."

'아차!'

교단서가 급하게 신형을 돌렸다.

아무리 술과 여자에 절어 있다 해도, 만만치 않았던 막내 제자 호절강을 간단하게 죽인 인물을 까맣게 잊고 있었다니!

그러나 정작 부홍은 매섭게 짓쳐들기는커녕 멀리서 비웃듯 싸늘한 웃음만 웃고 있을 뿐이었다.

순간 교단서의 얼굴이 말로 형용 못할 기묘한 빛으로 변했다.

있는 힘을 다해 다시 몸을 돌리며 두 손바닥을 앞으로 내밀었지만, 손에 걸리는 것은 아무것도 없었다.

무언가 화끈한 것이 목을 통과하는 듯싶더니 곧 눈앞에 소이보의 몸이 옆으로 기우뚱 기우는 것이 보였다. 아니, 베어진 교단서의 머리통이 땅에 떨어지면서 본 마지막 장면이었다.

소이보는 그렇게 교단서의 머리를 베어내고는 천천히 원지상 옆으로 다가가 섰다.

원지상이 힐끗 고개를 돌려 땅바닥에 구르는 교단서의 머리를 보더니 허탈하게 웃었다.

"지나치게 간단하군."

"싸움은 요령이니까."

소이보가 히죽 웃으며 대답했다.

하지만 지금 상황은 서로 농담을 건넬 만한 것이 아니었다.

땅에 꿇고 있는 원지상의 무릎의 떨림이 점점 더 심해지고 소이보를 보고 있는 원지상의 동공 역시 점차 초점을 잃고 있었다.

원지상의 입술이 달싹였다.

"비웃어도 좋아, 난 행복했으니까."

"비웃은 적 없다, 괴상하다고는 생각했어도."

소이보의 퉁명스런 대답을 들은 원지상이 희미하게 웃었다.

"좋은 사부를 두었고, 사부 뜻대로 보주의 자리에도 올랐어. 또 사랑하는 사람을 가까이서 지켜도 보았고. 이대로 좋네. 이대로 끝나는 게 좋아……."

원지상이 마치 자신의 지나온 궤적을 돌이켜 보는 듯 중얼거릴 때, 작은 발자국 소리가 원지상 뒤에서 다가왔다.

이미 눈앞이 흐려진 원지상이었지만, 그 발자국 소리가 누구의 것인지 금방 알 수 있었다.

원지상이 웃었다. 하지만 두 개의 입술은 파르르 떨리고 있었다.

"엄마가 많이 걱정한 거 아니?"

"아저씨가 더 걱정했잖아."

원지상의 말에 소민이 울먹이는 목소리로 대답했다.

"괜찮아. 삶은 스스로 선택하는 거니까. 아저씨가… 바보 같지?"

소민은 원지상의 핏물이 번지는 등을 보며 고개를 저었다.

"아니, 난 아버지가 옆에 없어도 외롭지는 않았어, 아저씨가 아빠 같았으니까. 어떨 때는 마음속으로 아저씨를 아빠라고 부르기도 했는걸?"

원지상이 이미 허옇게 흐려진 눈으로 소이보를 보며 미소 지었다.

"들었나?"

"들었네."

"난 사랑하는 딸도 있다네. 그러고 보니 내 삶은 내가 생각했던 것보다 더 행복했었군."

원지상이 되었다는 듯 고개를 끄덕이곤 검을 땅에 꽂았다. 그리고 그 검에 몸을 의지해 천천히 몸을 일으키려 했지만, 이미 모든 기운이 다했는지 비틀거릴 뿐 좀처럼 일어날 수 없었다.

지켜보던 소이보가 팔꿈치를 잡고 일으키자 원지상은 그제야 겨우 검에 의지해 설 수 있었다.

원지상이 짧게 말했다.

"고맙네."

소이보가 고개를 저으며 작은 목소리로 대답했다.

"아니, 내가 고맙네."

소이보는 원지상의 팔을 놓고 천천히 뒤로 물러섰다.

원지상이 몇 번 호흡을 가다듬는 듯하더니 어디에 힘이 남아 있었는지 큰 소리로 외쳤다.

"다음 요선보주는 혈랑대 삼팔구에 속했던 요안 소이보다! 모두들 충심으로……."

하지만 거기까지였다.

땅에 꽂은 장검을 두 손으로 잡고 선 채 원지상은 숨을 거두었다.

바람 역시 그 모습이 안쓰러웠는지 젖은 원지상의 머리카락을 가만히 흔들 뿐이었다.

이미 원지상이 기현환을 죽였을 때, 도망갈 사람들은 모두 뿔뿔이 흩어져 사라진 지 오래였다.

남은 진정한 요선보 사람들은 원지상의 모습을 보며 무릎을 꿇었다.

평소 원지상을 우습게보던 부홍마저 울고 있는 소민을 품에 안은 채 원지상 쪽을 향해 무릎을 꿇었다.

그것은 마음 깊숙이 원지상을 요선보의 주인으로 인정한다는 뜻이었다.

소이보는 그저 말없이 원지상을 쳐다볼 뿐이었다.

지금 원지상의 모습은 요선보의 주인답게 당당해 보였기 때문이다.

◈第七章◈
철 안 든 여자와 눈치없는 남자

황하 강은 오늘도 누런 자태를 길게 누인 채 도도히 흐르고 있었다.

삼안조옹(三眼釣翁) 두경환(斗敬桓)은 바위 위에 앉아 말없이 강물을 내려다보고 있었다.

엄정한 기도는 여전했지만, 왠지 지난 세월만큼의 무게가 두경환의 어깨에 내려앉은 것 같았다.

마도칠가 중 수상방이라는 거대 문파의 수장이었지만, 지금 두경환의 모습은 모든 명리를 떠난 듯 탈속해 보이기까지 했다.

그저 뒷모습만을 본다면 바위 위에 올라앉아 한가롭게 낚시질을 하는 노인네에 지나지 않을 정도였다.

두경환의 귀에 낭랑한 목소리가 들렸다.

"아직 멀었나요?"

두경환의 자리에서 그리 멀지 않은 또 다른 바위 위에, 마치 어지럽게 널어놓은 빨랫감처럼 누워 있던 여자였다.

고개를 들고 막 잠에서 깬 것처럼 부스스한 머리를 손가락으로 빗어 넘기는 여자는 예쁘장했다.

두경환이 강물에 늘어뜨린 찌에서 시선을 떼지 않은 채 말했다.

"아직 점심때는 아닌 것 같은데?"

"그런가?"

여자는 머리를 몇 번 더 벅벅 긁고는 눈을 가늘게 뜨고 하늘을 쳐다보았다.

그리곤 입맛을 몇 번 다시더니 퉁명스레 말했다.

"그럼 몇 마리 잡으면 알려줘요."

여자는 다시 잠들려는 것처럼 몸을 뒤로 누였다.

두경환이 으레 그럴 줄 알았다는 듯 싱긋 웃으며 말했다.

"내가 몇 번을 알려줘야겠는가, 고기는 잡는 게 아니라 잡힐 때까지 기다리는 거라고."

여자는 가벼운 한숨 소리와 함께 대답했다.

"그래서 수상방주께선 이 섬에 계시는 거로군요, 기다리시느라고."

어찌 보면 매우 권태로운 모습과 나른한 목소리였지만, 여자에겐 매우 잘 어울려 보였다.

"그렇다네."

두경환이 고개를 끄덕였다.

여자가 피식 웃었다.

"그러니까 삼안조옹 어르신이 이 섬에 계시는 이유가 갇히신 게 아니라 단지! 기다리시느라! 여기 계시는 거였군요. 도망칠 수 없는 게 아니라! 단지! 안 나가는 것뿐이구요!"

여자가 목소리를 딱딱 끊으며 이죽이듯 말했을 때 두경환이 당연하다는 듯 고개를 다시 한 번 끄덕였다.

"그렇지. 나 역시 자네가 여기 있는 이유와 다르지 않는다네."

듣던 여자가 고개를 들고 옆으로 돌아누우며 한쪽 팔로 턱을 괴고는 두경환을 쳐다보았다.

"이것 보세요, 아저씨. 아저씨는 여기 갇혀 있는 거구요, 난 도망쳐 온 거라구요. 아저씨는 나가지 못하는 거고, 난 안 나가는 거구요. 물 위에 용왕님이 작은 섬에 갇혀 있는 건 꼴불견이지만, 갈 곳 없는 여자가 섬에 눌러 앉은 건 그리 꼴불견이 아닐걸요?"

두경환은 여전히 강물에만 시선을 던진 채 무뚝뚝하게 대답했다.

"어허, 아저씨라……. 그래, 자네만은 날 그럴 게 부를 수 있겠지. 마적 떼가 말을 버리고 섬에 올라와 시간만 죽이고 있으니 미치지 않고서야 불가능한 일이겠지."

여자의 눈썹이 꿈틀거렸다.

무언가 불만이 많은 듯 입술을 삐죽였지만, 곧 바위 위에 쓰러지다시피 큰대 자로 누워 하늘을 쳐다보았다.

한동안 말없이 한 사람은 흐르는 강물만을, 또 다른 여자는 하늘만을 바라볼 뿐이었다.

여자가 다시 불쑥 입을 열었다.

"아저씨, 아저씨 성격이 매우 부드러워진 거 아세요? 예전에 삼안조옹이라면 깐깐한 성격 때문에 강호인들이 모두 벌벌 떨었다구요. 노인네가 늙어서 성격이 바뀌면 매우 위험한 징조지요. 관을 미리 준비해 둬야 할 만큼."

두경환의 얼굴에 미소가 번졌다.

처음으로 고개를 돌려 인자한 눈빛으로 여자를 바라보던 두경환이 믿지 못하겠다는 듯 고개를 저었다.

"그래도 철 안 든 노처녀, 아니, 이젠 늙어 아줌마 처녀가 된 자네보다

야 낫지. 지금 자네의 모습을 누가 요선보에서 그 무서운 흡정편(吸精鞭)
을 휘두르던 이화림이라고 보겠는가."

바위 위에 널브러진 것처럼 누워 있던 여자, 이화림이 피식 웃었다.

"난 원래 이랬다구요."

여자가 가볍게 몸을 튕겨 일어나 앉은 채 큰 주먹을 앞으로 흔들었다.

"눈에 띄는 놈들은 죄다 아구창을 날려야 속이 시원한 막돼먹은 여자
라 이 말씀이죠. 단지 자리가 높아지다 보니 목에 힘도 주고 무게도 잡
고, 그래야 할 때도 있었지만……."

두경환이 그것 보라는 듯 고개를 끄덕였다.

"나 역시 그렇지. 그저 무공을 좋아하는 한 사람이었을 뿐이야. 사람
들이 밑에 하나둘 생겨나다 보니 그놈들 거둬 먹이느라 일을 좀 크게 벌
였을 뿐."

이화림의 눈빛이 반짝였다.

하지만 곧 바위 위에 쪼그리고 앉아 두 손으로 턱을 괸 채 시무룩한 목
소리로 혼잣말처럼 중얼거렸다.

"어찌 됐든 참 비참하다구요. 성질 같으면 한판 크게 벌여보는 건
데……. 휴우~"

두경환이 다시 강물로 시선을 던지며 위로하듯 따스한 목소리로 말했
다.

"그래도 자넬 욕하는 강호인은 아무도 없다네. 자네가 여기 있는 이유
가 비림(秘林)에 속해 있는 자네 아이들을 보호하기 위해서란 걸 모르는
사람은 없으니. 그러기에 왜 쓸데없이 일을 벌였는가."

이화림이 말없이 발 밑에 돌 하나를 집어들어 손가락으로 튕겼다.

돌은 정확히 삼안조옹 두경환이 늘어뜨리고 있던 낚싯줄을 건드리고
는 물에 퐁당 빠졌다.

이화림이 물끄러미 흔들리는 낚싯줄을 보며 중얼거렸다.

"어쩔 수 없었죠, 뭐. 요안이란 놈이 일을 크게 벌이고 거기에 강요맹 늙은이와 범우란 놈이 한데 섞여 판을 흔들어대니, 지켜보고만 있기엔 발바닥이 간질간질했거든요. 그런데 일이 그렇게 되고, 또 요선보로 돌아와 보니 이미 요선보는 예전 요선보가 아니고……. 그러니 그냥 무림을 떠나야겠다 싶어 아저씨를 찾아온 거죠."

"그러게 누가 기현소축과 흑수문이 준비한 진을 망쳐 놓으랬는가?"

이화림이 혀를 쏙 빼물고 웃었다.

서른이 훌쩍 넘는 나이가 믿어지지 않을 정도로 귀여운 모습이었다.

"지켜보고만 있자니 심심하잖아요. 은밀히 떠도는 말로는 아저씨 역시 그 일, 사람들이 요안혈로라고 부르는 일에 한손 거들었다고 하던데."

"쓸데없는 일 알려고 하지 말게."

두경환이 짐짓 낯색을 굳혔지만 이화림은 곧 네 발로 쪼르륵 기어와 두경환 옆에 얼굴을 바싹 들이밀고는 싱긋 웃었다.

"난 아는 게 아무것도 없어요. 단지 아저씨께서 오른팔보다 더 중하게 여기던 이활(李闊)이란 사람을 요안에게 주었다는 것밖에는."

두경환의 눈빛이 순간 흔들렸다.

요안이란 아이는 자신의 기대를 넘어서는 물건이었다.

하지만 그것뿐이라면 자신도 모험을 걸지 않았을 것이고, 이렇게 섬에 갇힌 채 허수아비 같은 수상방주 노릇도 하지 않았을 것이다.

두경환이 소이보를 떠올리자 눈앞에 선명한 요안이 떠오르는 것 같았다.

마치 사람의 혼을 빨아들일 것 같은 두 눈이었다.

"어쩌면 나도 홀렸을지 모르지……."

두경환의 혼잣말 같은 소리에 이화림의 고개가 옆으로 갸우뚱 기울어졌다.

하지만 곧 두경환이 요안 소이보를 두고 말하는 것이란 걸 알고는 코끝을 찡긋거리며 묘한 표정과 함께 말했다.

"자식이 살아 있으면 얼른……."

무언가 아쉬움이 잔뜩 묻은 듯한 목소리였다.

그때 갑자기 두경환의 검미가 움찔거렸다.

낚싯대를 잡은 손에 힘이 들어가는 듯하더니 곧 위로 힘껏 젖히며 말했다.

"왔군!"

"……!"

두경환의 목소리에 이화림이 반색하며 낚싯대의 끝을 바라보았다.

하지만 정작 두경환의 낚싯대는 텅텅 빈 상태였다. 아니, 아예 물고기를 낚는 일에는 관심도 없었던 듯 낚싯줄 끝엔 바늘도 달려 있지 않았다.

이화림이 멍한 표정으로 빈 낚싯대만 보다가 고개를 돌려 두경환을 바라보았다. 흡사 망령난 늙은이를 보는 듯한 표정이었다.

어이없다는 듯 고개를 홰홰 젓던 이화림이 천천히 허리에 감은 천을 풀러 손에 감았다.

흐늘흐늘하던 비단 천은 곧 이화림의 손끝에서 창처럼 꼿꼿하게 허리를 일으켜 세웠다.

예전 기현소축이 함정을 깨고는 나무에 묶어두었던 흡정편 대신 쓰기 시작한 비단 천이었다.

조금 가볍고 흡정편만큼 질기진 않았지만, 제법 손에서 가지고 놀 만은 했다. 아니, 아무리 못해도 저 노망난 노인네의 낚싯대 대신 큼직한 물고기 몇 마리는 잡을 수 있을 터였다.

이화림이 손에 감아 든 비단 천을 막 강물로 던지려던 자세 그대로 온몸이 굳어버렸다.

“……!”

이화림이 뻣뻣한 목을 돌려 두경환을 바라보았을 때, 정작 두경환은 주섬주섬 낚싯대와 줄을 챙기고 있었다.

두경환은 이화림의 표정이 무엇을 말하는지 알고 있었다.

지금 자신들이 갇혀 있는 이 섬은 수상방과 예영당에서 파견된 무인들이 지키고 있었다.

하지만 두경환과 이화림은 별 신경을 쓰질 않았다. 자신들 스스로도 섬을 벗어날 생각은 하지 않았고, 또 지키고 있는 사람들 역시 감히 두경환과 성질 고약한 이화림이 있는 곳으로 올라올 생각을 하지 않았었다.

그래서 어쩌면 지겨울 정도로 한가롭게 이 섬에서 두경환이 고기를 낚으면 이화림이 음식을 만들어 먹으며 살아오고 있었던 것이다.

지금까지는…….

이화림의 표정이 무엇을 말하는지 알겠다는 듯 두경환이 흐뭇한 웃음을 지으며 말했다.

“내가 무어라 했는가. 고기는 낚는 게 아니라 낚일 때까지 기다리는 것이라고 하지 않던가.”

두경환이 말을 마치고 천천히 고개를 돌려 바위 너머 숲을 바라보았다.

이화림 역시 마찬가지였다.

분명 사람의 인기척이 거기서 느껴졌기 때문이다.

하지만 정작 작은 발자국 소리와 함께 나타난 사람은 두경환이 오랫동안 기다리며 낚기를 바랐던 사람은 아닌 것은 분명했다.

그 사람의 얼굴을 본 순간 두경환의 표정이 뭐라 형용할 수 없을 정도로 기묘하게 바뀌었기 때문이다.

작고 앙증맞은 신발 위로 한 뼘이 간신히 넘을 만한 다리, 그리고 깔끔하게 걸친 조끼 위에 뺨이 발갛게 상기된 사람은 분명 작은 계집아이였기 때문이었다.

그러나 갑작스레 꼬마 계집애가 나타났기 때문에 두경환과 이화림이 놀란 것은 아니었다. 바로 그 계집애의 두 눈이 문제였다.

이화림이 딱딱하게 굳은 얼굴로 혼이 나간 것처럼 혼자 중얼거렸다.

"요, 요안?"

그랬다.

계집애의 얼굴 한가운데는 결코 잊을 수 없는 잿빛과 남색의 두 눈동자가 자리 잡고 있었다.

2

"안녕하세요? 민아라고 해요."

계집애는 앙증맞은 태도로 고개를 숙였다.

이화림은 멍하니 소민을 바라보다가 아직 자신이 손에 든 비단 천을 던지려던 자세 그대로임을 깨닫고는 겸연쩍은 듯 머리를 긁었다.

하지만 그래도 이해가 가지 않는 일이었다.

어찌 작은 계집애가 수상방에 무인들을 지나 여기까지 올 수 있단 말인가.

설령 그게 가능하다 해도 예영당의 졸개들이 지키고 있는 이 섬에 아무런 일도 없이 나타날 수 있단 말인가.

게다가 그 눈빛은……

두경환이 소민을 바라보다가 고개를 돌려 이화림에게 말했다.

"아무래도 요안이, 우리의 기대와는 달리, 다른 곳에 매진한 듯싶군."

두경환은 허탈하면서도 무언가 재미있는 일이 벌어졌다는 듯한 묘한 웃음을 지었다.

소민이 그 웃음의 뜻을 알고 있다는 듯 다시 귀엽게 포권을 취해 보이며 말했다.

"우리 아빠를 도와주신 걸 알고 있어요. 이 민아가 감사의 인사를 드립니다."

이화림이 한동안 멍하니 있다가 곧 소민 앞으로 달려가 쪼그려 앉았다. 소민과 눈높이를 맞추려면 훤칠한 키의 이화림이 앉아야 가능했기 때문이다.

이화림이 믿어지지 않는다는 듯 손가락으로 소민의 뺨을 쿡쿡 찌르며 중얼거렸다.

"아니, 이럴 수가……. 이게 그러니까 그 귀여운 요안의 딸이라는……."

소민이 조금 아픈 듯 눈을 찌푸리다가 뾰족한 목소리로 말했다.

"요안이라고 부르지 마세요. 아빠가 싫어하니까. 그리고 울 아빠 이젠 요선보의 주인이 되었다구요."

"잉?"

이화림이 눈을 동그랗게 떴다가 곧 다급하게 물었다.

"보주는?"

소민이 눈을 똑같이 동그랗게 떴다가 곧 슬픈 듯 습기가 가득 찬 눈망울로 대답했다.

"좋은 곳으로 가셨어요."

"하아……."

그 뜻이 무엇인지 알아차린 이화림이 낮은 한숨을 내쉬었다.

요선보주가 죽었다.

어쩌면 너무 늦은 죽음이었는지도 몰랐다. 아니, 요선보는 이미 예영당의 손아귀에 들어간 이후 숨이 끊어진 것과 같았다.

이화림이 교단서가 쥐고 흔드는 요선보를 말없이 떠난 것 역시 보주 때문이었다.

비록 이미 숨이 끊어진 것과 다름없는 요선보라 해도 기증국이 요선보에 있는 한 교단서와 길길이 뛰며 난리를 피우기는 싫었다.

그렇다고 변할 것은 아무것도 없었기 때문이다.

그냥 모든 것을 잊고 숨어 살고 싶었다.

그래도 단 하나 남은 것이 있다면 자신을 믿고 따라준 비림의 수하들을 보호하는 것뿐이었다.

하지만 과연 요선보를 잊고 지낸 것일까?

이화림 자신도 확신할 수 없었다.

그래서 멀리 떨어진 이 섬, 당출도(當出島)에서 두경환과 숨어 살다시피 지낸 것인지도 몰랐다.

아니, 이화림은 결코 요선보를 잊지 못했다.

그래서 두경환 옆에 와 있는 것인지도 몰랐다.

수상방주 두경환은 요선보주 기증국과 둘도 없는 친구였기 때문이다.

만약 두경환 옆에 있다면, 요선보 소식을 들을 수 있을 거라 생각한 것인지도 몰랐다. 자신이 듣기 원한 그 소식이 무엇인지 스스로도 모른 채 말이다.

두경환 역시 자신의 오랜 친구였던 기증국의 죽음을 듣자 조금 허망한 표정으로 말없이 먼 하늘만을 바라볼 뿐이었다.

한동안 말없이 고개만 숙이고 있던 이화림이 고개를 들어 소민의 얼굴을 쳐다보았다.

곧 괴상한 표정과 함께 소민의 머리를 손가락으로 헝클어뜨리며 이화림이 물었다.

"그 요안, 아니, 네 아버지와 나 사이의 관계가 어떤 건지 아느냐?"

"몰라요."

소민이 울상을 지으며 자신의 머리 위에 손을 올려놓았다.

하지만 이화림의 손길을 뿌리칠 수는 없었다.

이화림이 더욱더 머리를 헝클어뜨리자 머리카락이 소민의 이마까지 내려와 출렁거렸다.

"네 아버지와 나는 빚이 있는 관계란다."

그때 소민의 뒤에서 낮고 껄끄러운 목소리가 이화림의 말에 화답하듯 들려왔다.

"빚치고는 큰 빚이지."

이화림이 반색하듯 소민의 머리 뒤를 넘겨다보았을 때 낯익은 신형의 사내가 천천히 죽립을 벗었다.

"요안!"

"오랜만이군."

이화림의 반색하는 목소리에 소이보가 싱긋 웃었다.

하지만 곧 이화림이 표정을 지우고 소이보를 잔뜩 노려보며 물었다.

"아직 명패를 잊은 건 아니겠지?"

요선보에서 있었던 각기 명패를 뺏고 빼앗는 명륜지연(命輪之宴)을 두고 한 말이었다.

소이보가 이죽거리듯 입꼬리를 말아 올리며 대답했다.

"잊진 않았지. 하지만 값이 더 비싸졌을걸?"

“아! 얘긴 들었어.”

이화림이 깜빡했다는 듯 가볍게 머리통을 통 치고는 주먹을 허공에 들어올려 흔들었다.

“네놈이 요선보의 주인이 된 건 축하한다. 하지만 나 이화림을 손안에 넣고 휘두를 생각은 하지 마!”

“생각하기도 싫군.”

소이보가 정말 상상하기도 싫다는 듯 인상을 찡그리며 고개를 저었다.

이화림이 그 모습을 보고 통쾌하게 웃고는 의미심장한 표정으로 소이보를 쳐다보았다.

“컸군, 정말 컸어.”

예전의 소이보가 아니었다.

그저 독기로 똘똘 뭉쳐 건드리는 모든 것을 작살내 주겠다는 듯 잔뜩 몸을 말고 있던 거친 소이보는 어디에도 없었다.

마치 절대자의 그것처럼 여유있고 듬직해 보일 정도였다.

어쩌면 아이를 둔 아버지가 되었기에 그럴지도 모른다는 생각을 할 때, 소이보의 등 뒤로 반가운 얼굴이 나타났다.

“오랜만입니다.”

딱딱한 목소리였다.

구릿빛 피부에 절도있는 동작, 탄력있는 근육, 그림자만 봐도 알 수 있는 사람, 바로 범우였다.

“그렇군.”

이화림이 고개를 끄덕였다.

범우가 내민 두 손엔 자신이 예전에 휘두르던 흡정편이 들려져 있었다.

굳이 그때 큰 도움을 주어 고맙다는 말도, 또 그동안 고생이 많았다는 인사말도 없었다.

이화림은 어느덧 범우 앞에 서자 자연히 예전의 기질이 되살아난 듯 오만한 표정과 자세로 돌아가 자연스럽게 범우의 손에서 흡정편을 건네받고 있었다.

날렵한 솜씨로 허리에 흡정편을 감고 서자, 알지 못할 흥분이 발바닥에서부터 피어올랐다.

이화림이 심호흡을 크게 하자 허리에 감은 흡정편이 팽팽하게 허리를 조여왔다.

'바로 이 느낌이야……'

이화림은 흡족함과 함께 고개를 갸웃거렸다.

자신은 모든 것을 잊었다고 생각했다.

요선보가 어찌 되든, 또 마도칠가가 어찌 되든 신경 쓰기도 싫었다. 하지만 지금 온몸을 감는 이 흥분은 무엇인가? 또 범우를 앞에 두자 자연스레 온몸에 드리워지는 오만함은 또 무엇이란 말인가.

아니, 그것뿐이라면 예전의 추억 때문이라 할 수 있었다.

하지만 범우 앞에선 이토록 오만하면서도, 왜 소이보에겐 오랜 친구를 만나듯 반갑고 격의없는 대화를 했는지 이화림 스스로도 몰랐다.

돌이켜 보면 처음 만날 때부터 아이들처럼 투닥거리고 욕설을 내뱉었던 사이기도 했다.

'자, 그럼 이제부터 무얼 한다……'

이화림은 저도 모르게 소이보를 쳐다보며 눈으로 묻다가 스스로 깜짝 놀라 버렸다. 자신이 소이보의 말을 기다리고 있었다는 걸 깨달았기 때문이다.

적어도 다음 할 일을 정하는 것은 항상 자신이었다.

예전, 아주 까마득한 오래전 요선보주 기증국이 자신에게 명령했던 때가 있었지만, 요선보가 생기를 잃고 난 후 더 이상 자신에게 명령을 내리는 사람은 없었다.

스스로 생각하고 일을 꾸몄으며 명령을 내렸다.

하지만 이제 너무도 당연하다는 듯 소이보를 쳐다보며 다음 할 일을 기다리고 있었던 것이다.

하지만 이화림의 놀람과는 달리 소이보는 흡정편을 허리에 맵시있게 두르고 있는 이화림이 꽤나 멋지다는 듯 미소와 함께 지켜보다 품에서 무언가를 꺼내 툭 던졌다.

이화림이 허공에서 낚아채고는 멀뚱한 표정으로 쳐다보다 입을 쩍 벌렸다.

자그마한 불상이었다.

단지 보통의 불상과 다른 점은 아래에는 자비로운 표정의 불상이, 위에는 나찰을 닮은 듯한 흉악한 표정의 악마상이 조각되어 있다는 것이었다.

쌍두불상(雙頭佛像). 요선보주의 상징이었다.

"이걸 왜?"

이화림이 소이보를 바라보며 물었다.

"날 몰라볼 수는 있어도 그걸 몰라볼 요선보 사람은 없겠지."

소이보의 말에 이화림의 눈가가 파르르 떨렸다.

곧 허리춤에 감은 흡정편을 손바닥으로 툭 치며 말했다.

"걱정 마, 안 오겠다는 놈은 내가 꽁꽁 묶어 데려오지."

소이보의 뜻, 그것은 요선보의 재건이란 걸 알아보았기 때문이다.

요선보는 요선보주의 것이 아니었다.

요선보 사람들이 있었기에 요선보가 세워진 것이었다.

그것이 다른 마도칠가와는 다른, 마적 출신의 요선보가 내세우는 징표였다. 그걸 보주가 된 지 얼마 안 되는 소이보가 너무도 잘 알고 있다는 점에 이화림은 기꺼워진 것이다.

이화림은 마치 더욱 거대해진 요선보가 눈앞에 다가온 듯한 흥분에 주먹을 허공에 흔들며 더욱 크게 말했다.

"알짜배기들만 모아 올 거야. 숨어든 놈들 다 캐내면 그런대로 꽤 많을걸?"

흥분한 이화림 옆에선 또 다른 만남이 있었다.

범우 뒤쪽에서 말없이 걸어나온 한 사내가 두경환 앞에 깊이 무릎을 묻었다.

두경환의 눈가가 씰룩댔다.

이마 한가운데 나 있는 상처, 마치 사람의 눈처럼 보여 두경환으로 하여금 삼안조옹(三眼釣翁)이란 별호를 만들어준 또 다른 눈마저 가늘게 떨리고 있을 정도였다.

고개 숙인 사내가 격동 때문인지 꽉 잠긴 목소리로 인사를 건넸다.

"어른을 뵙습니다."

두경환이 고개를 끄덕였다.

"장하다."

사내, 두경환의 오른팔로 불리웠던 이활(李闊)이 고개를 들었다.

"너무 늦었습니다."

두경환이 흘깃 이활의 등 너머에 서 있는 소이보를 쳐다보며 말했다.

"네 탓만은 아닌 듯하구나."

두경환은 천천히 걸어가 한쪽 무릎을 굽히고 있는 이활의 어깨를 가볍게 다독이고는 옆에 서 있는 소민을 안아 들었다.

마치 신기한 물건을 보듯 소민의 눈을 바라보던 두경환이 짐짓 혼잣말처럼 중얼거렸다.

"그나저나 네 실력이 역시 요안만 못하구나."

"예?"

두경환 뒤에 시립해 있던 이활이 길게 기른 팔자 모양의 코밑 수염을 손가락으로 매만지며 되물었다.

두경환이 귀엽다는 듯 소민의 이마에 이마를 맞대었다.

"벌써 요안은 요선보를 집어삼킨 듯하지 않느냐. 아니, 그거야 별 상관 없는 일이지. 이제 네놈이 되돌아왔으니 수상방을 넘겨주면 비긴 듯하군."

"어르신!"

이활이 말도 안 된다는 듯 펄쩍 뛰었다.

하지만 두경환은 그런 이활 쪽은 바라보지도 않고 그저 소민과 눈을 맞출 뿐이었다.

"수상방주 자리야 작은 문제다. 내 관심조차 없는 문제야. 하지만 네놈 혼사(婚事)는 걱정해야 하지 않겠느냐. 네놈이 지금부터 분발해서 아이를 가진다 해도 벌써 몇 년은 늦은 것 같으니……."

이활은 그제야 두경환이 소이보의 딸인 소민을 두고 한 농담이란 걸 알고 얼굴을 벌겋게 물들였다.

두경환은 소민들 번쩍 들어올렸다가 천천히 땅에 내려놓으며 말했다.

"걱정 말거라. 내 너를 위해 조금 늦긴 했어도 어여쁜 처자 하나를 점 찍어 놓았으니. 단지 철이 좀 안 든 게 걱정이긴 하지만. 게다가 채찍을 즐겨 휘두르니 네놈이 고생 좀 하겠구나."

두경환의 말에 사람들의 시선이 일제히 이화림을 향했다.

하지만 정작 이화림은 두경환이 내려놓은 소민을 얼른 빼앗아 가슴에 안고 간지럼을 태우느라 정신이 없었다.

어느덧 소이보 뒤로 사람들이 꽤 불어나 있었다.

소이보와 범우, 그리고 이활이 나타난 이후 어느새 부홍과 그 외 몇 명이 소이보 뒤를 호위하듯 감싼 채 서 있었다.

그 모습을 지켜보던 두경환이 그제야 소이보 쪽을 바라보며 물었다.

"그래, 오는 길은 험하지 않았나?"

소이보가 씨익 웃었다.

"어렵지 않았습니다. 섬에 있던 사람들 중 이활 형님을 따르는 사람도 꽤나 있었으니까요."

두경환이 고개를 끄덕였다.

자신의 생각보다 지금 앞에 나타난 사람들의 실력이 더욱 높다는 것을 알았기 때문이다.

이 섬을 지키는 사람들 중 수상방 사람들은 이활과 연이 닿는 사람이라 쳐도 예영당에서 파견한 사람들의 실력은 만만한 것이 아니었다.

그런 사람들을 자신이 낌새를 차리기도 전에 모두 조용히 처리하고 나타났다는 것은 이미 소이보의 실력이 자신과 겨루었을 때보다 더욱 높아졌기에 가능한 일이었다.

두경환이 두 눈을 감고 고개를 들었다.

마치 얼굴에 닿는 바람을 감상하는 듯한 표정이던 두경환이 입을 열었다.

"강호에 광풍이 불겠구나……."

맞다는 듯 소이보가 고개를 끄덕이며 말했다.

"무슨 바람인지 몰라도 제가 일으킨 바람은 아닙니다."

"그럼?"

"예영당이 스스로 일으킨 바람이지요."

"……?"

무슨 말이냐는 듯한 두경환의 시선에 소이보가 죽립을 다시 눌러쓰며 대답했다.

"다음 마도본가를 뽑는 대회란 걸 하나 봅니다."

"……!"

두경환이 벌써 그렇게 되었냐는 듯, 눈을 크게 떴다가 무슨 말인지 알겠다는 듯 호탕하게 웃었다.

"하하, 그렇군. 스스로 범을 산에 놓아준 격이군. 대회 중엔 마도칠가의 일에 아무리 예영당이라 해도 간섭을 하지 못하니까 크게 한판 벌여볼 만하지. 그러나……!"

두경환은 얼굴에 웃음기를 지우고 엄한 표정으로 소이보를 쏘아보았다.

"그게 호랑이를 잡으려 함정을 판 것일 수도 있네. 요안이란 큰 호랑이를 말일세."

소이보가 씨익 웃으며 대답했다.

"함정에 빠지기엔 호랑이 덩치가 조금 큰 듯합니다."

"그럼 다행이고. 그런데 여긴 웬일인가?"

"요선보에 새로운 전통이 생겨서 그렇습니다."

"무슨?"

"기현환이 죽었습니다."

"기현환? 설마 기현소축의 주인을 두고 말하는 겐가?"

소이보는 말없이 고개를 끄덕였다.

"설마 자네가?"

소이보가 고개를 가로저으며 말했다.

"아니, 그러니까 이제 전대 요선보주라고 해야겠군요."

두경환이 더 놀랍다는 듯 저도 모르게 주먹을 불끈 쥐며 물었다.

"그럼 기중국이? 설마 그 친구가……?"

"아닙니다. 원지상, 그러니까 기 보주의 대제자인 원지상이 새로운 요선보주가 되었죠. 그리고는 기현환의 목을 뎅겅 잘라냈습니다. 뭐, 그 대가로 그 친구도 죽긴 했지만, 아무래도 요선보의 전통이 새로 보주에 취임하면 다른 문파의 주인에게 도전하는 것 같아서……."

두경환이 영문을 모르겠다는 듯한 표정을 보고 이활이 그동안 있었던 일을 짧게 설명했다.

두경환이 껄껄 웃으며 소이보를 쳐다보았다.

"역시 요선보는 대단하군. 그런데 내 목을 노리는 이유가 무엇인지, 원한다면 언제든 가져갈 실력이 있는 자네가?"

소이보가 씨익 웃으며 대답했다.

"그저 귀찮은 일이 없길 바라서입니다."

두경환이 이해 못하겠다는 듯 미간을 찡그렸다.

"자네 예영당주 동무군의 뒤를 밟으려는가? 다른 마도칠가를 눌러 하나로 만들려는? 그렇다면 일없네. 난 계속 이 섬에서 낚시나 할 것이네."

소이보가 두경환의 말이 무슨 뜻인지 알겠다는 듯 고개를 끄덕이고는 다시 입을 열었다.

"요선보는 요선보면 됩니다. 그걸로 충분하지요. 수상방은 수상방이면 됩니다. 예영당은 예영당으로, 마도칠가는 마도칠가로서 충분합니다. 나 소이보는 그저 소이보면 됩니다. 그것이 제가 원하는 겁니다."

두경환이 그제야 만족했다는 듯 활짝 웃으며 말했다.

"좋네, 좋아. 나 두경환 역시 두경환으로 만족한다네. 새로운 요선보주, 나 두경환은 자네의 적수가 되지 못하네. 필요하다면 이 머리는 언제든 가져가게나."

두경환의 말에 뒤에 서 있던 이활이 얼른 걸어나오며 두경환의 앞을 호위하듯 막아섰다.

소이보가 그런 이활을 죽립 아래로 흘깃 보고는 두경환에게 말했다.

"그 한 말씀으로 충분합니다. 그 이상을 원했다가는 다음번 수상방주가 절 가만히 두질 않을 것 같군요."

이활이 방금 전 말들이 농이었다는 걸 그제야 알아채고 낯을 붉혔다.

"저는 그냥……."

이활의 당황한 모습이 재미있었는지 두경환이 묘한 웃음과 함께 말했다.

"늙은 여자는 철이 안 들었고, 늙은 남자는 눈치가 없으니…… 자, 앞장서시게. 이 늙은 몸은 구경 삼아 따라나설 터이니."

◆ 第八章 ◆
혼자서는 살 수 없는 존재

"**일**전방(一錢幇)?"

이화림은 멍한 표정을 짓다가 어이없다는 듯 웃었다.

그동안 소이보가 어떻게 지냈는지 이야기를 듣던 중에 소이보와 함께 뭉친 사람들이 일전방을 만들어 지냈다는 말에 이화림이 보인 반응이 그랬다.

"이름도 참 싼 걸로 잘 골라 지었군."

하지만 정작 그 말을 들은 이활의 표정은 편치 않았다.

"하지만 그 동전 한 문에 깃든 사람들의 생명은 절대 싸구려는 아니었소."

"……?"

영문을 몰라 멍한 표정을 짓는 이화림을 향해 이활이 왜 소이보 곁에 모인 사람들이 일전방을 세웠는지 천천히 이야기를 시작했다.

그 이야기는 훗날 요안혈로라고 불리우는 긴 이야기의 시작이었다.

예영당 동무군이 요안과 함께 죽을 열 명의 사람은 모두 앞으로 나오라고 했을 때, 환유도귀(幻釉賭鬼) 강요맹(康窈孟)이 동전 한 닢으로 점괘를 쳤던 바로 그 이야기였다.

끝에 동전을 우그러뜨리며 강요맹이 자신이 마지막 열 명째라고 말하던 대목에선 이화림도 코끝이 찡해졌는지 고개를 외면한 채 혼자 중얼거렸다.

"고약한 사람, 내 그럴 줄 알았지."

"……."

이활은 아무런 말도 하지 않았다. 아니, 그때 강요맹의 심정은 직접 본 자신보다 같은 요선보에서 생활했던 이화림이 더 잘 알 것 같았기 때문이다.

한동안 말없이 먼 허공만을 쳐다보던 이화림이 천천히 입을 열었다.

"그러고 보니 강 대주(隊主) 역시 당신 스승이자 주인인 저 세 눈알을 가진 아저씨와 비슷한 말을 하긴 했어. 도박에서 제일 중요한 것은 어떻게 좋은 패를 얻어 이기느냐보다는, 어떻게 판돈을 키우느냐라고 말했었지. 조금씩 판을 키워 한 판에 다 잡아먹어야 한다고. 그러더니 그 내기 판돈에 자신의 목숨을 얹어놓았군."

이화림은 코끝을 찡긋거리며 이활을 쳐다보고는 말을 이었다.

"그 덕에 판은 엄청 커졌지만, 과연 요안이 그 판을 먹을 수 있을까?"

"이번엔 뒤에 버티고 있는 전주(錢主)가 꽤나 그럴듯하지 않소?"

이활은 어깨를 으쓱하며 뒤를 바라보았다.

마차 안엔 소이보와 소민, 그리고 범우와 부홍이 앉아 있었고, 그 뒤로도 수십 명이 말을 타고 마차를 따르고 있었다.

마차를 모는 일에 이활보다 범우가 더 능숙했지만, 범우의 얼굴은 이미 강호에 많이 알려져 있었다.

그래서 대신 수상방 어미대(魚尾隊) 출신으로 육상에선 얼굴이 많이 알려져 있지 않은 이활이 마부석에 앉게 되었고, 섬에서 답답해 미칠 뻔했다는 이화림이 바깥바람을 쐬겠다며 이활 옆에 나란히 앉아 있게 된 것이었다.

이화림이 이활처럼 흘깃 뒤를 바라보고는 퉁명스럽게 물었다.

"전주라면… 삼안조옹 아저씨?"

"그렇소."

이활이 자랑스럽다는 듯 고개를 끄덕이자 이화림이 피식 웃었다.

"낚시질만 잘하는 늙은이를 어디다 쓰려고?"

"바로 그 낚시질을 하기 위함이오."

"……?"

영문을 몰라 이화림이 쳐다보았지만, 이활은 그저 말없이 마차의 정면만을 뚫어져라 보고 있었다.

이화림이 옆에 앉은 이후 이활의 마음은 편치 않았다.

아마도 자신의 주인인 삼안조옹 두경환이 말한 '철 안 든 늙은 여자'는 이화림을 가리는 것이 틀림없었다. 그렇다면 '눈치없는 늙은 남자' 는 분명 자신이었다.

어쩌면 이화림이 자신 옆에 앉게 된 것 역시 어쩌면 두경환과 다른 사람들이 암묵적으로 일을 꾸민 것인지도 몰랐다.

정작 철없는 이화림은 그런 사정도 모르고 사뿐히 옆에 앉아 있겠지만 대강 윗분의 뜻을 눈치 채고 있는 이활은 이화림처럼 편안하게 있을 수가 없었다.

굳어진 얼굴로 정면만을 바라보는 이활의 뺨을 이화림이 손가락으로 톡톡 치며 말했다.

"어이, 알기 쉽게 얘기를 해보라고."

이활은 인상을 찡그렸다.

자존심이 상하거나 기분이 나빠서가 아니었다.

이화림이 손가락으로 찌른 뺨이 짜르르해졌기 때문이다.

간지러움과 송곳으로 찌르는 듯한 고통이 함께하는 묘한 감각이 뺨을 지나 몸을 관통하고 발바닥까지 가 닿았다.

묘한 표정을 짓자 '너 어디 아프냐?' 는 듯 이화림이 쳐다보자 이활이 얼른 헛기침과 함께 대답했다.

"요선보는 기현소축의 기현환을 죽였소. 그리고 수상방의 어르신을 복속시켰지. 기현소축의 경우는 요안이 아닌 원지상이 한 짓이긴 하지만 그건 중요한 문제가 아니오. 사람들은 이제 거의 관심도 두지 않던 요선보를 달리 보기 시작했다는 게 중요한 거지. 예를 들면 요선보 앞에 무릎을 꿇는 자 살아남을 것이요, 아님 죽을 것이란 이야기를 칼로써 확실하게 보여준 거라 할 수 있소."

"그게 그거 아닌가? 지금 예영당 하는 꼴하고 뭐가 달라?"

"마도인들은 힘을 숭상하오. 그래서 예영당의 당주인 동무군이 이때까지 활개 칠 수 있었던 거고. 하지만 동무군은 잊은 게 있소. 우리 마도칠가가 애당초 왜 모였는가 하는……. 우린 스스로의 일에 자부심을 가지고 있지. 예를 들면 당신네 요선보는 마적단이란 걸 숨기지 않고, 우리 수상방은 수적질을 자랑스러워하지. 그걸 동무군은 모르오. 동무군은 다른 마도칠가를 모두 예영당으로 만들고 싶어했소. 비록 직접 칼을 들어치진 않지만 조금씩 조금씩 먹어 들어가다 끝내 마도칠가의 모든 것을 먹어치우는 것이오. 마치 요선보가 그랬고 우리 수상방에게 그랬듯이."

"그런데 요안은?"

"한마디로 이거지. 강하다면 엉겨붙어라. 아니라면 그냥 이대로가 좋다. 동무군이 다른 가문의 씨앗이라 할 수 있는 정신조차 남겨두려고 하지 않았던 반면, 요안은 '그래, 너 하던 대로 살아라. 싫으면 한판 붙고'."

이화림이 이해가 간다는 듯이 고개를 끄덕였다.

"그렇군. 우리 요선보만 해도 대문에 요선보란 현판이 붙어 있고 허수아비긴 해도 요선보주 역시 있었지만 더 이상 요선보가 아니었지. 하지만 기현소축의 주인은 비록 죽었지만, 기현소축은 그대로 남아 있잖아?"

"바로 그거요. 우리 마도인은 힘은 숭배하오. 아닌 말로 요안이 더욱 강해져 동무군을 꺾는다 해도 그건 당연한 거지. 하지만 그 결과로 자신이 깃들여 살던, 아니, 자신의 모든 것이라 할 수 있는 근거지가 없어진다면? 그래서 마도인이 동무군에게 진정 예속당하길 거부하는 거요. 우리같이 물고기와 헤엄치던 자들이 산에서 풀을 뜯고 살 수는 없는 거니까. 그 반대도 마찬가지고."

"그런데 그게 그렇게 큰일인가? 그 차이가 말이야."

이화림이 아직도 반쯤 고개를 갸우뚱 옆으로 뉘이고는 물었다.

이활이 고개를 끄덕였다.

"큰일이오. 매우 큰 차이지. 이제 모든 것은 윗대가리 싸움이 되었으니까. 아랫사람은 그저 구경만 하면 되는 거지."

"……!"

"태초에 마도칠가 사람들은 천시받던 사람들이었소. 요선보에 동무군의 입김이 들이닥치자 요선보 사람들의 반 이상은 요선보를 떠나고 말았지. 하지만 요안이 요선보의 주인이 되었다는 소식이 들리면 모두 돌아올 사람들이오. 예를 들어 수상방주신 삼안조용 어르신이 동무군에게 죽임을 당했다면? 우리 수상방은 대들보 하나 남아나지 않을 거요. 비록 수상방이란 이름은 걸려 있어도 더 이상 수상방은 아니지. 하지만 요안에게 패했다면? 그냥 수상방으로 남아 있으면 되는 거요. 더 힘을 키워

절대고수를 배출한다면? 요안에게 도전해 보는 거지, 지면 할 수 없고. 수상방을 사랑하는 모든 수상방인들은 그저 구경만 하면 되는 거요."

"아……!"

이화림이 그제야 알겠다는 듯 짝 하고 박수를 쳤다.

"그렇군! 이제 알겠어. 요안은 전쟁을 원하지 않는 거야. 어쩌다 이 일에 휩쓸려 죽어야 하는 무고한 피를 줄이려고 하는 거군. 마도칠가에 속해 있는 모든 무인들은 그저 가만히 누가 강한가 구경만 하면 되니까."

"바로 그거요. 우리 같은 수적패들은 결과가 어찌 되든 계속 수적질만 할 수 있으면 되는 거요. 수적패의 윗대가리가 졌다고 해서 수적질을 그만두고 녹림패들처럼 도끼를 들고 산에서 살 필요는 없으니까. 하지만 동무군은 그걸 원했소. 자신에게 도전하는 모든 사람들을 자기 마음대로 움직이려 했지. 그 결과로 요선보는 더 이상 요선보가 아니게 되었고, 우리 수상방 역시 더 이상 수상방이 아니었지."

이화림이 고개를 끄덕였다.

"맞아. 아무래도 우리의 세력이 약하니까 그럴 수밖에 없겠군. 이미 기현환이란 머리를 잃은 기현소축은 당분간 움직이기 어려울 것이고, 예영당과 수상방이 손을 합쳤으니 우리 두 가문과 남은 네 가문과의 싸움으로 좁혀지겠군. 더구나 상대 가문의 무인들은 움직이기 싫을 거고……."

"나 같아도 동무군보다는 요안 편에 서길 원할 거요. 요안이 이긴다면 자신들이 원하는 대로, 또 자신들이 살아왔던 대로 살아갈 수 있으니까."

"그저 하급 무사들만 그런 게 아닐걸? 예영당이야 몰라도 이제 우리와 겨룰 가문은 태활장과 흑수문, 그리고 군림가 정도인데, 그 가문의 가주들 역시 자신들이 요안의 칼 아래 죽는다 해도 자신들의 가문이 계속 이어져 나가길 바랄 테니 아랫사람들을 함부로 움직이려 하지 않겠지."

“맞소. 모르긴 몰라도 눈치만 보고 있을 거요. 예전에는, 그러니까 사람들이 요안혈로라 부르는 전투에서는 그저 요안이란 아이를 잡기만 하면 되니까 서로 공을 세우려 다투어 나섰지만, 마도칠가의 최고 우두머리를 다투는 일은 전혀 다른 것이니까.”

“아니, 그것보다 더 중요한 차이점이 있지. 아직도 잘 모르는군.”

“무슨……?”

이활은 이 철없는 늙은 여자가 무슨 말을 하는가 싶어 놀란 눈으로 쳐다보자 이화림이 깍지 낀 손을 머리 뒤에 얹으며 말했다.

“예전엔 소이보를 그저 괴상하게 생긴 고수 정도로 보았겠지. 하지만 이젠 어느덧 예영당주 동무군과 요안 소이보, 아니, 요선보주 소이보 두 사람 중 자신들의 주인을 가름하고 있을 거야. 정말 엄청난 변화 아니야?”

“……!”

그랬다. 이화림의 말이 어쩌면 더욱더 옳은 것인지 몰랐다.

이 싸움은 누가 누굴 죽이고 살리는 문제가 아니었다. 마도칠가 전체의 운명을 가르는 진정한 주인을 가리는 문제였다.

이화림이 두 눈을 지그시 감으며 말했다.

“그래도 그렇게 험난한 여정은 아닐 거야. 이젠 요안을 죽여 동무군에게 잘 보이려는 사람은 더 이상 없을 테니까.”

“도리어 요안에게 마음이 기운 사람이 많을 거요. 요안의 뜻, 그것은 마도칠가가 처음 생겼을 때로 돌아가자는 것이니까. 각자 맡은 곳에서 자신이 하고 싶은 일을 하며 어울려 살자는 것, 바로 그것이니까.”

이활은 고개를 돌려 앞을 바라보며 말했다.

“이제 멀지 않았소. 이제 저 언덕만 넘으면…….”

이활이 순간 말을 멈추었다.

무언가 길을 막고 있었다.

그것이 사람이란 건 먼발치에서도 알아볼 수 있었지만, 이활은 마치 태산이 앞을 막고 있는 것 같은 느낌을 받아야 했다.

그 사람은 그저 엉거주춤 길 한가운데 서 있을 뿐이었지만, 그 사람이 뿜어내는 가공할 기도는 멀리 떨어진 이활 역시 충분히 느낄 수 있었기 때문이다.

이활은 얼른 마차를 멈추자 이화림이 감았던 눈을 떴다.

"무슨……."

구태여 대답은 필요없었다. 이화림 역시 그 사람을 보았기 때문이다.

"심상치 않소."

이활은 몸을 일으켜 이화림의 앞을 가로막으며 속삭였다.

순간 이화림은 코끝을 찡그렸다.

'너무 나태했었나?'

길 한가운데 사람이 나타난 걸 이활보다 뒤늦게 알아차린 것은 어쩌면 섬에서 너무 느슨한 생활을 한 때문일지도 몰랐다.

약간 자존심이 상했지만, 그런 기분보다 먼저 다가온 건 강렬한 냄새였다.

앞을 막고 선 이활의 후끈 달아오른 땀 냄새였다. 더욱이 젖은 옷 아래로 팽팽하게 당겨진 근육이 조각한 듯 선명하게 도드라져 나와 있었다.

이화림은 말없이 이활의 등을 보며 저도 모르게 깊이 숨을 들이켰다.

하지만 소용없었다. 호흡과 함께 딸려온 강렬한 땀 냄새는 이제 머리까지 어지럽게 만들고 있었으니까.

이활은 이화림의 반응엔 신경 쓸 겨를이 없었다.

가공할 기도를 뿜어대며 길을 막고 있는 사람을 노려보며 천천히 포권을 취했다.

"뉘신지?"

사내가 천천히 손을 들어올렸다.

순간 이활이 움찔했지만, 이활의 예상과는 달리 사내의 손은 자신의 민둥머리를 쓰다듬을 뿐이었다.

"나? 나는… 그러니까……."

자신의 신분을 밝혀도 되는지 몰라 머뭇대는 게 틀림없었는데, 그 모습이 어린아이의 것과 다르지 않았다.

그 사람이 누군지 마차에서 내린 소이보가 알아보는 듯했다.

"오랜만이군요."

과히 듣기 좋지 않은 껄끄러운 목소리였지만, 사내는 그 목소리가 무척 반가운 듯했다.

"오랜만이다. 나 무치(武痴)는 많이 반갑다."

사내의 입에서 무치란 말이 나오자 일순간 주위의 모든 공기가 얼어붙는 듯했다.

"그럴 줄 알았어!"

이화림이 예상했다는 듯 고개를 끄덕였다.

비록 지금은 그때와 달리 복면을 벗어 한눈에 알아보진 못했지만, 이미 한차례 손속을 나눠본 경험이 있었다. 저런 엄청난 기도는 그 사람이 아니고서는 가질 수가 없는 것이었다.

다른 사람도 아닌 소림무치였다.

예영당의 동무군과 함께 강호의 두 절대자로 불리기에 충분한 사람이었다.

"무슨 일이슈?"

소이보가 오랜 친구를 만난 듯 특유의 이죽거리는 듯한 목소리로 반가움을 표시했을 때, 무치가 얼른 등 뒤를 바라보았다.

우람한 무치의 등 뒤에서 누군가 천천히 걸어나왔다.

작은 발과 품이 큰 옷을 입었지만 좁은 어깨선으로 여자임을 쉽게 알아볼 수 있었다.

지친 듯 천천히 걸어나오는 여자는 온몸을 풍성한 흰옷으로 머리 위까지 감싸고 있었다.

그래서 보이는 것은 단지 머리에 덮어쓴 천 아래로 살짝 엿보이는 하얀 턱이었지만, 그것만으로도 사람들에게 주는 인상은 강렬한 것이었다.

소이보는 이번에도 소림무치 등 뒤에서 나온 사람이 누군지 금방 알아볼 수 있었다.

“……”

소이보는 아무런 말도 없었다. 비록 이죽거리는 말투였지만, 무치에게 건넸던 반가움이 가득 담겼던 인사말도 없었던 것이다.

여자가 천천히 머리에 덮어쓴 천을 내렸다.

“저… 저년은……!”

이화림이 그녀를 제일 먼저 알아보았다.

잊을 수가 없었다.

저렇게 유리알처럼 투명한 두 눈은 그 여자 아니면 가질 수가 없는 물건이다.

성녀(聖女), 마도칠가가 신처럼 모시는, 하지만 요선보 사람들은 발톱의 때만큼도 여기지 않는 바로 그녀였다.

아니, 자신을 골탕 먹이고 빠져나가 소림무치와 부딪치게 하고, 끝내 요선보를 껍데기만 남겨놓고 무너지게 만든 바로 그녀였다.

따지고 보면 저 여자가 요선보 안에 들어온 이후 모든 일이 시작된 것이다.

"좋아!"

이화림이 몸을 일으키고는 허리에 감았던 흡정편을 잡아갔다.

그러자 소림무치가 호위 무사라도 된 듯 얼른 성녀의 옆에 다가와 섰고, 소림무치가 움직이는 동시에 이활 역시 이화림 앞을 등으로 막으며 버티고 섰다.

"비켜!"

또 한 번 남자의 강렬한 땀 냄새를 느낀 이화림은 이번엔 짜증이 났다.

이런 상황에서도 이활을 남자로 느끼는 자신이 한심스러웠기 때문이다.

하지만 이화림이 앙칼진 말과 함께 풀어 든 흡정편으로 등을 휘갈겼지만 이활은 전혀 미동조차 하지 않았다. 아니, 뒤도 돌아보지 않은 채 아주 차분한 목소리로 말할 뿐이었다.

"무언가 이상하오."

이화림은 어깨 부위의 옷이 찢겨져 나가고, 가느다란 한줄기 혈흔까지 흘리면서도 무심히 서 있는 이활의 등을 보며 알지 못할 미안함과 고마움을 느꼈다.

'멍청한 놈! 아니, 내가 멍청했군.'

이화림은 홀로 자책하며 이활의 등 너머에 있는 성녀를 쳐다보았다. 확실히 이활 말대로 이상하긴 이상했다. 지금 성녀의 모습은 예전에 보았던 것과 전혀 달랐다.

성녀는 천천히 앞으로 몇 걸음 걸어나와 머리에 쓴 천을 벗었다.

항상 도도하고 사람을 아래로 내려다보는 듯한 시선은 습기로 가득 차 있었다.

백옥 같던 얼굴은 이미 시든 낙엽처럼 누렇게 들뜬 상태였다.

윤기를 잃어버린 머리카락이 창백한 이마 위에서 가늘게 흔들렸다.

거기다 표정은 마치 세상의 모든 고뇌를 홀로 짊어진 것처럼 일그러져 있었다.

"돌려주세요."

성녀는 가늘게 떨리는 목소리로 힘없이 말했다.

마치 눈앞에 허깨비라도 잡으려는 것처럼 손은 느리게 위로 올라가 무언가 움켜쥐려 하고 있었다.

"……?"

이화림이 무엇을 돌려달라는 건지 영문을 모르겠다는 듯 멍하니 성녀를 바라보고 있을 때, 단말마 비명성이 등 뒤에서 토해졌다.

"엄마!"

소민이었다.

소민의 비명과도 같은 외침에 성녀의 눈에서는 섬광이 번뜩이는 것 같았다.

성녀는 휘청거리는 걸음걸이로 다가와 소민을 껴안았다.

"아가!"

성녀의 목소리는 더 이상 투명하지 않았다.

두 눈 역시 마찬가지였다.

성녀는 무릎을 꿇고 자신에게 뛰어온 소민을 품에 안고 흐느끼기 시작했다.

"엄마, 미안해."

소민이 성녀의 눈물을 손가락으로 닦으며 속삭였다.

성녀는 말없이 소민의 눈을 보다가 손목을 낚아채듯 잡고는 일어섰다.

"이제 가자."

소민은 마치 끌려가지 않으려는 듯 발뒤꿈치로 땅을 짚으며 도리질했다.

"아니야."

성녀가 흘깃 소이보를 바라보았다.

"저 사람 때문에 그러니? 괜찮단다. 만약 저 사람이 방해한다면 저기 저분께서 막아주실 거야."

성녀가 자신을 가리키며 말하자 소림무치의 얼굴이 이마까지 시뻘겋게 변했다.

"아니다. 요안, 무섭다. 난 요안과 안 싸운다."

성녀가 고개를 돌려 무치를 노려보았다.

무치가 곤란한 듯 입술을 쭉 내밀고는 고개를 돌려 먼 하늘을 쳐다보았다.

성녀의 손등에 소민의 작은 손이 올라가 감쌌다.

"엄마."

"……."

"엄마가 항상 말해줬잖아, '그때 가 되면 알게 될 거라고."

"민아야."

"지금이 그때야."

"아니다. 넌 아직 어려."

성녀의 말에 소민이 고개를 가로저었다.

"엄마, 엄마가 나보고 그랬어, 선택받은 아이라고. 하지만 난 선택하지 않았어. 엄마가 선택했지. 또 아빠가 선택했고."

"그게 무슨……."

"모두가 선택하는 삶이야. 이 선택은 엄마가 한 거야."

성녀는 아무런 말 없이 소민을 바라보았다.

소민이 물끄러미 성녀의 눈을 바라보다 천천히 성녀의 목을 안고는 귀에 대고 속삭이듯 말했다.

"손을 내밀었을 때 그 손을 잡아준 사람. 엄마는 손을 내밀었고 아빠는 그 손을 잡았지. 모른 척하지 마. 난 다 안다구."

"……!"

성녀가 놀란 듯 소민의 눈을 바라보았다.

그저 자그마한 아이로만 여겼다. 하지만 누가 뭐래도 소민은 성녀였다.

그것도 자신과 같은 반쪽짜리가 아닌, 귀령(鬼靈)과 마안(魔眼)이 만든 진정한 성녀였다.

팽유(彭柸)가 만든 혼유귀몽(魂幽鬼夢) 속에서 가진 아이였다.

그 환상의 꿈속에서 분명 자신은 손을 내밀었고, 어린 소이보는 그 손을 잡았었다.

홀로 남겨진 어린 자신이 커다란 의자에 앉아 공포에 휩싸여 흐느낄 때 조심스럽게 다가온 아이. 그 아이가 바로 소이보였다.

'그리고 천천히 손을 내밀었지. 내가, 바로 내가… 그 누구도 시키지 않았어. 맞아, 난 선택했던 거야.'

성녀는 아랫입술을 깨물며 생각했다.

부정할래야 부정할 수 없는 사실이었다.

소민은 그런 성녀의 눈을 바라보며 말했다.

"엄마의 손을 아빠가 잡는 순간, 모든 것은 시작된 거야. 이제 민아가 손을 내밀 거야, 엄마. 나랑, 또 아빠랑 같이 있어. 사실……."

소민은 투명한 눈으로 성녀를 바라보며 말을 이었다.

"엄마는 아빠가 죽을까 봐 아빠를 떠난 거잖아. 엄마는 그럴 거란 걸 이미 알았으니까. 또 그래서 지금도 떠나려고 하는 거고."

소민의 투명한 눈, 각기 색을 달리하는 그 두 눈앞에서 거짓말은 할 수 없었다. 성녀는 그저 말없이 영원히 놓아주지 않겠다는 듯 힘주어 감싸 안을 뿐이었다.

소이보는 잠자코 성녀와 소민을 바라보고 있었다.

이화림은 충격을 받은 듯 소민을 가리키며 소이보에게 물었다.

"이, 이 꼬마가 성녀의 딸이었어?"

하지만 소이보는 아무런 말 없이 부둥켜 안고 있는 성녀와 소민을 바라볼 뿐이었다.

"그, 그럼 이년이 네 마누라고?"

소이보는 그 말에 가벼운 충격을 받았다.

소민은 자신의 딸이었다. 부정할 수 없는 사실이었다.

또한 소민을 성녀가 낳았다는 것 역시 알고 있었다.

하지만 결코 성녀를 자신의 아내로 여겨본 적은 한 번도 없었다. 아니, 방금 전 이화림처럼 그저 성녀를 '냄새나는 년' 정도로만 여겼고, 또 그렇게 불렀었다.

하지만 지금 눈앞의 성녀는 결코 년이라는 욕설로 부를 수 있는 존재가 아니었다. 투명한 눈과 속을 알 수 없는 도도한 자세 대신, 그저 잃은 새끼를 찾아 미친 듯 벌판을 헤매고 다닌 가련한 어미의 모습일 뿐이었다.

소민에게 성녀는 소이보는 단 한 번도 가져 본 적이 없는, 따스한 엄마라는 존재였다.

그제야 소민의 말이 가슴 깊이 새겨졌다.

성녀는 손을 내밀었고, 소이보는 그 손을 잡았다.

귀령이 마안을 만난 것이다.

다른 것은 몰라도 성녀는 소민에게 좋은 엄마가 될 수 있을 것이었다.

그거면 되었다. 다른 건 필요치 않았다.

소이보의 표정에서 답을 얻었는지 이화림이 입을 쩍 벌리고는 중얼거렸다.

"말도 안 돼. 어떻게 저년을……."

그때였다.

소이보가 어느새 뽑아 들었는지 모를 검을 이화림을 향해 치켜들고 있었다.

"말조심해라."

"……!"

이화림은 껄끄럽게 내뱉은 소이보의 말을 믿지 못하겠다는 듯 눈을 동그랗게 떴을 때였다.

"요선보의 안주인이다."

"잉?"

소이보의 말에 사람들의 시선이 일제히 멍하니 성녀를 향했다.

말이야 틀리지 않았다.

소이보의 딸이 소민이고, 소민의 어미가 성녀라면 당연히 성녀가 요선보의 안주인임이 분명했다.

소이보는 소민을 흘낏 보고는 다시 입을 열었다.

"소민은 마도칠가의 새로운 성녀다. 예의에 벗어나지 말도록."

소이보의 말에 이화림의 얼굴이 일그러졌다.

하지만 뭐라고 말할 수가 없었다.

소이보를 새로운 요선보주로 인정한 이상 성녀는 안주인이 되었고, 성녀의 딸인 소민은 새로운 성녀였으니까.

한참을 씨근덕대던 이화림이 퉁명스레 고함을 질렀다.

"남들 모르게 뒤로 살림을 차리더니 눈에 뵈는 게 없구나! 눈꼴시어 못 봐주겠다!"

하지만 독이 올라 외치는 이화림의 태도와는 달리 소이보는 검을 천천히 갈무리하며 심드렁하게 말했다.

"한번 아빠 행세를 해봤을 뿐이야."

"그래, 너 잘났다!"

이화림이 눈꼴시다는 듯 굵은 가래침을 뱉었다.

그런 이화림을 묘한 눈빛으로 바라보던 이활의 등을 누군가 손가락으로 툭툭 쳤다. 이활이 바라보자 두경환이 기묘한 웃음과 함께 작은 목소리로 말했다.

"어떠냐. 부럽지 않느냐?"

두경환의 말뜻이 소이보처럼 너도 얼른 이화림을 배필로 맞아 가정을 꾸리라는 것임을 알아차린 이활이 얼굴을 붉게 물들였다.

＊　　　＊　　　＊

굉요(宏瑤)는 허름한 담벼락에 기대어 앉아 길게 하품을 하고는 졸린 눈을 비볐다.

지금 굉요의 모습은 소림의 이름난 고승이라기보다는 뒷골목의 싸구려 건달과 다르지 않았다.

어찌 되었든 지금 굉요는 덕망 높은 고승과는 거리가 먼, 일전방의 식객(食客)으로 있었기 때문이다.

굉요는 전혀 의도한 일은 아니었지만, 어쩌면 몸에 맞는 옷을 걸친 것처럼 일전방의 식객 노릇에 아주 만족해하고 있었다.

지금도 마찬가지였다.

맡은 일은 일전방에 무슨 일이 있지 않을까 경계를 서는 것이었지만,

굉요는 그 어떤 것에도 주의를 기울여 쳐다보고 있질 않았다.

만약 생전 처음 보는 괴상한 사람이나 물체가 지나갔다 해도 굉요는 늘어지게 하품을 한 후 따뜻하게 데워진 담에 몸을 기대어 꿈나라로 떠났을 게 분명했다.

하지만 그런 굉요의 눈을 번쩍 뜨이게 하는 물건이 저만치서 오고 있었다.

낯설어서가 아니었다.

너무나 익숙했기 때문이었다.

굉요는 두 눈을 비비고는 펄쩍 뛰어 앞으로 달려나갔다.

"무치!"

굉요가 반가움이 가득한 목소리로 불렀다.

"사형!"

무치 역시 두툼한 손을 흔들며 반겼다.

"네가 여길 어떻게… 가만……."

굉요는 빠르게 주위를 훑었다.

애당초 길을 떠났던 사람들보다 더 많은 인원으로 불어나 있었다.

하지만 가장 눈에 띈 사람은 따로 있었다.

소이보의 곁에 서 있는 한 여자였다.

여자와 소이보 사이엔 소민이 활짝 웃는 얼굴로 굉요를 보고 있었다.

굉요는 소민이 한쪽 손으론 소이보의 손을 잡고 다른 손으론 여자의 손을 꼭 잡고 있는 걸 보고는 무치에게 조용한 목소리로 물었다.

"성녀?"

무치가 고개를 끄덕였다.

"성녀 찾아왔다. 도와줘요. 도와줘요. 방장이 말했다. 대환단 비싸다. 대환단 비싸다. 아직 그 돈도 못 받았다. 성녀가 말했다. 내 목숨이라도 드릴게요. 방장이 말했다. 성녀 목숨 필요없다. 필요없어. 필요하면 당신 남편한테 말하겠다. 성녀가 말했다. 원숭지는 내 남편이 아니에요. 난 그와 마주 앉아본 적도 없어요. 방장이 웃었다. 나도 안다. 그 사람은 바보다. 난 요안을 말하는 거다. 대환단 값, 성녀 구한 값, 굉요 사제가 돌아오지 못하는 값. 다 받을 거다. 성녀가 울었다. 아니에요. 그러지 마세요. 그 사람은 나 때문에 죽을 뻔했어요. 더 이상 그에게 피해를 주고 싶지 않아요. 그 사람이 죽는다면 나도 죽어버릴 거예요. 방장이 깜짝 놀라 외쳤다. 안 된다. 안 된다. 너 죽으면 돈 못 받는다. 도대체 찾는 게 요안이냐 아니면 딸이냐. 둘 다예요. 난 두 사람 중 한 명에게라도 문제가 생긴다면 살지 못해요. 성녀가 펑펑 울었다. 난 귀령, 그 사람은 마안. 우리는 혼자서는 살 수 없는 존재예요.”

무치의 목소리는 걸걸했고, 덩치에 어울리게 목소리도 둔비 못지않게 컸다.

하지만 무치의 말에 모든 사람은 알 수 있었다, 성녀가 어떻게 무치와 함께 여기에 나타났는지를.

소림무치의 무공이 높은 것만큼 유명한 것이 바로 그 대책없는 솔직함이었다.

그러니 지금 한 말에 거짓말은 없을 거란 것쯤은 그 누구도 알 수 있었다.

굉요가 말도 안 된다는 듯 토실토실한 뺨을 한껏 부풀리고는 투덜거렸다.

“빌어먹을. 날 쫓아낸 게 누군데 이제 와서 그 값까지 쳐서 부르다니!”

홍분 때문에 굉요의 얼굴이 붉게 달아오른 것만큼 얼굴이 붉어진 사람이 또 하나 있었다.

성녀가 부끄러움에 얼굴을 숙이며 냉랭하게 말했다.

“당신은 쓸데없는 말이 너무 많군요.”

소림무치가 눈을 몇 번 끔뻑거리더니 굉요에게 물었다.

“쓸데없는 말 무치는 안 한다. 하지만 굉요 사형에게 전하라는 말은 쓸데없는 말이 아니다.”

“무슨?”

이때까지 재수없이 코가 꿰어 요안 옆에 붙어 있게 된 게 불만이었던 굉요가 얼른 물었다.

적어도 방장이 자신에게 할 말이란 단 한 가지밖에 없었다.

소림으로 돌아오라는 말. 이때까지 굉요가 기다린 말이었다.

하지만 막상 그 말이 무치 입에서 튀어나올 거라 생각하니 마음속 한 쪽이 찜찜해졌다.

‘까짓것 돌아오라고 하면 가는 거지 뭐. 조금 늦어진다고 뭐라고 하겠어? 마도본가를 뽑는 일만 끝나면, 그때까지만 돕고 나서 말이야.’

그동안 정이 담뿍 든 일전방이었다.

사람들이 좋았다. 더욱이 같이 생사를 넘나든 사람들이었다.

고리타분하게 산문 깊이 파묻혀 사는 땡초들과는 다른 싱싱한 사람들이 아니었던가.

하지만 정작 무치 입에서 나온 이야기는 굉요의 바람과는 전혀 다른 말이었다.

“방장이 말했다. 요안이 동무군과 붙는다. 꺾여도 좋고, 꺾는다면 더 좋다. 만약 요안이 진다면 동무군과 나 무치가 붙는다. 힘 빠진 동무군 무치가 충분히 이길 거라고 했다. 하지만 난 무섭다.”

굉요는 멍하니 무치 입만 바라보다 뒤늦게 무치의 입을 틀어막았다.

마도본가를 두고 벌이는 싸움에서 소림은 편안히 앉아 어부지리를 얻겠다는 흥심을 들켰기 때문이다.

꽝요는 무치의 입을 틀어막은 채 얼른 주위 사람에게 외쳤다.

"빨리들 오시오! 맛있는 술과 고기를 넘치도록 준비해 두었다오……."

머리를 정갈히 깎은 소림 승려의 입에서 술과 고기란 단어가 너무도 자연스럽게 튀어나오고 있었다.

*   *   *

"아! 다들 왔는가?"

영허자(寧虛子)는 한가로운 태도로 누워 손을 번쩍 들어 흔들었다.

그런 영허자의 모습을 본 사람들의 표정이 제각각 묘하게 변했다.

제일 먼저 두경환이 소이보를 돌아보며 물었다.

"소림무치까지는 이해하겠네. 성녀가 제 발로 찾아갔으니 여기 온 게 그리 이상한 일은 아니겠지. 하지만 저자는 분명 내가 알기론 무당파의 괴물이 틀림없는데 어찌 된 일인가."

두경환이 비록 지금 소이보와 뜻을 같이한다 해도, 어쩔 수 없이 마도칠가의 사람이었다.

마도칠가의 일에 정파무림인, 그중에서도 고수라 할 만한 소림무치와 무당파의 영허자가 와 있으니 두경환의 신경이 곤두설 수밖에 없었다.

소이보가 담담한 태도로 대답했다.

"보시는 그대로입니다."

"……?"

"오고 싶은 사람은 온다. 놀고 싶은 사람은 논다. 하고 싶은 대로 한다. 전쟁을 원하는가? 그럼 죽여주마! 간단한 문제입니다."

영허자가 맞다는 듯 박수를 짝짝 쳤다.

"맞네, 맞아. 내 말이 그 말이네. 이보게, 삼안조옹(三眼釣翁). 예전에 자네는 멋진 사내였는데 언제부터 그리 쫀쫀해졌는가. 내가 언제 자네 배가 떠 있는 강물을 다 마셔 버리겠다고 했는가? 또 자네가 무당산의 산채(山寨)에 욕심이 나 무당산을 범한 적이 있는가? 내가 원하는 것이 바로 그것이네."

"진정 그것뿐인가?"

두경환이 미심쩍다는 듯 바라보며 등 뒤에 걸친 낚싯대를 천천히 풀어 손에 들었다.

영허자가 두경환의 손에 들린 낚싯대에 신경이 쓰이는지 인상을 찡그리며 대답했다.

"그렇네. 다른 뜻은 없어. 만약 예영당주 동무군이 그저 마도본가로서 만족한다면 나도 나설 생각은 없네. 하지만 동무군은 좀 더 강해지려 하고, 또 사실 지금도 강해지고 있다네. 그 뜻이 무엇이겠는가. 우리도 편하게 있고 싶다네. 좀 더 길게 편하려면 지금 귀찮아도 내가 움직일 수밖에 없지."

두경환이 알겠다는 듯 고개를 끄덕였다.

"자네의 뜻은 알겠네, 고맙기도 하고. 하지만 이건 마도칠가의 일이라네. 새로운 요선보주는 젊네. 어쩌면 실수가 있을 수도 있겠지만 내가 충분히 메워줄 수 있을 거라 생각하네."

영허자가 말도 안 된다는 듯 고개를 저었다.

"아니, 자네가 모르나 본데 난 저 아이의 큰할아버지가 된다네. 큰할아버지 노릇을 이럴 때 해봐야 하지 않겠나?"

소이보의 동의를 구하듯 영허자가 소이보를 쳐다보았다.

"예, 제 큰할아버지로 오신다면 큰할아버지로 모시지요."

소이보가 고개를 끄덕이며 하는 말에 영허자가 어떠냐는 듯 두경환을 쳐다보았다.

하지만 소이보의 말은 끝나지 않았다.

소이보는 한 손으로 장검을 어루만지며 입을 열었다.

"하지만 정파무림인으로 마도칠가 일에 관여하실 계획이라면, 또 그렇게 모실 겁니다. 적으로서……."

"에엥?"

"전 이제 예영당으로 떠나야 합니다. 큰할아버지로 머무시겠다면 여기 계셔도 됩니다. 하지만 그게 아니라면 즉시 떠나주시기 바랍니다. 이건 요선보주로서 드리는 말입니다."

냉랭한 태도와 말이었다.

영허자가 당황해서 얼른 몸을 일으켰다.

"이봐, 난 네게 힘이 되어줄 수 있다. 또한 소림무치도 있고. 네가 고개만 끄덕인다면 마도본가는 네 차지란 말이다."

소이보는 고개를 끄덕이지도, 옆으로 젓지도 않았다.

그저 뚫어질 듯 영허자를 쳐다볼 뿐이었다.

"제 힘은 지금 이 사람들만으로도 충분합니다. 만약 힘과 세를 불려 원하는 것을 얻으려 했다면, 동무군과 다를 것이 없게 됩니다."

소이보는 천천히 걸어 문을 활짝 열었다.

"말씀은 고맙게 받았습니다. 이제 우리 요선보, 아니, 마도칠가 사람이 아닌 분들은 이만 떠나주셨으면 합니다."

영허자가 아무 말 없이 소이보를 쳐다보다가 곧 허탈한 웃음을 지었다.

천천히 몸을 일으켜 문밖으로 걸어나가던 영허자가 발을 멈추고 소이보를 보며 말했다.

"난 너에게 큰할아버지다. 지금까지 그랬고, 앞으로도 그럴 것이라 믿는다.”

소이보가 그제야 웃으며 고개를 끄덕였다.

“맞습니다. 탐탁진 않지만.”

영허자 역시 그제야 밝은 표정으로 소이보의 어깨를 툭툭 쳤다.

“그래, 무당파 영허자는 간다. 하지만 네 큰할아버지는 영원히 네 옆에 있을 것이다.”

“그렇겠지요. 그리 원하는 일은 아닙니다만.”

소이보 역시 웃으며 대답했다.

영허자는 모든 일을 훌훌 털어버린 듯 가벼운 발걸음으로 떠나갔다.

소림무치가 쭈뼛거리며 소이보의 눈치를 보았다.

굉요가 무슨 일인가 싶어 물었다.

“왜 그러는가?”

소림무치가 눈을 몇 번 끔뻑이다 대답했다.

“돈, 대환단……”

굉요가 답답하다는 듯 무치의 옆구리를 손가락으로 푹 쑤셨다.

“이런 눈치없는! 그거야 요안이 잘되면 당연히 받을 것이고, 안 되면 우리 소림 앞날이 깜깜해지는 건데…….”

소림무치가 다시 눈을 끔뻑대더니 소이보와 성녀를 번갈아 보다가 머쓱한지 뒤통수를 긁었다.

소이보가 그런 무치를 보며 미소를 짓자, 무치가 안심이 되는 듯 활짝 웃으며 말했다.

“무치, 요안 좋다. 많이 좋다.”

소이보가 웃으며 고개를 끄덕였다.

“요안도 무치 좋다. 아주 많이 좋다. 다음에 만나면 사형이 말했다던 극락(極樂)이란 데 한번 갑시다.”

“좋다. 좋아!”

무치가 마치 어린아이처럼 활짝 웃고는 성녀를 돌아보았다.

“……?”

마치 같이 안 가냐는 듯한 물음에 성녀가 잠시 시간을 두었다가 천천히 입을 열었다.

“난 마도의… 성녀예요. 내가 있을 곳은 여기예요.”

무치가 아무 말 없이 성녀를 보다가 고개를 끄덕이고는 굉요의 팔을 끌었다.

“같이 간다.”

“놔라!”

굉요가 얼른 팔을 뿌리치며 말했다.

“네가 잘 모르나 본데, 빌어먹을 방장 사형 때문에 나도 반쯤은 마도인이 다 됐다고! 더구나 요안이랑은 생사를 함께 넘나들었다 이 말이야!”

그 모습을 지켜보던 소이보가 낮은 목소리로 말했다.

“당신도 가십시오.”

“으잉? 요안, 어떻게 그런 말을…….”

섭섭하다는 듯 굉요가 소이보를 쳐다보았다.

그럴 만하다고 소이보도 생각했다.

하지만 분명히 해야만 하는 일도 있었다.

“그럼 하나만 묻겠습니다. 소림 승려로 죽고 싶습니까, 아니면 요선보 사람으로서 죽고 싶습니까.”

“응? 그거야…….”

굉요의 투실투실한 눈두덩이 사이로 눈알이 데구루루 굴렀다.

이 사람들이 정말 좋았다. 또한 지금 일전방에서의 생활이 정말 마음에 들었다.

　소림사는 방장부터 무치까지, 아니, 파르라니 갓 머리를 깎은 소사미까지 마음에 드는 것은 아무것도 없었지만 소림이란 두 글자만은 달랐다.

　꿩요가 땅이 꺼져라 한숨을 쉬더니 소이보를 보고 으르렁거렸다.

　"일이 끝나면 보자고. 그땐 보통 술과 고기로는 안 되는 거 알지!"

　소이보가 웃었다.

　"당연하지요."

　꿩요가 더 머물다가는 맘이 바뀔지 모른단 생각에 얼른 소림무치의 손목을 끌고 문밖으로 나섰다.

　소이보가 그 뒷등을 보며 조그맣게 말했다.

　"정말 고마웠습니다."

◆ 第九章 ◆
붉은 깃발

"**손**님 받아라!"

이화림은 문을 열고 큰 소리로 외쳤다.

"……?"

갑작스런 이야기에 머리를 맞대고 의논하던 사람들이 멍하니 정문을 쳐다보고 있는데, 이화림이 묘한 얼굴로 웃었다.

마치 내가 일을 저지르긴 했는데, 잘했는지 못했는지 모르겠다는 듯한 표정이었다.

"무슨……?"

문기서가 또 무슨 엉뚱한 짓을 저질렀냐는 듯한 얼굴로 이화림 쪽을 바라보는데, 이화림이 어깨를 으쓱거리더니 한쪽으로 비켜섰다.

"……!"

문기서가 이화림 뒤에 서 있던 사람을 보고 멍한 표정이 되었다.

곽예주가 자리에서 벌떡 일어서다 곧 중심을 잡지 못하고 옆으로 기우뚱 쓰러지며 외쳤다.

"저자는……!"

이화림이 데리고 온 남자는 곽예주의 놀라는 표정이 재미있다는 듯 씨익 웃었다.

사내는 제법 멋을 내 양쪽으로 날렵하게 기른 콧수염을 두 손가락으로 천천히 비비면서 주위를 훑어보았다.

"안녕들 하셨는지……. 이렇게 모여 계실 줄 알았다면 진작 인사를 드렸어야 하는 것인데……."

소이보의 두 눈빛이 반짝였다. 눈에 익은 자였다. 아니, 손을 겨루어 본 적도 있는 사람이었다.

"군림가(君臨家) 향문월(向文越)?"

소이보의 말에 향문월이 마치 알아봐 주어 고맙다는 듯 활짝 웃으며 고개를 끄덕였다.

"그게 내 이름인 것 같긴 하네만……. 어찌 됐든 기억해 주어 고맙기도 하고……."

길게 양옆으로 기른 콧수염만큼이나 말꼬리를 길게 끄는 독특한 말투.

그것은 분명 염효들이 모여 만든 군림가에서 백골당(白骨堂)을 맡고 있는 향문월이 틀림없었다.

그것도 혈랑대와 한번 화끈하게 붙었던 사내였다. 실종된 성녀의 뒤를 쫓던 중에 있었던 일이다. 그 후 소림무치가 나타나 헤어지게 되었다. 그 후 마도본가를 뽑는 행사 때나 만날 거라고 생각했던 사람이었다.

향문월은 약간 고개를 돌리곤 한쪽 눈을 살짝 찌푸린 채 소이보를 쳐다보고 있었다.

어찌 보면 흘겨보는 듯한 태도였지만, 반듯하게 정리된 눈썹 아래 두 눈에서는 반가움이 가득했다.

“별로 기억하기 좋을 만한 낯짝은 아니었지.”

곽예주가 입술을 삐죽이며 말했다.

하지만 향문월은 곽예주를 그저 스쳐 지나듯 쳐다보고는 말했다.

“그거야 나도 마찬가지고.”

“무슨 일인가?”

범우가 뒤늦게 나와 향문월을 쳐다보았다.

그와 동시에 향문월의 두 눈이 찢어져라 부릅떠졌다.

하지만 범우의 두 눈은 가늘게 변했다.

자신을 보고 향문월이 놀란 것이 아니란 것쯤은 알 수 있었다.

바로 어깨 옆으로 두 다리를 걸쳐 놓은 채 대롱대롱 앉아 있는 소민 때문이었다.

“이, 이게… 그러니까…….”

향문월의 수염 끝이 파르르 떨렸다.

이화림이 그것 보라는 듯 턱을 치켜들고는 말했다.

“그것 보라고. 요안에게 전할 깜짝 놀랄 만한 소식이 있다고 안내해 달라 부탁했을 때, 내가 뭔지는 모르겠지만 요안을 만난다면 네놈이 더 깜짝 놀랄 거라고 그랬지?”

하지만 향문월은 이화림의 말은 듣지도 못한 듯 그저 소민의 얼굴만을, 아니, 정확히는 두 요안만을 쳐다볼 뿐이었다.

소민이 재미있다는 듯 킥킥거리더니 조용히 말했다.

“너무 겁내지 마요.”

“누… 누가…….”

향문월은 더듬거리며 대답하다가, 곧 아무런 말 없이 소민을 쳐다보고만 있었다.

소민이 코끝을 찡긋거리며 고개를 갸우뚱거렸다.

"아무도 아저씨 싫어하지 않아, 죽이고 싶어하는 사람도 없고. 그러니까 겁내지 마."

향문월의 얼굴이 순간 저도 모르게 붉어졌다.

"무슨 일이지?"

소이보가 물었다.

그제야 향문월이 소이보를 쳐다보다 곧 진지한 표정으로 바뀌었다.

"자넨 사람인가?"

"……?"

소이보의 미간이 순간 실룩였다.

무슨 뜻으로 묻는 것인지 알 수 없었기 때문이다.

그러나 자신의 요안을 두고 놀리는 것은 아닌 것 같았다.

적어도 향문월 정도 되는 사람이 그 정도 농담을 하러 이 자리까지 오진 않았을 게 분명했기 때문이다.

소이보가 비릿하게 웃으며 대답했다.

"무엇을 보길 원하지? 원하는 대로 보여줄 수 있는데."

소이보의 말에 향문월이 피식 웃었다.

"그렇게 말하는 걸 보니 아직은 사람인가 보군."

"……?"

소이보가 무슨 뜻인지 몰라 쳐다보자 향문월이 작은 한숨과 함께 말했다.

"태활장(泰闊莊)의 마검충(馬劍忠)은 알겠지?"

"그런데?"

심드렁한 태도로 소이보가 대답했다.

오로지 무공에 미친 사내, 그래서 강함만을 추구하던 사내였다.

자신의 아비를 죽이고 또한 형님을 죽였으며, 끝내 둔비의 팔과 다리를 잘라낸 사람이었다.

향문월이 작은 한숨과 함께 말했다.

"동무군에게 패했다네. 그것도 단 일 초만이라더군."

"……!"

"나는 보지 못했네. 하지만 그 광경을 봤던 사람들은 모두들 그러더군, 악마를 보았다고. 예영당주 동무군 말일세."

향문월은 떠올리기도 싫다는 듯 인상을 찌푸리다가 다시 말을 이었다.

"자네의 소식은 이미 전 무림에 파다하게 퍼졌다네. 아마 이화림이란 여자가 이끌던 비림(秘林)의 짓이겠지. 아무튼 자네 소식에 환호하는 사람들도 있었지만, 분주히 대책을 마련해야 하는 사람들도 있었네. 마검충이 그랬지. 마검충이 동무군을 찾아가 말하길, 요안을 자신에게 달라 했다는군, 한번 겨뤄보고 싶다고. 그러자 동무군이 마검충을 베었다는 군. 그러면서 하는 말이 요안은 자신의 것이라 했다던가?"

소이보는 웃었다.

왜 향문월이 이리 왔는지 알 것 같았기 때문이다.

동무군은 자신을 원하고 있었다.

이미 비중의 모든 무공을 얻어 악마가 된 동무군은 자신의 실력을 보여줄 상대로 자신을 필요로 하고 있는 것이다.

그래서 도리어 소이보에게 해를 끼칠지도 모를 마검충을 벤 것이다, 그것도 단 일 초에.

결국 입장이 곤란하게 된 것은 그동안 동무군 편에 붙었던 다른 마도 칠가들이었다.

동무군은 요안을 바라고 있었고, 요안은 자신들에게 원한을 갖고 있었으니…….

향문월은 말없이 소이보를 쳐다볼 뿐이었다.

다른 이야기를 하지 않아도 이미 소이보가 모든 사정을 꿰뚫어 보고 있다는 것쯤은 향문월도 알고 있었다.

향문월이 입을 열었다.

"우리 군림가를 어떻게 생각하는가?"

소이보가 싱긋 웃고는 옆에 찬 검을 툭 치고는 되물었다.

"덤빌 것인가?"

"힘이 있다면."

하지만 대답하는 향문월은 전혀 웃고 있질 않았다.

소이보가 다시 히죽 웃고는 고개를 끄덕였다.

"그걸로 좋다. 이때까지 그래 왔던 것처럼."

"그냥 지켜만 보아라? 이거, 자존심이 상하는걸?"

향문월이 그제야 웃었다.

소이보의 뜻이 군림가의 멸문에 있지 않다는 걸 알아차렸기 때문이다.

소이보가 다시 웃으며 빈정대듯 말했다.

"염효에게도 그런 게 있던가? 자존심 말이야."

"자존심은 모르겠지만 적어도 마적 떼들처럼 무모하진 않지. 동무군과 겨루려고 하는 따위 말이야."

"지켜보면 알 거야."

소이보가 고개를 끄덕였다.

향문월이 반쯤은 감탄하고 또 반쯤은 안도한 눈빛으로 소이보를 보다가 천천히 몸을 돌려 문으로 걸어나갔다.

그러다 문득 잊고 있었다는 듯 발걸음을 멈추고는 말했다.

"우린 이번 마도본가에 참석하지 않을 것이네. 그리고… 앞으로 재미있게 되겠군."

끝에 말은 단순히 소이보와 동무군의 겨룸이 아닌, 소민을 두고 한 말이 분명했다.

"재미있을 거야, 틀림없이. 그것도 아주 많이."

소이보의 말을 끝으로 향문월은 다시 발걸음을 옮겼다.

향문월의 발걸음은 안도했다는 듯 한결 가벼워져 있었다.

2

범우의 굵은 팔뚝에 불끈 힘줄이 곤두섰다.

"흠~"

범우가 짧은 호흡과 함께 팔을 치켜들자 깃발이 천천히 하늘로 치켜 올라갔다.

푸라락~

둘둘 감겨 있던 깃발은 바람에 온몸을 드러내 보이려는 것처럼 맹렬히 펄럭였다.

그것을 보고 있는 범우의 표정은 굳어 있었다.

하지만 범우와 오래 있어본 사람이라면 그의 콧구멍이 쉴 새 없이 벌렁거리고 있다는 걸 쉽게 알아차릴 수 있었다. 특히 범우의 등에 업혀 있는 소민은 더욱 그랬다. 단단한 범우의 등에서 끊임없이 작은 경련을 느낄 수 있기 때문이었다.

소민은 천천히 고개를 들어 범우가 들고 있는 기다란 장대를 보았다.

장대엔 기다란 붉은 천이 붙어 있었고, 그 붉은 천 한가운데는 요선보(拗仙堡)란 세 글자가 선명히 박혀 있었다.

"요선보……."

소민이 작은 목소리로 글자를 읽자, 범우의 얼굴에 만족스런 미소가
어렸다.

"옳다. 요선보다. 네 아버지의 요선보이자 나의 요선보이고, 또한 우
리의 요선보다."

"큰아버지는 요선보가 그렇게 좋아요?"

소민이 범우의 목을 더욱 꼭 끌어안으며 조그맣게 물었다.

범우의 굵은 목이 위아래로 힘차게 움직였다.

등에 올린 주인의 마음을 안다는 듯 범우가 타고 있는 말이 힘찬 투레
질과 함께 발굽으로 땅을 굴렀다.

요선보의 깃발을 보고 감격에 젖는 사람은 범우뿐만이 아니었다.

한쪽에 비켜서서 목발을 짚고 있는 곽예주의 눈빛은 어느새 촉촉해져
있었다.

부홍 역시 마찬가지였다.

범우가 들고 있는 깃발보다 더욱더 붉어진 얼굴이어서, 마치 예전 요
선보때의 홍안자(紅顔子)로 돌아가 있는 것 같았다.

모두 말없이 깃발만을 바라보는 가운데, 당소유가 조심스럽게 다가와
곽예주에게 말을 건넸다.

"바람이 차오. 몸에 탈이 날까 겁나오."

하지만 곽예주는 당소유 쪽은 바라보지도 않은 채 깃발만을 바라보며
입을 열었다.

"당신 그거 알아요?"

"……?"

"난 말이에요. 저 깃발 아래서는 무서울 게 없었어요."

"……"

당소유는 아무 말도 하지 않았다.

그저 뒤에 서서 곽예주가 바라보는 깃발을 물끄러미 쳐다보다 불쑥 물었다.

"그런데 요선보의 혈랑대가 붉은 깃발 아래서 싸웠다는 얘기는 들은 적이 없는 것 같은데……?"

당소유는 곽예주가 휙 돌아보자 말실수를 했다는 듯 고개를 숙였다.

하지만 곽예주의 얼굴에는 질책의 빛이 아닌 만족스런 웃음이 떠올라 있었다.

"요선보예요. 깃발을 들고 있는 게 범 대장이니까, 요안 동생이 있으니까, 또 혈랑대 가족들이 있으니까. 그게 나예요. 내가 그저 곽예주 한 사람이라면 이미 포기했을 거예요. 하지만 요선보니까… 내가 요선보니까 포기할 수 없었지요."

당소유는 고개를 들고 곽예주의 얼굴을 멍하니 쳐다보았다.

알 것도 같았고 모를 것도 같았다.

무슨 뜻인지 정확히는 모르겠지만, 왠지 가슴 한 켠에서 무언가 고동치는 그 무엇이 있었다.

곽예주는 당소유의 마음 한 켠에 자리 잡고 있는 그것을 더 잘 안다는 듯 다시 한 번 활짝 웃으며 말했다.

"당신은 싫다고 하겠지만 이미 사천당가 사람이에요. 당신의 솜씨 역시 당가의 것이고, 심지어 숨 쉬는 것 역시 당가의 방식일 거라 생각해요. 그래서 당신은 내가 요선보를 못 벗어나듯 사천당가를 벗어날 수 없는 거죠, 영원히."

곽예주는 다시 고개를 돌려 범우가 들고 있는 깃발을 쳐다보며 흘러가는 소리처럼 중얼거렸다.

"한번 들러야겠지요?"

"어딜?"

당소유가 뒤늦게 정신이 든 것처럼 물었다.

곽예주가 고개를 살짝 돌려 당소유를 보며 남들 모르게 한쪽 눈을 찡긋거렸다.

"사천에 있다는 당신의 집 말이에요."

뜻밖의 말에 당소유가 굵은 침을 꿀꺽 삼켰다.

"외, 외진 곳에 있지만 그래서 경치는 매우 좋다오!"

"거기서 살 생각은 없어요."

곽예주의 말소리가 조금 싸늘해졌다.

사천당가의 며느리들은 사천당가의 문밖출입이 쉽지 않다는 것쯤은 들어서 알기 때문이었다.

"무, 물론이오. 인사만 하는 거지, 인사만! 그게 조상님들에 대한 예의고……."

정신없이 더듬거리는 당소유를 다시 한 번 곽예주가 흘겨보았다.

당소유는 이제야 정말 정신을 차렸다는 듯 목을 가다듬고는 힘주어 말했다.

"나도 요선보에서 살 거요!"

"사천당문이 다시 한 번 뒤집어지겠네요."

곽예주의 말에는 묘한 느낌이 있었다.

서로에게 좋은 감정이 있다는 것은 확인했지만, 구체적인 혼인에 대한 이야기는 서로 쑥스러워 하지 못했기 때문이다.

하지만 요선보의 깃발 아래에서 서로의 앞날에 대한 은밀한 대화가 오가자 당소유의 가슴은 뜨겁다 못해 터질 것만 같았다.

당소유가 자신의 가슴을 주먹으로 내려치며 말했다.

"요선보 사람이 있는 곳이 요선보라면, 사천당문 역시 그러하다오. 내가 어디에 있던 바로 그곳이 사천당문이 될 것이오. 또한! 당문의 며느리들은 전통적으로 강했다오!"

갑작스런 당소유의 말에 곽예주가 순간 눈을 크게 떴다가 곧 깔깔거리며 웃고는 조그마한 목소리로 중얼거렸다.

"요선보의 사위들 역시 약하진 않을……."

하지만 곧 부끄러움 때문인지 곽예주는 붉어진 얼굴을 폭 숙였다.

멀리서 그런 광경을 보던 이화림이 인상을 살짝 찌푸리고는 조그맣게 욕설을 내뱉었다.

"거참, 이거 참. 제길! 성질 같아서는 한바탕하고 싶지만, 또 그랬다가는 제 성질 못 이긴 시집 못 간 노처녀가 어쩌고저쩌고 할 것도 같고……."

"노처녀가 어떻다고 그러오?"

갑작스런 목소리에 이화림이 깜짝 놀라 뒤를 돌아보자 제법 잘생긴 사내의 얼굴이 눈에 가득 들어왔다.

이활은 자신을 보고 이화림이 놀라자 쑥스럽다는 듯 코끝을 찡긋거렸다.

"잠깐 잊은 것이 있어서……. 놀랐다면 미안하오."

이화림은 그제야 이활이 등 뒤에 기다란 작대기를 이고 있는 것을 볼 수 있었다.

"그건?"

이활이 등 뒤에서 꺼내 든 물건은 이화림의 눈에 익었다.

당출도(當出島)에서 한가로이 낚시를 즐기던 삼안조옹 두경환의 낚싯대가 틀림없었다. 하지만 지금 이활이 손에 들고 활짝 펼친 낚싯대는 예전 모습과는 어딘가 달랐다.

낚싯대에 둘둘 말려 있던 기다란 천이 바람에 팽팽하게 당겨져 하늘에서 요동쳤기 때문이다.

"아!"

이화림은 그제야 알겠다는 듯 고개를 끄덕였다.

낚싯대는 어느새 훌륭한 깃대로 변해 있었기 때문이다.

단지 요선보의 깃발과는 달리 검은 바탕에 흰색으로 '강호제일수상방' 이라고 적혀 있는 게 다를 뿐이었다.

이활은 흡족한 표정으로 자신이 펴들고 있는 깃발을 보며 말했다.

"수상방 역시 약하지 않다오. 수상방의 뜻을 가진 사람이 있는 곳, 바로 그곳이 수상방이오."

"하지만 여긴 물 위가 아닌 딱딱한 육지인데?"

이화림이 이해가 안 간다는 듯 쳐다보자 이활이 싱긋 웃으며 대답했다.

"강물은 마음에 있소. 자고로 뜻이 큰 사내라면 가슴속에 큰 강물 몇 개쯤은 흐르게 마련이라오."

이화림이 '어쭈, 제법이네?' 하는 표정으로 쳐다보자, 머쓱해진 이활이 짐짓 손에 든 깃발을 보며 물었다.

"그런데 아까 노처녀 어쩌고저쩌고 그러는 것 같던데?"

이화림이 무슨 말인지 알겠다는 듯 고개를 끄덕이고는 한 켠에 서 있는 곽예주와 당소유를 쳐다보며 말했다.

"아, 그거? 별거 아니야. 저쪽에 징그러운 한 쌍을 두고 말하는 것이지. 그나저나 사천당문에겐 큰일난 거라고. 요선보 여자들은 드세기로 유명하거든!"

이활은 한동안 당소유와 곽예주를 쳐다보다 굳은 표정으로 말했다.

"수상방 남자들도 꽤 강하다오."

"……?"

무슨 말이냐는 듯 쳐다보는 이화림의 얼굴을 보자 이활의 얼굴이 한층 더 붉어졌다.

“또한 수상방 남자들은 마음속 강물은 모든 걸 포용할 수 있다오.”

이활의 말이 심상치 않다고 느꼈는지 이화림이 이활의 얼굴 앞에 심각한 표정의 얼굴을 바싹 가까이 대고는 눈을 데구루루 굴렸다.

갑작스런 이화림의 태도에 이활의 얼굴이 딱딱하게 굳었을 때, 천천히 뒤로 물러난 이화림이 엄지와 검지를 활짝 펴 턱에 대고는 이활의 위아래를 천천히 훑어보았다.

“왜 그런 눈으로…….”

이활이 계면쩍다는 듯 묻자 이화림이 심각한 표정으로 대답했다.

“멋져…….”

“……?”

“아무리 봐도 멋져. 그런데 왜 아직까지 가정을 꾸리지 못한 거지?”

“……!”

이활이 저도 모르게 더운 콧김을 내쉬었다.

마치 마음을 들킨 듯 붉게 변한 이활의 얼굴을 안타깝다는 표정으로 쳐다보던 이화림이 작은 한숨과 함께 이활의 어깨를 툭툭 토닥였다.

“그래도 저 아이는 포기해. 곽예주가 예쁘긴 하지만 성깔도 보통이 아니거든. 도리어 저 당가 놈이 짝이 된 게 다행이라고 위로하는 게 좋을 거야.”

이화림이 자신의 할 말을 다 했다는 듯 몸을 돌려 말에 올랐다.

곧 말의 거친 투레질과 함께 천천히 범우에게 다가가는 이화림의 뒷모습을 보며 이활이 나직이 중얼거렸다.

“당신도 멋지다오, 차고 넘칠 정도로.”

이활의 시선이 이화림의 등에서 떨어질 줄 모를 때, 어디선가 가볍게 놀라는 목소리가 들렸다.

“어?”

막 마차의 문을 열고 나온 문기서가 범우가 들고 있는 요선보의 깃발을 보고는 의외의 물건을 보았다는 듯 짧은 탄성을 터뜨린 것이었다.

범우가 무슨 불만 있냐는 듯 뒤를 돌아보자 문기서가 눈을 몇 번 끔뻑이다 조심스럽게 말했다.

"그런데 둔비는 그냥 두고 가는 게 어떻겠습니까? 아직 정신을 차리지 못해 짐만 될 것 같기도 하고, 둔비 목숨도 위험할 수 있습니다."

하지만 정작 대답은 범우가 아닌 곽예주의 입에서 튀어나왔다.

"안 돼! 요선보는 죽어도 하나고, 살아도 하나야. 더 이상 형제들을 잃고 홀로 남아 살아남는 건 둔비 역시 바라지 않을 거라고."

문기서가 곽예주를 보다가 수긍했다는 듯 고개를 끄덕였다.

그때 마차 안에서 나직이 묻는 목소리가 들렸다.

"아직 준비가 덜되었는가?"

마치 지금 이 자리에 있는 것은 요선보뿐만 아니라는 듯한 수상방주 두경환의 물음에 이때까지 아무 말 없이 묵묵히 말에 올라 있던 소이보가 씨익 웃으며 범우에게 말했다.

"오늘은 유난히 노을이 붉겠군요."

이미 요선보의 일로, 요선보에서 붉은 노을이 무엇을 뜻하는 것인지 알고 있는 소이보였다.

범우가 묵묵히 소이보를 쳐다보다 고개를 끄덕이고는 큰 목소리로 외쳤다.

"출발!"

소민을 업은 채 맨 앞에 위치해 있던 범우가 묵묵히 깃발을 앞으로 치켜세우고는 힘차게 달려나갔다.

그 뒤로 소이보와 역시 수상방의 깃발을 앞세운 이활이 뛰쳐나가고, 무언가 흥분한 듯 발개진 뺨의 이화림이 날카롭게 한가한 표정이지만 채

찍을 매섭게 휘둘러 앞으로 돌진했다.

곽예주가 그 뒤를 따르지 못해 아쉽다는 듯한 표정과 함께 마차에 올랐다.

마치 곽예주의 그림자라도 된 듯 당소유까지 마차에 오르자 문기서가 더 남은 사람은 없는지 살피려는 것처럼 주위를 둘러보고는 마차의 문을 닫으며 혼잣말처럼 중얼거렸다.

"이제, 모든 것은 하늘에 달렸군."

3

강호에는 은밀한 소문 하나가 유령처럼 떠돌아다니기 시작했다.

그 누구의 입에서 시작됐는지는 몰라도, 그 유령은 사람들의 마음을 하나하나 훔치며 빠른 속도로 중원을 폭풍우 속으로 몰아넣기 시작했다.

요안이 살아 있다!

매우 짧디짧은 소식이었지만, 일단 그 소식을 들은 사람들의 가슴은 절절 끓어오르게 만들기에 충분했다.

요안(妖眼), 요사스런 눈동자.

하지만 더 이상 사람들은 요안을 그렇게 생각하지 않았다.

어린 나이에 감히 신화경에 달했다 알려진 소림무치와 예영당주 동무군과 대등하게 겨루었던 사람.

사람들의 영혼을 훔친다는 소문처럼, 요선보의 혈랑대원들의 마음을 짧은 시간에 앗아가 모두들 그를 위해 목숨을 걸고 혈로(血路)를 헤쳐 나가게 한 사람이었다.

비록 짧은 시간이었지만, 그저 무공이 높았던 괴상한 사람에서 마도인들의 더운피를 이끌어냈던, 다음 세상을 열어갈 위대한 인간으로 각인되었던 존재였다.

바로 그 요안이 살아 있는 것이다. 아니, 살아 있는 것으로도 모자라 드디어 요선보의 주인이 되었다는 믿지 못할 소식이었다.

더욱이 그가 요선보주가 된 이후 처음으로 한 일이 바로 자신들의 적이었던 기현소축의 주인인 기현환의 목을 단숨에 베어내었다는 소식은 모든 마도인들의 정수리에 찬물을 붓는 소식이었다.

비록 소이보가 아닌 원지상의 솜씨였지만, 그런 것은 중요한 것이 아니었다.

사람들은 그 소식에서 진한 피비린내를 맡을 수 있었다.

전쟁(戰爭), 같은 마도칠가 내에서의 전쟁이었다.

자신들의 가주를 잃은 기현소축이 가만히 있을 리가 없었다. 아니, 요안혈로라는 말을 만들어냈던, 요안의 뒤를 쫓았던 다른 모든 가문 역시 마찬가지였다.

영원한 마도인들의 율법, 바로 피는 피로 되갚겠다는 뜻을 요안이 나타낸 것이기 때문이었다.

사람들의 시선은 자연히 예영당으로 향했다.

과연 예영당주 동무군은 요안을 두고 볼 것인가. 아니, 곧 있을 마도본가를 뽑는 일에서 과연 동무군과 소이보가 맞붙을 것인가에 사람들의 관심은 모두 쏠려 있었다.

사람들의 시선이 예영당으로 향한 순간, 믿을 수 없는 소문이 또 한 번 사람들의 영혼을 뒤흔들어 놓았다.

동무군, 그의 무공이 이미 인간의 것이 아니라는 소문이었다.

누구는 소이보만큼이나 실력이 높다고 얘기되는 태활장의 마검충(馬劍忠)조차 동무군의 눈을 똑바로 쳐다보지 못할 정도라고 얘기했다.

이미 인간의 경지를 넘어선 동무군. 하지만 사람들의 놀라움은 그 같은 높은 경지가 아닌, 바로 동무군이 악마가 되었다는 소식 때문이다.

그의 은은한 혈안(血眼)을 본 사람들은 도저히 인간의 것이 아니었다고 말했다고 전해졌다.

또 누구는 이미 동무군이 피에 미쳐 날뛴 나머지 예영당에 있는 모든 사람들이 자신들의 주인을 피해 강호로 도망 나올 정도라고도 했다.

악마로 변한 동무군과 요안 소이보의 부활!

그 둘의 대결은 그저 흔한 사람들의 쑥덕거림으로 그칠 일이 아니었다.

작게는 두 사람의 대결이었지만, 더 나가서는 마도칠가의 운명을 결정짓는 일이었고, 결국 무림의 운명을 결정짓는 일이기 때문이었다.

모든 마도인들은 그제야 잊고 있던 한 사람을 떠올렸다.

두려움에 떨면서 두 손을 모아 한 사람을 애타게 불렀다.

성녀.

모든 마도인들의 앞길을 훤히 밝혀주던 성녀만 있다면, 지금 벌어지고 있는 모든 일들을 어쩌면 막을 수 있을 거라 믿었다.

하지만 요안과 함께 행방을 알 수 없는 성녀의 존재는 이미 하늘 위의 옥황상제를 애타게 부르는 것처럼 부질없는 일이었다.

그러나 그때 들려온 소식 하나.

새로운 성녀가 나타났다!

사람들은 이 소식에 환호를 해야 할지, 아니면 탄식을 해야 할지 판단조차 들지 않았다. 아니, 요안과 동무군, 그리고 성녀의 모든 소문을 아에 믿지 않는 사람도 있을 정도였다.

하지만 그런 사람조차도 지금 강호에 불어 닥치고 있는 음습한 기운에 저도 모르게 온몸을 부르르 떨고 있었다.

*   *   *

단조로우면서도 규칙적인 말발굽 소리와 함께 붉고 검은 두 개의 깃발이 언덕 위로 솟았다.

멋진 콧수염을 기른 이활과 단단하고 검은빛의 범우가 각각 자신들의 깃발을 앞으로 치켜든 채 달리고 있었고, 바로 그 뒤를 소이보와 이화림이 따랐다.

얼마의 거리를 두고 커다란 마차와 그 마차를 호위하는 듯한 오십여 명의 사람들이 묵묵히 길을 재촉하고 있었다.

애당초 출발은 이렇게 많지 않았다.

요선보와 수상방의 무인들은 각기 임무를 띠고 강호로 사라진 후라 소이보를 비롯한 혈랑대 사람들 무리만 길을 나섰었다.

하지만 오는 동안 사람의 수는 점차 늘어나고 있었고, 지금도 또 다른 한 무리의 사람들이 범우 앞을 기다리고 있었다.

"……"

범우는 말을 멈추고 아무 말 없이 앞을 바라보았다.

가지각색의 사람들, 얼추 헤아려 봐도 그 수가 이백은 가볍게 넘어 보였다.

어떤 공통점도 저들에게서 찾아볼 수가 없었다.

아직 눈매에 반항기를 주렁주렁 매단 코밑에 솜털이 가시지 않은 소년에서부터, 이제 얼마 후면 곧 관 뚜껑을 열어젖혀야 할 할망구까지.

거기다 파르라니 머리를 깎은 비구니 옆에는 소를 때려잡다 나왔는지 한 손에 날이 선 커다란 칼을 잡고 나온 털보가 어깨를 맞댄 채 서 있었고, 그들 바로 뒤에는 셈도 치르지 않고 도망간 손님을 쫓아 나온 듯한 손엔 커다란 주판을 들고 있는 회계까지…….

떠들썩한 시전의 상인부터, 두메산골의 무지렁이까지, 더 나아가 깊은 산중에서 향불에 불심(佛心)을 태우는 비구니마저도 산문을 박차고 나온 듯, 사람들의 차림새와 모습은 각기 달랐다.

이런 행색은 전에도 본 적이 있었다.

소림무치와 처음 겨룰 때 이화림과 함께 달려왔던 바로 그 사람들의 행색이 바로 지금과 같았기 때문이다.

소이보가 맞냐는 듯 이화림을 쳐다보았지만, 정작 이화림은 딴청을 피우듯 먼 하늘만 쳐다볼 뿐이었다.

마치 이들이 여기 온 것은 나와 아무런 상관도 없는 일이라는 듯한 표정이었지만, 바로 그 표정에서 소이보는 지금 눈앞에 나타난 사람들이 이화림 밑에 있던 비림(秘林)의 사람이란 걸 알 수 있었다.

맨 앞에 앞장서 있던 털보가 손에 든 두툼한 칼을 옆으로 누이고는 마치 시위라도 하는 것처럼 손가락으로 칼날을 천천히 훑으며 물었다.

"거기 눈앞에 있는 사람이 요안이오?"

순간 소이보의 한쪽 눈썹 끝이 위로 올라갔다.

흘깃 범우 쪽을 보았지만, 범우 역시 그저 무심히 털보를 볼 뿐 아무런 말도 하지 않았다.

보통 때의 범우라면 크게 호통 쳤을 일이었다.

어찌 되었든 이들은 요선보의 하부 조직인 별림에 있는 사람들이었고 소이보는 요선보주가 분명했다.

아랫사람이 감히 윗사람에게 이런 대거리를 한다는 것 자체를 범우는 이해하지 못했지만, 웬일인지 오늘 범우는 그저 무심한 눈으로 털보를 바라볼 뿐이었다.

소이보가 말 위에서 고개를 끄덕이며 말했다.

"내가 소이보다."

털보가 의외라는 눈빛으로 소이보를 쳐다보았다.

진작 요선보에 괴물 같은 놈이 하나 있다는 얘기는 바람결에 들었다.

성질도 독하고 실력도 출중해서 강요맹 같은 괴물 눈에 들었다는 소식에 거참, 괴상한 일이라는 생각을 했었다.

위아래 상관없이 모두 치받고 다닌다는 얘기가 들린 지 오래되지 않아, 성녀와 얽히더니 결국 소림무치와 겨루고 동무군과도 한 수 나누었다는 이야기에 털보는 입을 떡 벌렸었다.

아마도 두 눈이 묘한 것은 들었지만, 이야기대로라면 요안은 시뻘건 혓바닥이 가슴까지 내려오고 머리엔 뿔이 다섯 개쯤 붙어 있는 괴물이어야만 했다.

그런 요안이란 괴물이 그저 담담히 내가 소이보라고 이야기하고 있었다.

분명 자신이 요선보 소속인 별림의 사람이란 걸 알아보았지만, 들어왔던 그 개 같은 성질을 부리기는커녕 아무런 타박도 하지 않는 것이 의외였던 것이다.

털보는 좀 더 깊어진 눈빛으로 소이보를 보며 다시 물었다.

"요선보의 주인이 되었다 들었소."

"맞다."

이번에도 소이보는 껄끄러운 목소리긴 했지만 그저 담담히 대답할 뿐이었다.

그 말을 들은 털보가 한 손을 내밀며 외쳤다.

"그럼 내놓으시오."

"······?"

무슨 뜻이냐는 듯 소이보가 쳐다보자 털보가 소이보의 요안을 똑바로 쳐다보며 말했다.

"요선보를 말이오!"

갑작스러운 데다 뚱딴지같은 소리에 소이보는 그저 묵묵히 털보의 시선과 눈을 맞출 뿐이었다.

털보는 한참이나 소이보를 보다가 끝내 낮은 한숨을 내쉬고는 고개를 떨궜다.

"당신이 동무군과 겨루고 난 뒤 요선보는 더 이상 요선보가 아니었소. 사실 난 원래 요선보 밖에서 일하느라 요선보에서 지낸 시간은 며칠이 되지 않는다오. 하지만 항상 요선보는 나와 함께 있었소. 하지만 이화림 림주가 별림을 해체하다시피 하고 떠나고 난 뒤, 처음으로 의심이 들었소. 과연 그럴 가치가 있을까? 요선보가 나에게 어떠한 의미인가 하는 의심 말이오. 내가 사랑하던 요선보는 어디에 있는가, 또 내가 사랑하던 요선보는 과연 무엇이었는가 하는 생각에 몇 날 며칠을 샌 적도 많다오. 그렇게 시간이 지나고 나자, 나는 아무렇지도 않게 되었소. 요선보 별림의 밀정으로 숨어 사는 것과 그저 그렇게 양양 땅의 푸줏간 주인 백씨로 사는 것과 별 차이 없었다는 얘기지. 그래, 이렇게 된 것 편하게 살자고, 요선보 따위는 잊자고 생각했소. 그때 누군가 와서 내게 말을 건넸소. 요안 소이보가 요선보의 주인이 되었다고······."

털보의 눈에 광채가 어렸다.

그것은 어떻게 보면 한없는 미움으로 가득 찬 것도 같았고, 어떻게 보면 무언가 갈구하는 눈빛처럼 보이기도 했다.

털보가 다시 힘주어 활짝 편 손바닥을 앞으로 내밀고는 크게 외쳤다.

"자, 내놓으시오! 내가 사랑했던 요선보를, 또한 내가 사랑해야 할 요선보를. 당신이 아무리 재주가 뛰어나 나를 죽인다 해도, 만약 그것을 주지 못하면 나는, 아니, 우리 모두는 당신을 따르지 못하오!"

소이보는 말없이 털보의 말을 듣고, 텅 빈 털보의 손바닥을 내려다보고 있었다.

잠시의 시간이 흘렀다.

범우는 그저 콧구멍을 벌렁거릴 뿐 아무런 말도 없었다.

이화림은 안타까운 표정을 지었지만, 별다른 말 없이 그저 고개를 외면한 채 먼 하늘만을 쳐다볼 뿐이었다.

이화림의 마음은 자기 자신도 알지 못했다.

저들이 예전처럼 요선보의 무인으로 되돌아오기를 바라는 마음과 함께, 다른 한편에선 지긋지긋한 무림을 떠나 평생 편안히 숨어서 보통 사람으로 살아가길 바라는 마음도 있었다.

소이보는 아무런 말이 없었다.

그저 말 머리를 돌려 앞으로 걸어갈 뿐이었다.

털보는 손바닥을 내민 자세 그대로 소이보가 자신을 스쳐 지나가는 것을 지켜봐야만 했다.

"난 네게 오라 한 적 없다."

털보의 옆을 지나가며 던진 껄끄럽고 싸늘한 목소리에 털보는 저도 모르게 진저리를 쳤다.

"우릴 버릴 작정이오?"

털보는 발작적으로 고함을 치다가 곧 스스로 화들짝 놀라 버렸다.

여기 와서 요안을 만나기 전까지만 해도 자신들이 요선보를, 더 나아가 요안 소이보를 택한다 생각했지, 요선보가 자신들을 택한다고는 한 번도 생각하지 못했다.

만약 와서 이야기를 들어보고 아니다 싶으면 그저 손 털고 떠나겠다고 각오를 다졌을 뿐이었다.

하지만 이렇게 비참히 버림받았다 싶을 만큼 매몰찬 말이 되돌아올 거라고는 예상하지 못했었다.

털보의 비명 같은 물음에 소이보가 고삐를 쥐어 말을 멈추었다.

하지만 뒤도 돌아보지 않은 채 그저 다시 한 번 냉랭히 입을 열 뿐이었다.

"네가 요선보 사람이라 스스로 생각한다면 그 어디든 네가 발 딛고 있는 곳이 곧 요선보가 될 것이다. 만약 네 스스로 요선보 사람이 아니라고 생각한다면 설령 요선보 안에 있다 해도 거기는 요선보가 더 이상 아닐 것이다. 그 누구도 너에게 강요한 적 없다."

그 말을 끝으로 소이보가 다시 말을 몰아 앞으로 걸어나갔다.

털보는 마치 소이보의 말을 음미라도 하려는 것처럼 고개를 푹 숙인 채 자신의 발 밑을 쳐다보고 있었다.

"요선보, 요선보라……."

털보가 계속 같은 말을 몇 번 중얼거리며 자신이 단단히 힘주어 딛고 선 땅을 쳐다보다가 곧 고개를 들고 몸을 돌렸다.

"어딜 가는 거요!"

마치 이게 마지막 물음이라는 듯 털보가 소이보의 뒷등에 대고 더 큰 소리로 물었다.

소이보는 모여 있던 이백여 무인 틈 사이로 천천히 걸어갔다.

마치 바다 한가운데 길이 나는 것처럼, 조금씩 양옆으로 갈라지는 무인들 사이로 묵묵히 말을 몰아가던 소이보가 마치 아무 일도 아니라는 것처럼 말을 건넸다.

"지키기 위해서. 그 어디에 있는지 알 수 없지만, 또 무슨 일을 하는 그 누군지 얼굴 한 번 본 적 없지만, 스스로 요선보 사람이라 생각하는 사람들을 지키기 위해서. 그 사람들이 원하는 삶을 살게 해주기 위해서……."

범우가 그 말이 맞다는 듯 고개를 끄덕이다 힘차게 말을 몰아 소이보의 뒤를 따랐다.

범우가 속도를 내자, 범우가 들고 있던 깃발이 허공중에서 힘찬 요동을 치기 시작했다.

붉은 천 위에 쓰여진 요선보란 세 글자를 사람들은 마치 홀린 듯 쳐다보고 있었다.

털보가 그 광경을 보다가 무언가 결심한 듯 손에 쥐고 있던 칼을 품속에 갈무리하고는 양 소매에 각기 엇갈려 손을 집어넣은 후 종종걸음으로 소이보 뒤를 따라 달려가기 시작했다.

조금 전까진 분명 푸줏간에서 소를 때려잡던 모습에서 양팔을 소매에 집어넣은 채 뛰기 시작하자, 그저 뒷골목에 할 일 없는 한량의 모습으로 어느새 돌아가 있었다.

털보는 제일 먼저 이화림의 옆으로 다가가 어울리지 않게도 함박웃음과 함께 인사를 건넸다.

"림주, 오랜만입니다."

이화림이 짐짓 얼굴을 찡그리며 말했다.

"네놈 낯짝을 더 이상 안 보게 되었다 좋아했더니……."

털보는 이화림의 그런 반응을 예상이라도 한 것처럼 수북한 털 사이로 하얀 이빨을 내보이며 웃었다.

"그래도 자세히 뜯어보다 보면 꽤나 귀여운 구석도 있습니다요. 아참! 먼저 보주님께 아뢸 말이 있어서……."

이화림이 허락한다는 듯 고개를 끄덕이자 털보 역시 고개만 끄덕이고는 날쌔게 소이보가 모는 말 옆으로 달려갔다.

"보주님!"

소이보는 말없이 자신이 모는 말 옆으로 바짝 다가와 있는 털보를 보았다.

털보는 언제 내가 손바닥을 내밀고 호통을 쳤냐는 듯 서글서글한 눈매로 입을 열었다.

"잠깐 길을 멈추서야겠습니다요."

"……?"

소이보가 무슨 뜻이냐는 듯 눈으로 물었다.

무엇보다 제일 먼저 털보의 말투가 바뀌었다.

이제 완전히 소이보를 자신의 주인으로 모시기로 결정한 것 같았다.

하지만 태도만은 원래 비림에 속해 있는 물건들이 원래 그런지, 가족에게 대하듯 친근하긴 했지만 정중함과는 거리가 있었다.

털보가 마음에 안 든다는 듯 인상을 찡그렸다.

"요 앞에 보면 괴상한 물건들이 주인님을 기다리는 것 같기에 하는 말입니다."

"물건?"

깃발을 높이 세워 들고 있던 범우가 물었다.

"네, 거 시커먼 것을 낯짝에 쓰고 다니는 족속들 있지 않습니까요. 흑수문이라던가?"

"흑수문이?"

이번엔 조금 속력을 높여 어느새 소이보 꽁지까지 달려온 이화림이 반문하듯 물었다.

털보가 고개를 끄덕이며 대답했다.

"예, 스무 명 남짓한데 보아하니 흑수제일랑(黑手第一郎) 표안(彪鞍)까지 와 있는 것 같더구만요.”

제법 빠른 속도로 달리는 말 옆에서 나란히 속도를 내어 달리면서도 털보의 숨소리는 전혀 흐트러짐이 없었다.

제법 솜씨도 괜찮고 또 넉살도 좋은 놈이라 생각하며 소이보가 고개를 돌려 이화림에게 물었다.

“요선보가 언제 걸음을 멈춘 적이 있던가?”

소이보의 물음에 이화림이 단호하게 대답했다.

“없지!”

이화림의 대답에 마치 화답하듯 범우가 딱딱한 목소리로 크게 외쳤다.

“속도를 높여라!”

깃발을 앞장세운 범우가 앞으로 치달려 나가자 소이보와 이화림 역시 말에 채찍을 가했다.

그러자 자연 뒤로 처진 털보가 입을 떡 벌리고 앞서 나가는 세 명의 뒷등을 쳐다보다 중얼거렸다.

“거참, 꽤나 마음에 드는군.”

털보가 곧 몸을 돌려 뒤따라오는 나머지 무인들을 보며 크게 외쳤다.

“천만부당(千萬不當)은 보주님 호위를! 나머지 유운행수(流雲行手)들은 마차의 호위를! 팔괴당자(八怪撞子)들은 모두 나와 함께 미리 앞길을 살핀다!”

명령을 내리는 털보의 모습은 꽤나 늠름해 보였다.

역시 수상방의 깃발을 높이 세워 들고 있던 이활 역시 그래 보였는지 스쳐 지나가며 어이없다는 듯 웃고는 물었다.

“자네, 조금 전까지 요선보를 떠나겠다고 신나게 떠들던 사람이 맞는가?”

털보가 이활을 보고는 씨익 웃었다.

"아이고, 이거 수상방 어미대(魚尾隊)의 이활 어른이 아니십니까. 그래, 국수는 언제 먹을 수 있는 겁니까?"

"국수?"

이활이 놀라 털보를 쳐다보자, 털보가 멀리 달려나가고 있는 이화림의 뒷등을 턱 끝으로 가리키며 말했다.

"오면서 수상방 친구들도 몇 만났는데, 우리 어르신께서 요선보 노처녀 하나를 구제해 주게 생겼으니 크게 한턱내라고 하던뎁쇼?"

이활이 인상을 찡그리며 물었다.

"그래? 거 쓸데없는 말들을 지어내는군. 그런 말 하는 놈들 턱을 걸어차 주지 그랬나."

털보가 웃으며 대답했다.

"네? 그래서 제가 고맙다고 납죽 절까지 했는뎁쇼? 그래도 우리 림주께서 성질은 개 같긴 해도 겉모습은 아직 보들보들 쓸 만하잖습니까요."

이활은 붉어진 얼굴과 함께 아무런 대답 없이 얼른 말을 몰아 앞으로 나섰다.

아무리 요안 소이보란 걸출한 인물을 배출한 요선보지만, 이활은 그래도 수상방이 몇 배 낫다는 생각을 했다.

저런 놈들이 모인 요선보에 비하자면 몇 배가 아닌 수십 배는 더 괜찮다고 생각했다.

'하긴, 겉모습은 아직 보들보들…….'

문득 앞서 달리는 이화림의 뒷모습을 보고 혼자 생각을 하던 이활은 저도 모르게 깜짝 놀라 하마터면 손에 들고 있던 깃발을 놓칠 뻔했다.

그 모습을 보았는지 뒤에 있던 털보가 호탕한 웃음을 터뜨렸다.

적어도 존재만으로 주위 공간을 싸늘하게 얼릴 수 있는 인물은 무림에 몇 되지 않았다.

하지만 무공을 넘어 그 기질만으로 그럴 수 있는 사람은 단 한 명밖에 없었다.

흑수문의 흑수제일랑 표안, 바로 그였다.

달그락. 달그락.

표안은 자신의 상징이 된 철낙주(鐵珞珠)를 손에서 굴리며 무심한 눈길로 앞에 있는 흑골탑(黑骨塔)을 쳐다보고 있었다.

사람 해골 아홉 개.

그것도 몸통은 없고 머리만 남은 해골 아홉 개가 마치 탑처럼 포개어져 있었다.

맨 위에 올려진 해골 이마 한가운데는 마치 어린아이가 장난 삼아 찍어놓은 듯한 앙증맞은 손바닥 모양이 검은색으로 파내어져 있었다.

그것이 바로 흑수문의 상징인 흑골탑이었다.

한때 강호에선 차라리 염라대왕을 만날지언정 흑골탑은 만나지 말라는 이야기를 만들어냈던 흑수문만의 신표였다.

하지만 정작 눈앞에 보란 듯이 흑골탑을 세우고, 좌우로 흑수문이 자랑하는 열 명의 흑수십랑(黑手十郞)이 서 있었지만 표안의 마음은 편안하질 못했다.

바로 그 불안한 마음 탓인지 오늘 표안의 손바닥에서 굴러가는 두 개의 쇠구슬, 철낙주의 마찰음은 유난히 날카로웠다.

그리고 그때, 언덕 너머에서 붉은 깃발 하나가 솟아오르는 것을 볼 수 있었다.

요선보라 새겨진 깃발 아래로 굵고 탄탄한 검은 몸이 솟고, 그와 나란히 검은색의 또 다른 깃발 하나가 솟아올랐다.

곧 뿌연 먼지와 함께 한 떼의 사람들이 언덕 위로 몸을 드러냈지만, 표안의 시선은 단 하나에만 꽂혀 있었다.

요선보(拗仙堡)라 새겨진 붉은 깃발.

그것은 마치 뜨겁게 세상을 아우르며 솟아나는 태양과도 같이 표안의 눈에 비춰지고 있었다.

표안은 흘깃 자신 옆에 긴장한 채 서 있는 흑수십랑들을 쳐다보았다.

자신이 손수 키운 아이들이었다.

자연히 자신을 닮아 온몸에선 검은 살기를 늘어뜨린 채 긴장하고 서 있는 흑수십랑의 모습이 왠지 요선보란 붉은 태양 앞에 사그라지고야 말 검은 어둠을 보는 것 같아 표안의 마음은 가볍지가 않았다.

붉은 깃발을 세워 들고 있는 탄탄한 사내가 앞으로 나와 포권을 취했다.

눈에 익은 사내였다.

'범우라고 했던가?'

표안은 눈을 가늘게 뜨고 범우를 쳐다보았다.

범우의 포권에 따라 범우가 들고 있는 깃발이 허공에서 멋지게 회전했다.

"흑수문의 문주이신 표 어르신이 아니신지……."

범우의 딱딱한 목소리가 멀리서 들려왔다.

그 목소리를 듣는 순간 표안은 눈을 감았다.

'달라졌구나! 이들은 모두 달라졌구나!'

범우의 포권과 정중한 인사, 그것은 한 가문의 문주에게 보내는 예의였다.

그 말은 곧, 지금 이 자리에 사사로운 원한으로 온 것이 아닌 요선보의 대표자로 온 것임을 나타내 주는 행동과 말이었다.

요안혈로 때 만나 겨루었던 그때로 돌아가지 않을까 하는 기대를 했었다.

차라리 서로 피를 튀기고, 욕설을 내뱉으며, 서로 원한에 차 으르렁거렸다면, 아니, 그렇게 끝을 내는 게 좋았다.

그게 흑수문의 문주로 요선보의 깃발 아래 무너져 없어지는 것보다는 천배만배 좋을 것이다.

하지만 상대는 이미 요선보 깃발을 들고 흑수문의 문주를 맞는 인사를 건네고 있었다.

원하지 않던 일이었다, 정녕 표안으로서는.

"요안은?"

표안이 흑골탑에서 시선을 떼고 낮은 목소리로 물었다.

표안의 물음에 한 사내가 나왔다.

"나요."

거리가 떨어져 있었지만 표안은 느낄 수 있었다, 선명한 두 개의 요안이 자신을 쳐다보고 있다는 것을.

표안이 낮은 목소리로 물었다.

"소식은 들었는가?"

소이보는 무엇을 묻는 것인지 알 것 같았다.

"군림가(君臨家)에서 향문월이란 자가 왔었소."

소이보의 대답에 표안이 고개를 끄덕였다.

"염효(鹽梟)들은 원래 눈치가 빠르고 행동 또한 빠른 걸로 유명하지. 이번에도 역시 그랬군."

그렇다면 소이보도 이미 알 것이다.

예영당주 동무군이 악마로 변했다는 것을, 또한 자신이 왜 여기 나와 있는지를……

표안은 손가락을 들어 앞에 쌓은 흑골탑을 가리키며 물었다.

"이것이 무엇인지 아는가?"

"흑골탑이라 들었소."

"이 탑이 어떻게 만들어졌는지도 아는가?"

"모르오."

소이보의 탁한 목소리의 대답에 표안이 그럴 줄 알았다는 듯 고개를 끄덕였다.

"이미 알겠지만 우리 흑수문은 자객들이 모인 곳이네. 세상 사람들은 우리가 피에 굶주린 사람들이라 손가락질하지. 그 말이 맞네. 하지만 우리가 굶주린 건 원래 피가 아닌 배였지."

표안은 흑골탑을 이루고 있는 아홉 개의 해골을 보며 마치 옛이야기를 전해주려는 것처럼 낮은 목소리로 이야기하기 시작했다.

"예전 한 마을에 한 관리가 부임해 왔지. 관리를 따라 군인들도 왔고. 하지만 말이 관리였지, 악마처럼 백성들의 고혈을 짜내는 데만 열심이었다네. 하지만 백성들은 힘이 없었지. 그때 떨쳐 일어난 사람 아홉이 있었네. 그들은 자신들의 힘이 약하다는 것을 알고 모든 계책을 다해 드디어 관리와 군인의 탈을 쓴 도적들을 죽일 수 있었네. 하지만 그들 또한 목숨을 부지할 수는 없었지. 그중 지도자의 어린 아들이 죽은 아버지 이마에 작은 손바닥을 가져다 대었지. 결코 잊지 않겠노라고, 그들의 높은 의기를 결코 헛되이 잊지 않겠노라고……. 그 작은 손바닥엔 아비의 핏물이 스며들었고, 지도자의 이마엔 작은 손바닥이 찍혔네. 바로 그 어린 아들이 내 아버님이시지."

아홉 개의 해골, 그것에 얽힌 작은 비사(秘事)를 표안은 낮은 목소리로
들려주고 있었다.

핍박받는 백성을 위해 어쩔 수 없이 자객이 되었던 아홉 명의 의인이
었다.

그리고 그중 제일 위에 얹혀진 해골에 왜 작은 아이 손바닥이 찍혀 있
어야 했는지도 알 수 있었다.

표안은 잠시 시간을 두고 다시 입을 열었다.

"우리 흑수문은 어둠 속에 있어야 했지. 하지만 밝은 빛을 그 누구보
다 원하는 사람들이라네. 또 박해받는 백성들에게 빛을 전해주고자 했
고. 그저 단순히 돈에 팔려 살인을 하는 자객이 아니었단 말일세."

"대신 권력을 탐했지."

소이보가 싸늘하게 냉갈했다.

표안은 순순히 고개를 끄덕였다.

"맞네. 부끄러운 일이지. 하지만 어쩌겠나, 우리는 칼로 태어난 것을.
태생적으로 누군가를 죽여야 하는 칼 말일세."

표안은 두 눈을 들어 먼 하늘을 쳐다보았다.

"예전, 성녀가 있을 때 정말 행복했었다네. 칼로 태어난 우리가 정말
쓰임새에 맞게 살아갈 수가 있었으니. 백성을 우습게 아는 사람, 힘이 있
다고 제 사리사욕만 채우던 무림인들을 우리가, 어둠 속에 숨어 살던 우
리가 정녕 깊은 어둠 속에 파묻었던 세월이었으니……. 하지만 세상은
조금씩 변하더군. 아니, 내가 변했는지도……. 힘있는 자들을 베어가다
보니, 어느덧 우리 역시 힘을 갈구했을는지도 모르겠네. 솔직히 힘있는
자들이 되고 싶었네. 그래서 동무군과 손을 잡았고 자네들과 칼을 맞대
야 했지."

표안은 허탈한 듯 몇 번 뺨을 씰룩였다.

평생 웃음을 잊고 살았던 사람이 처음으로 웃는다면 지금 표안의 얼굴이 되었을 것이다.

"기현소축의 기현환이 죽었다고 들었네. 또 요선보주 기중국도 죽었다고 하더군. 수상방의 삼안조옹뿐만 아니라 듣기로 군림가 역시 가주 자리를 넘겨주려 한다고 사람들이 말하더군. 옛사람들은 모두 그렇게 사라져 가고 이제 나만 남았다네. 하지만 내 욕심 때문에, 아니, 내 욕심으로 인해 벌어진 일들이 내 발목을 붙잡더군. 동무군은… 미쳤네. 이미 들어서 알겠지만. 그래서 주인 잃은 칼이 자네 앞에 나섰네. 어서 피 값을 받아가게나. 하지만 나 역시 호락호락하지는 않을 것이네."

소이보가 싸늘한 눈빛으로 표안을 바라보았다.

하지만 표안은 조금 전 허탈한 모습에서 어느새 흑수문의 문주의 모습으로 돌아가 냉정한 얼굴로 손에 든 철낙주를 굴리고 있었다.

그때 마차의 문이 벌컥 열리고 한 사람이 절룩거리며 걸어나왔다.

곽예주였다. 곽예주는 부목에 의지한 채 버티고 서서 싸늘한 눈길로 표안을 바라보고 있었다.

"피 값? 그렇게 알량한 몇 마디의 말로 그 죄를 씻을 수 있을 거라 생각했어? 그럴듯한 말로 죄를 덮으려 하다니! 난 못 잊어!"

표안이 살기 어린 눈으로 곽예주를 보다가 곧 씁쓸하게 웃었다.

"그래, 그렇게 나와야 요선보답지. 하지만 아가야, 그 몸으론 더 이상 아무것도 할 수 없을 텐데……"

곽예주의 눈꼬리가 위로 솟았다.

그와 동시에 엄지손가락 하나만 위로 치켜세운 손을 천천히 앞으로 내뻗었다.

부목을 겨드랑이에 낀 채 다른 한 손은 천천히 뒤로 당겨졌다.

누가 봐도 활을 쏘는 자세였다. 하지만 곽예주의 손에는 그 어떠한 활도, 또 화살도 들려 있질 않았다.

그러나 곽예주는 한쪽 눈을 감은 채 입술을 몇 번 삐죽거리고는 뒤로 당긴 손을 활짝 펴며 입으로 외쳤다.

"픗~"

그건 당겨진 시위가 놓여지는 소리가 아니었다. 그저 입으로 흉내 낸 소리에 불과했다.

하지만 그 짧은 소리가 끝나기도 전에, 표안의 제일 왼쪽에 서 있던 사내의 이마에선 파란 불꽃이 일었다.

그러나 표안은 진짜 활에 맞은 양 뒤로 벌러덩 넘어진 사내를 싸늘한 눈으로 바라볼 뿐이었다.

모두 놀랐는지 웅성거릴 때, 표안이 고개를 돌려 곽예주를 보며 말했다.

"사천당문의 암기와 독은 과연 명불허전이군! 하지만 왜 목숨을 살려 둔 것이지?"

표안은 그것이 곽예주의 솜씨가 아닌 사천당문 소가주인 당소유의 것임을 한눈에 알아보았다.

과연 당소유는 곽예주 뒤에 서 있다가 표안의 시선이 자신에게 향하자 머쓱한 표정으로 웃으며 말했다.

"부끄럽지 않습니다. 부끄럽지 않아요."

표안이 맞다는 듯 고개를 끄덕였다.

"맞네. 남편의 솜씨가 곧 아내의 솜씨고, 아내의 실력이 곧 남편의 실력이니 누가 뭐라 하겠는가? 내 자네들의 국수는 못 먹을 것 같으니 미리 축하하겠네."

당소유가 두 손을 맞잡고 연신 위아래로 흔들었다.

"남은 흑수문 형제들 모두 오셔도 됩니다. 적어도 사천당문은 자객들의 지옥이 될 것이란 것도 미리 말씀드리지요.”

몇 장여 거리를 격하고도, 절묘한 시기에 암기를 쏘아 보낸 당소유였다.

아무리 날고 긴다 하는 흑수문의 자객이라도, 그런 괴물들이 우글우글한 사천당문에 잠입하는 것은 꽤나 어려울 일이 될 것임은 틀림없었다.

곽예주가 그런 당소유를 돌아보며 싱긋 웃었다.

자신의 편을 들어주어서가 아니라, 이제 당소유 스스로 사천당문의 사람임을 당당히 밝혔기 때문이다.

더 이상 사천당문이란 이름이 당소유에겐 짐이 되지 않았다.

도리어 뿌듯한 자부심을 가져다주는 존재가 되었음이 분명했다.

표안이 고개를 돌려 소이보를 쳐다보며 말했다.

“자, 요선보주. 아니, 요안. 이제 남은 우리의 일을 해결해야 할 때인 것 같으이.”

소이보 역시 고개를 끄덕이며 검을 잡아갔다.

수가 불어난 요선보와 수상방의 무인들 모두 긴장된 얼굴로 소이보와 표안을 번갈아 쳐다보았다.

그때 곽예주가 열고 나온 마차에서 또 다른 한 사람이 걸어나왔다.

수상방을 맡고 있는 삼안조웅 두경환이었다.

“오랜만이군.”

두경환의 말에 표안이 고개를 끄덕였다.

“그래, 오랜만이군. 하지만 이게 마지막 인사라는 것은 분명하겠군.”

표안은 신경을 분산하기 싫다는 듯 그저 스치듯 두경환을 보고는 소이보에게 시선을 맞추었다.

두경환이 사람 좋은 웃음과 함께 말했다.

“아니, 그저 인사를 하려고 나온 것은 아니라네. 자네를 보고 싶다는 사람이 하나 있어서.”

두경환이 슬쩍 자리를 피하자 그 자리에 붉은 옷을 입은 사내가 걸어 나왔다.

표안이 알겠다는 듯 고개를 끄덕이고는 양손에 쇠구슬을 나눠 잡고 호기롭게 외쳤다.

“알고 있네. 부홍이라 했던가? 강호에선 혈면수라라 부르더군. 좋아, 좋아. 모든 은원은 여기서 끝내도록 하지. 범우! 곽예주! 부홍! 요안! 문기서, 너도 거기 있겠지? 모두 덤벼라. 아니, 수상방 역시 그때의 일과 무관치 않으니 함께 손을 써도 된다! 노부는 기다리고 있다.”

하지만 일은 표안의 기대와는 달리 흘러가고 있었다.

부홍은 그저 살기 띤 눈으로 매섭게 표안을 노려볼 뿐 아무런 말도 하지 않았다.

그저 품속에 안고 있던 조그마한 그 무엇을 조심스레 땅에 내려놓았을 뿐이다.

소민이었다. 소민은 쪼르륵 부홍의 다리를 타고 내려와 앞으로 종종걸음을 걸어갔다.

소이보가 저도 모르게 검집에서 손을 떼고 앞으로 걸어나왔다.

“민아야.”

“괜찮아!”

소민은 아빠를 올려다보며 방긋 웃었다.

소이보는 매서운 표정으로 부홍과 두경환을, 그리고 난처한 얼굴로 막 마차에서 내리고 있는 문기서를 노려보았다.

“제가 막지 말라고 했어요.”

하지만 문기서의 뒤를 따라 마차에서 발을 내딛고 있던 성녀가 소이보를 보며 말했다.

"……?"

소이보가 그게 무슨 말이냐는 듯 성녀를 바라보자 성녀는 표정없는 얼굴로 대답했다.

"괜찮을 거예요."

그 말이 맞다는 듯 소민이 조르륵 다가와 소이보의 다리를 붙잡고 고개를 한껏 치켜 올려 바라보며 말했다.

"아빠, 괜찮아. 정말이야. 그냥 아빠는 보고만 있어."

"그, 그래도."

"진짜 괜찮다니까."

소민은 마치 편을 들어달라는 듯 범우를 바라보았다.

"큰아빠, 진짜 괜찮아요. 진짜루~"

범우의 콧구멍이 연신 벌렁거렸다.

소민은 마치 그 표정에서 허락이라도 받은 것처럼 조르르 앞으로 걸어나가기 시작했다.

소이보와 범우는 소민의 작은 뒷모습에서 시선을 떼지 못하고 있었다.

마치 깊은 우물가로 걸어가고 있는 작은 아이를 보는 듯 얼굴엔 근심이 가득했지만, 차마 앞으로 걸어나가 막아서질 못했다.

범우와 소이보는 소민의 진정한 정체를 알고 있었기에 그 자리에 멈춰 있었지만, 다른 무인들은 모두 충격 때문에 아무런 행동도 하지 못했다.

마차 안에서 두경환이 걸어나온 것쯤이야 이해 못할 일이 아니었다.

뒤늦게 요선보에 합류한 털보 역시 마차 안에는 수상방주가 있을 거란 것쯤은 예측하고 있었기 때문이다.

하지만 그 안에서 성녀가 걸어나오다니. 아니, 그것도 예상하고 있었다.

동무군과 함께 있지 않다면 성녀가 있을 곳은 요안의 옆일 거라고 생각했기 때문이다.

그러나 저 조그마한 계집아이는?

그 계집애를 또 살인귀 부홍이 귀한 보물이라도 안은 것처럼 품에 안고 있었다니!

게다가 그 계집애의 눈빛은?

저건 바로 요안이 아니던가!

모든 사람이 가벼운 충격 때문에 가만히 멈춰 서 있을 때, 소민은 종종걸음을 걸어 어느새 흑골탑 앞에 다가서 있었다.

소민은 신기한 물건을 보는 듯 한참을 보고 있다가 곧 손바닥을 들어 맨 위에 올려진 해골 이마에 조심스레 얹었다.

"딱 맞아!"

소민이 작은 탄성을 내질렀다.

작고 가벼운 목소리였지만, 이들 중에 그 목소리를 못 들은 사람은 없었다.

표안은 정신을 차릴 수가 없었다.

지금 해골에 손바닥을 올려놓고 있는 소민의 모습 위로, 예전 이야기로만 들었던, 자신의 아버지 이마에 손을 올려놓고 있었다는 작은 아이의 모습이 덧씌워져 보였다.

표안의 시선이 저 멀리 서 있는 성녀의 얼굴과 소민의 얼굴 사이를 빠르게 오갔다.

'닮았다! 아니, 똑같다!'

성녀와 꼬마 계집애의 얼굴은 너무도 닮아 있어, 표안은 마치 시간이 거슬러 오르는 것 아닌가 하는 생각을 했다.

표안이 이번엔 소이보와 소민의 얼굴을 번갈아 쳐다보았다.

'이건!'

뭐라 형용할 수 없는 눈빛이었다.

사람들이 요안이라 부르는 파랗고 잿빛의 두 눈동자.

표안이 눈앞에 일을 믿지 못해 멍하니 있을 때, 어느새 다가온 소민이 표안의 다리를 작은 손으로 붙잡고는 얼굴을 올려다보고 있었다.

"……."

표안이 그저 두 눈을 끔뻑이며 소민의 얼굴을 쳐다보고 있을 때, 소민의 작은 입술이 열렸다.

"괜찮아, 모두 괜찮아요."

"……."

소민은 다 안다는 듯 고개를 끄덕였다.

"괜찮아요. 사람은 원래 외롭고 지치는 거예요."

소민의 눈동자는 한없이 깊어 보였다.

◈第十章◈
결코 짐이 되지 않을 친구

표안은 소민의 시선에 가슴 한구석이 뻥 뚫리는 것만 같았다.

아니, 애당초 가슴이란 존재하지 않았는지도 몰랐다.

그저 얼기설기 그 주위를 무언가로 가로막고는 스스로 가슴이라 칭한 것인지도 모르겠다는 생각이 들었다.

마치 표안의 마음속을 낱낱이 들여다보는 듯한 소민의 시선이 표안에게 그렇게 느끼도록 한 것이었다.

"나, 나는……."

표안이 더듬거리자 소민이 방긋 웃고는 말했다.

" '지킬 게 있는 사람은 행복하다' . 아빠가 그렇게 말했어요. 그러니까 할아버지도 행복한 거예요. 죽을 필요는 없다구요."

"지킨다고?"

"예. 할아버지는 죽어서 남은 사람들을 지키려고 하는 거잖아요. 그럴 필요 없어요. 그건 슬픈 일이에요. 내가 허락 못해요."

"······!"

표안은 아무 말도 하지 못했다.

왜 자신이 여기 서 있어야 하는지… 이 작은 꼬마는 자신보다 더 잘 알고 있는 것 같았다.

비록 그런 생각은 감히 하지도 못했지만, 어쩌면 그 때문에 흑골탑을 쌓았는지도 모를 일이었다.

표안, 흑수문의 문주, 요안과 씻을 수 없는 원한을 맺은 사람, 바로 그 사람만 요안의 손에 죽는다면 나머지 흑수문의 가족들은 모두 편안히 살아갈 수가 있다.

이때까지 그래 왔던 것처럼 말이다.

"돌아갈 수 있어요. 할아버지의 꿈, 그렇게 될 수 있어요. 모두가 원한다면 그렇게 될 수 있어요."

소민이 맑은 목소리로 지저귀듯 말했다.

표안이 멍한 표정으로 하늘을 바라보며 중얼거렸다.

"그렇게 살 수 있다? 아름답고 성결한 성녀 아래서, 모두 힘을 모아 그렇게? 부당한 일에 분노할 줄 알고, 사랑하는 사람들을 위해 목숨을 거는? 과연 그렇게 살 수 있을까? 초창기 때의 마도칠가 때로 되돌아가 그렇게? 그때처럼……?"

소민이 고개를 끄덕였다.

"그래요, 그렇게 돼요. 내가 해요, 내가 할 거예요."

소민의 똑떨어지는 대답에 표안이 멀리 있는 성녀를 바라보았다. 하지만 성녀의 얼굴에선 아무것도 읽을 수가 없었다.

표안은 고개를 숙이고 자신을 올려다보고 있는 소민을 보았다. 소민은 마치 자신이 그 무섭다는 흑수문의 문주라는 것을 잊은 듯, 활짝 웃고 있었다.

표안은 한참을 소민을 바라보다가 천천히 뒤로 몇 걸음 물러섰다.

대략 반 장여를 물러선 표안이 아무 말 없이 소민을 바라보다 천천히 무릎을 꿇었다.

양손으로 바닥을 짚은 표안이 고개를 깊숙이 땅에 묻고는 큰 소리로 외쳤다.

"속하 표안, 성녀를 뵙습니다!"

소민이 다가가 표안의 어깨를 부드럽게 어루만지며 그저 말없이 미소를 지었다.

"그냥 이대로 떠나도 되겠는가?"

표안이 물었다.

"원하신다면."

소이보가 대답했다.

"정말 괜찮겠는가?"

"……"

소이보는 말없이 표안의 얼굴을 바라볼 뿐이었다.

한참 머뭇대던 표안이 끝내 입을 열었다.

"흑수문은……."

"흑수문은 흑수문이오."

머뭇대는 물음에 비해 소이보의 대답은 빠르고 힘이 넘쳤다.

표안이 다행이라는 듯 한숨을 내쉬었다.

"고맙네. 나와 흑수십랑은 영원히 강호에 나오지 않을 것이네."

"당신이 떠나는 것은 괜찮지만, 흑수문의 기둥까지 뽑아가진 마시오."

소이보가 냉랭히 대답했다.

하지만 그 냉랭한 대답이 표안으로서는 고맙기 짝이 없었다.

소이보의 뜻은 표안만 떠나고 나머지 사람들은 남아도 괜찮다는, 더 나아가 남은 흑수십랑은 흑수문의 재건에 힘을 쏟아도 좋다는 허락의 뜻이라는 것을 알아보았기 때문이다.

또한 원한을 맺은 것은 표안 단 한 사람이라는 사실을 명백히 밝히는 일이었다.

"그럼 난 가겠네."

표안의 말에 소이보가 냉랭히 대답했다.

"당신이 머물 곳이 부디 지옥과도 같은 곳이길 바라오."

소이보의 대답이 마음에 든다는 듯 표안이 웃었다.

"지옥보다 더 좋은 곳에서 호강하며 살 생각도 없다네. 흑수이랑(黑手二郎)!"

표안의 말에 검은 옷을 입은 사람 중 한 사내가 앞으로 걸어나왔다.

표안이 그 사내를 보며 다짐하듯 말했다.

"이제부터 네가 흑수문의 문주다."

흑수이랑이 갑작스런 표안의 말에 잠시 숨을 고르고는 고개를 숙였다.

아니라는 겸양의 말이나 뜻밖이라 놀란다는 태도는 전혀 보이지 않는 게, 역시 흑수문의 자객다운 모습이었다.

모든 일을 마쳤다는 듯 표안이 천천히 소민 앞으로 다가가 다시 무릎을 꿇고 머리를 숙였다.

"속하 표안, 이제 자리에서 내려와 깊은 곳에 묻혀 살기로 했습니다."

"……"

소민은 이렇게 될 줄 알았다는 듯 그저 뜻 모를 예쁜 미소만 짓고 있었다.

고개를 든 표안이 자상한 미소와 함께 말했다.

"하지만 성녀께 무슨 일이 생긴다면, 설령 지옥에 있다 해도 속하 다시 나올 것입니다.”

“믿어요. 하지만 친구와 함께 가야 해요.”

“친구……?”

표안이 놀랐다는 듯 눈을 크게 뜰 때 뒤에서 낭랑한 목소리가 들렸다.

“날세.”

놀라 뒤돌아본 표안의 눈에 어느새 짐을 등 뒤에 올려놓은 채 웃고 있는 삼안조옹 두경환의 모습이 들어왔다.

“자, 자네가?”

“이제 새 얼굴들이 강호에 나서니, 옛 얼굴들은 물러나야지. 자네와의 교분은 적었으나 적막한 산골에 혼자 사는 것보다야 재미날 것 같네만…….”

두경환의 말에 이활이 놀라 부르짖었다.

“어르신!”

두경환이 되돌아보며 말했다.

“걱정 말거라, 난 이 친구처럼 아예 꼭꼭 틀어박힐 생각은 없으니. 가끔 나와 국수도 얻어먹고 이리저리 여행도 다닐 생각이니까.”

소민이 다가와 두경환의 다리를 매달리다시피 잡고는 말했다.

“나도 놀러 갈 거예요. 그래도 되죠?”

두경환이 미소 지으며 고개를 끄덕였다.

“다른 할아버지와 삼촌들이랑 마구마구 쳐들어가서 귀찮게 해도 되지요?”

“그럼그럼. 그런데 어디 사는지 알고…….”

두경환이 말하다 말고 손바닥으로 자신의 이마를 쳤다.

자신이 말하고 있는 상대가 성녀라는 사실을 뒤늦게 깨달았기 때문이다.

두경환은 흘깃 표안을 보고는 두 손을 정중히 모으고 고개를 숙였다.

"네, 귀여운 성녀께서 방문해 주시기만 기다리고 있습지요."

꼭 표안의 눈치를 보아서만은 아니었다.

지금 눈앞에 있는 작은 소민은 진정한 성녀였기 때문이다.

사람들이 꿈꾸는 세상, 그것을 가져다줄 존재였기 때문이다.

소민의 웃음을 대답 대신 받은 두경환이 천천히 발을 옮겨 소이보 앞에 섰다.

"자넬 믿네."

소이보는 대답 대신 고개를 끄덕였다.

두경환이 웃고는 이활을 쳐다보며 말했다.

"자네도 믿네. 이젠 수상방의 방주니 당당해지게나."

더 이상 자신의 제자가 아닌 수상방의 방주로 대하는 말투였다.

이활이 고개를 끄덕이며 말했다.

"그리 오래지 않아 성녀를 모시고 뵈러 가겠습니다."

두경환이 고개를 끄덕이고는 다시 발을 옮겨 이화림 앞에 섰다.

이화림이 웃으며 말했다.

"저도 갈게요. 아저씨가 낚은 생선이 매우 맛보고 싶어질 테니까."

"알아. 그리고 잘 부탁하네."

"뭘요?"

"신경이 무딘 탓에 여자의 마음을 알아차리는 데 조금 시간이 걸릴 것이네. 또 앞뒤가 틀어 막혀 꽤 답답한 구석도 있을 것이고. 그래도 살 맞대고 살 만한 놈이야. 그럼 좋은 소식 기다리고 있겠네."

"에? 아… 예……."

이화림은 멍해진 눈으로 그저 고개만 끄덕이다 곧 갸우뚱 고개를 옆으로 눕혔다.

하지만 두경환은 이미 몸을 돌려 표안의 어깨를 툭 치고는 호탕하게 웃었다.

"자, 친구, 이제 우린 떠나세나."

갑작스런 헤어짐이었다.

사람들이 뭐라 말하기도 전에 이미 표안과 두경환의 모습은 어느덧 저만큼 사라지고 있었다.

헤어짐의 여운이 사라져 갈 때쯤, 이화림이 마치 선불 맞은 것처럼 펄쩍 뛰어올랐다.

"아!"

이화림이 곧 빠르게 달려가 슬픈 눈으로 두경환의 뒷모습을 좇고 있던 이활의 멱살을 잡아챘다.

"너지!"

"무, 무슨!"

"아저씨가 말한 그놈! 그게 바로 네놈이지!"

이화림이 으르렁거리자 이활의 얼굴이 붉어졌다.

이화림이 멱살 쥔 손을 앞뒤로 흔들자 이활의 몸이 앞뒤로 흔들렸다.

"이놈아, 네가 뭐라고 아저씨를 구워삶았길래, 아니, 네놈이 언제부터 그런 흉심을 품고서……!"

이화림이 발작하듯 고함을 치는 중간에 갑작스레 이활이 이화림의 팔을 붙잡아 목에서 떼어냈다.

"이익!"

이화림이 순간 열을 받은 듯 괴상한 신음과 함께 손을 뿌리치려 했지만 평생 강에서 노를 저어온 이활의 팔을 쉽게 뿌리치지 못했다.

이활이 더 이상 지지 않겠다는 듯 이화림의 두 눈을 노려보며 말했다.

"어르신과 당신은 분명히 말했지 않소!"

“무얼!”

“어르신이 날 부탁한다고 했을 때 당신은 분명 ‘예!’ 라고 대답하지 않았소!”

이화림의 얼굴이 순간 멍해졌다.

마치 떼인 빚을 받으러 온 빚쟁이를 쳐다보는 듯한 표정으로 이활의 얼굴을 보던 이화림이, 속으로 ‘그래도 이놈이 잘생기긴 참 잘생겼어’ 란 생각을 하다가 곧 화들짝 놀라 고개를 숙였다.

그 모습이 우스워 보여 곽예주가 웃으며 당소유를 바라보았을 때, 정작 당소유는 심각한 표정으로 곽예주에게 말했다.

“신분은 저쪽이 위래도, 혼인만큼은 우리가 먼저요.”

곽예주의 얼굴이 순간 이화림의 것처럼 멍해져 있었다.

2

강호에 태풍이 몰아치고 있었다.

그리고 그 태풍의 눈에 소이보가 있었다.

앞뒤 정황이야 어떻든 사람들이 보고 듣는 것은 단 한 가지였다.

요선보와 수상방이 손을 합했다!

군림가 역시 요선보의 행동을 그저 지켜보겠노라고 했다!

하지만 염효들의 모임인 군림가가 그 말을 했다는 것은, 암묵적인 지원인 것과 동시에 패배를 자인하는 것이 틀림없다!

기현소축의 목을 벤 것과 동시에 흑수문 역시 요안의 발아래 무릎을 꿇었다!

사람들은 그렇게 서로 모이기만 하면 요안 소이보 이야기뿐이었다.

마도칠가 중 다섯 가문의 영혼을 요안이 훔쳐 낸 것이다!

더구나 태활장마저 주인인 마검충이 예영당주에 꺾인 지금, 마도천하는 소이보의 손에 들어간 것과 다름없었다.

이제 관심은 악마로 변했다는 동무군과 마도인들의 영혼을 모두 가져간 소이보 간에 과연 누가 이기느냐에 모여져 있었다.

하지만 그보다 더 큰 소식 하나가 불쑥 튀어나왔다.

바로 진정한 성녀가 현신(現身)했다는 소문이었다.

새로운 성녀를 본 모든 마도칠가의 사람들이 한데 입을 모아 말하길, 진정한 성녀가 이제야 몸을 드러냈다고 쌍수를 들고 노래 부른다는 것이었다.

마도칠가가 꿈꾸었던 세상을 열어줄 새로운 진정한 성녀!

그것은 요안의 소문보다 더 큰 파괴력을 지닌 채 세상에 전해졌다.

더구나 진정한 성녀라고 일컬어지는 존재는 마치 소이보처럼 두 개의 요안을 가졌다고 했다.

사람의 영혼을 훔친다는 요안으로, 성녀는 소이보의 영혼마저 훔쳐 냈다고 했다.

누구는 소이보와 똑같은 눈을 가졌다는 이야기만으로 어쩌면 진정한 성녀는 요안의 딸일지도 모른다는 말을 했지만, 아무도 그 얘기에는 관심을 가지지 않았다.

사람들의 관심은 온통 성녀가 이뤄준다는 마도인들의 꿈의 세계에 가 있었다.

그렇게 소이보와 소민은 모든 강호인들의 이목을 집중시킨 채, 천천히 예영당의 문안으로 들어서고 있었다.

　　　　　*　　　　　*　　　　　*

소이보는 말없이 성녀의 눈을 바라보았다.

성녀 역시 소이보와 눈을 마주 보고 있었다.

예영당의 동무군과 겨루는 중대한 일을 남겨둔 앞이었다.

그래서 쉬라는 배려의 의미에서 소이보에게 마차에 오르기를 권한 것인데, 소이보는 쉬기는커녕 성녀만을 노려보고 있었다.

마차 안의 분위기가 이상하게 변하자, 제일 먼저 부홍이 잠든 소민을 데리고 내렸고, 문기서 역시 ‘아, 잊은 일이 있었군’ 하는 중얼거림과 함께 마차에서 얼른 내려 버렸다.

마차 안엔 그래서 두 사람과 정신을 잃고 누워 있는 둔비밖에 없었다.

먼저 침묵을 깬 것은 소이보였다.

“삼안조옹 어른의 낚시는 훌륭한지 모르겠군.”

“……?”

성녀의 눈빛은 흔들리지 않았다.

그저 대답을 요구하듯 조용히 소이보의 요안을 지켜볼 뿐이다.

“생선 맛이 괜찮았거든.”

그때 처음으로 성녀의 눈빛이 흔들렸다.

소이보가 무엇을 두고 말하는 것인지 알 것 같았기 때문이었다.

두 사람이 나추몽마(娜醜夢魔) 팽유(彭枏)의 혼유귀몽(魂幽鬼夢) 안에서 행했던 일들을 두고 말하는 것이 틀림없었다.

그때, 어린 소이보와 어린 성녀는 강물에서 물고기를 잡아 불에 구워 먹었다. 아무런 근심도, 걱정도 없는 행복한 시간이었다.

비록 짧은 시간에 지나지 않았지만, 두 사람의 마음에 새겨진 무게는 결코 가볍지 않았다.

성녀가 입술을 열었다.

"그때 손을 내밀어준 것, 정말 고마웠어요."

성녀의 말에 소이보가 피식 웃었다.

"뭘 그걸 가지고……."

의자 위에 덩그러니 올라 울고 있던 어린 성녀의 손을 잡아준 것을 두고 말하는 게 틀림없었다.

소이보는 별거 아니라는 듯 고개를 약간 옆으로 누인 후 말했다.

"나 역시 처음이었어."

"……?"

"누군가 내가 보호해 주어야겠다고 생각한 것은 그때가 처음이었지. 별림의 할아버지는, 조금 달랐어. 내가 지켜주고 싶어도 그럴 능력이 없었으니까. 그저 나중에 힘이 강해지면 꼭 지켜주리라 다짐할 뿐이었지. 하지만 그때가 처음이었어. 누군가 가련해 보이고, 지켜줘야겠다는 생각을 한 건. 그러고 보니 처음으로 잘됐다는 생각이 드는군."

"……?"

"그 요망스런 여자 아이가 내 딸아이의 어미가 되었으니……."

성녀가 무슨 뜻인지 알겠다는 듯 입을 미묘하게 움직이며 미소를 띠었다.

그 모습을 보던 소이보가 불쑥 말했다.

"성녀도 늙는군."

성녀가 깜짝 놀라 얼른 손으로 눈가를 쓰다듬었다.

아직 젊은 나이였지만, 성녀의 눈가엔 잔주름이 가득했다.

어쩌면 동무군의 손을 피해 소민을 키우느라 고생했기 때문인지도 몰랐다.

성녀가 피식 웃으며 얼굴에서 손을 떼었다.

“전 이제 보통 여자니까요.”

“보통 여자?”

소이보가 말도 안 된다는 듯 코끝을 찡그렸다.

“진정한 성녀의 어미가 그런 말을 하면 안 되지. 또한 요선보주, 아니, 요안의 아내가…….”

소이보는 말하다 말고 입을 닫았다.

아내. 그 단어는 매우 생소하게 다가왔다.

태어나 단 한 번도 생각하지 않던 단어가 머릿속을 거치기도 전에 입술을 통해 먼저 튀어나온 것이다.

소이보는 순간 싸늘한 음성으로 말했다.

“말해!”

껄끄러우면서도 차가운 소이보의 말에 성녀가 어깨를 움츠렸다.

“무엇을…….”

“미안하다고!”

성녀는 아무 말 없이 소이보를 보다 조그맣게 말했다.

“미안해요.”

“그냥 미안해서 될 일이 아니지!”

“정말 미안해요.”

“다음에 또 그런 일이 있으면 가만 안 둘 거야.”

“정말 미안해요.”

소이보의 음성에는 진짜 분노가 은은하게 묻어 있었다.

성녀 역시 눈을 내리깔고 연신 사과의 말을 했다.

“정말 패버릴 거라고. 아니, 진짜 죽여 버릴지도 몰라.”

“정말 미안해요.”

“당신 때문에 몇 사람이…… 아무튼 한 번만 더…….”

“정말 미안해요. 그리고 고마워요.”

“그저 사과로만……. 응?”

소이보는 그동안 퍼붓지 못한 모든 분노를 퍼부으려는 것처럼 정신없이 말을 주워섬기다가 뜻밖의 말에 눈을 크게 떴다.

성녀가 소이보의 두 눈을 바라보며 진지하게 말했다.

“정말 고마워요. 또 정말 미안해요.”

“……..”

이번엔 소이보가 아무런 말도 없었다.

다시 한 번 침묵이 두 사람 사이에 내려앉았다.

잠시 시간이 지난 후, 이번에 침묵을 깬 것은 성녀였다.

“자신있어요?”

“자신은 무슨. 그냥 부딪쳐 보는 거지.”

성녀가 다시 입을 닫고 소이보를 바라보았다.

조금 분위기가 머쓱하다 생각한 소이보가 물었다.

“걱정되는가?”

“아니요.”

“……..”

기대하진 않았지만, 막상 걱정 안 된다는 말에 소이보의 얼굴이 굳어졌다.

성녀가 다시 입을 열었다.

“당신보다 단 한 순간도 더 오래 살 생각 없어요. 마안과 귀령은 하나이니까.”

성녀의 말에 소이보가 미간을 찡그렸다.

“그럼 민아는! 우리 둘 중에 적어도 한 사람은…….”

“소민은, 걱정하지 않아도 돼요.”

성녀의 말이 틀리지 않았다.

소민은 진정한 성녀, 어린 나이지만 자신의 앞길은 스스로 알아서 챙길 아이다.

성녀가 어색한 표정을 짓고 있는 소이보를 보며 피식 웃었다.

"왜 웃는 거지?"

심통난 표정으로 묻긴 했지만 소이보의 내심은 도리어 편안해졌다.

성녀의 웃음, 그것은 성녀를 본 이후 처음 보는 것이었기 때문이다.

"당신 지금 표정, 우리가 처음 요선보에서 만났을 때 보았던 거예요."

"……."

소이보 역시 그때를 생생하게 기억하고 있었다.

장식없는 하얀 천으로 몸을 두른 채, 쏟아지는 투명한 햇살이 나긋나긋하고 교태롭게 솜털을 건드리고 있었던 바로 그곳에 성녀가 있었다.

소이보가 그때를 흉내 내려는 것처럼 턱끝을 치켜 올리고는 물었다.

"만약 그때로 다시 돌아간다면……."

그때였다.

날카로운 경계음과 함께 매서운 바람 소리가 밖에서 들리는 듯하더니 그 누군가가 눈치없이 마차 문을 활짝 열었다.

"……."

어느새 소이보는 장검에 손을 올리고 성녀의 앞을 막고는 불쑥 마차 문안에 머리를 디밀고 있는 상대를 노려보고 있었다.

성녀 역시 몸을 움츠린 채 소이보의 등 뒤에 숨었다.

넓은 소이보의 등이 이토록 커다란 안도와 함께 아늑한 편안함을 가져다줄지는 몰랐다는 생각을 하며 성녀는 저도 모르게 손바닥을 내밀어 소이보의 등에 조심스럽게 가져다 대었다.

"무슨 일입니까."

소이보가 조금은 짜증난 목소리로 말했다.

그러자 마차 문을 활짝 연 사람, 무당파의 영허자가 다급한 표정으로 말했다.

"아니, 그게… 아이고, 조카 손주며느리도 있었네. 아무튼 큰일났네."

"무슨……."

"소림무치, 소림무치가 동무군에게 패했네."

"……!"

소이보의 숨결이 순간 싸늘하게 식었다.

숨을 고른 영허자가 말한 내용은 모든 사람들에겐 충격이었다.

소이보 일행과 헤어진 영허자는 정도무림을 대표해서 예영당으로 향했다.

명분이야 충분했다.

마도본가를 뽑는 행사는 마도칠가 내뿐만 아니라 전체 무림에 끼치는 영향이 엄청난 것이었고, 그래서 전통적으로 마도본가를 뽑는 행사에는 정도무림인의 대표가 초청되곤 한다.

비록 참관인이란 미명하에 초대한 것이지만, 마도칠가에서도 자신들의 역량을 정도무림인에게 똑똑히 각인시키는 좋은 기회였고, 정도무림인들 역시 마도칠가의 허실을 탐지할 수 있는 기회였기 때문이다.

물론 이번에는 조금 계획이 달랐다.

만약 요안이 동무군을 꺾지 못한다면 어쩔 수 없이 동무군을 처치할 계획이었기 때문이다.

그래서 소림무치를 소림의 대표자로 함께 데려간 것인데, 정작 문제는…….

"그냥 피를 뽑더군."

영허자는 직접 보고도 못 믿겠다는 듯 고개를 절레절레 흔들었다.

영허자의 표현대로라면 소림무치는 손 한 번 써보지 못하고 패한 것이 틀림없었다.

"설마……."

이화림이 못 믿겠다는 듯 고개를 젓자 영허자가 아니라는 듯 펄쩍 뛰며 말했다.

"정말이네. 그저 문을 열고 들어간 후 소림무치와 동무군의 눈이 딱 마주쳤지. 그리고 잠시 숨 몇 번 몰아쉬지 않았을 때, 소림무치가 그냥 피를 게워내고 쓰러졌는걸! 그래서 얼른 들쳐 업고 도망치다시피 나왔지."

영허자는 시선을 돌려 소이보 쪽을 쳐다보며 말했다.

"미안하다. 그냥 이대로 돌아가는 것이 좋을 것 같아. 동무군, 그자는 더 이상 사람이 아니야. 오죽하면 예영당의 식솔들 역시 예영당을 피해 나와 주위에서 서성이고 있겠는가!"

영허자의 목소리엔 다급함이 묻어나 있었다. 조금 전 보았던 충격이 아직 가시지 않은 게 틀림없었다.

영허자의 말에 불안해졌는지 성녀가 소이보 등 뒤로 움츠리며 숨어들었고, 어느새 마차 안으로 뛰어들어 온 소민이 소이보 품 안으로 파고들었다.

"아빠……."

하지만 소이보는 아무렇지도 않게 소민을 안고 그저 머리를 쓰다듬을 뿐이었다.

"그 말이 사실이라면……."

소이보가 나직하게 얘기하며 고개를 들었다.

소이보의 얼굴에선 그 어디에도 근심은 찾아볼 수가 없었다. 아니, 도리어 잔잔한 미소까지 어려 있을 정도였다.

소이보가 천천히 말을 이었다.

"매우 재미있는 것을 구경하게 되겠군요."

마치 우리에 갇힌 맹수를 구경가듯 소이보의 말은 한가롭기 짝이 없었
다.

3

사람들은 각기 무리를 지어 길가에서 서성이고 있었다.

그중 한 사람이 무리 중에서 말을 타고 나와 손을 흔들었다.

"오늘따라 매우 반갑군."

친근하게 말을 건네는 사람은 군림가의 향문월이었다.

소이보가 그저 묵묵히 쳐다보자 향문월이 곤란하다는 듯 턱을 긁었다.

"자네도 소식을 들었겠지만, 이거 뭘 어찌해야 할지 엄두가 나지 않아
서……. 그러니까 저쪽이……."

향문월이 가리키는 방향에 족히 몇백은 되어 보이는 사람들이 마치 처
마 밑에 앉아 비 그치기만을 기다리는 고양이처럼 초라한 몰골로 서 있
었다.

"저들이 바로 예영당 사람인데… 저들도 주인을 감당 못해 도망 나와
저러고 있는 형편이니……."

향문월은 말하는 중간 소이보의 뒤편을 바라보며 씁쓸하게 웃었다.

"요선보와 수상방은 요안이란 믿는 구석이 있으니 저리 당당하겠지만,
우리 군림가나 태활장은 꽁지가 빠져라 도망쳐 와야 했으니……. 저기

결코 짐이 되지 않을 친구 287

보게나. 비록 죽지야 않겠지만 소림무치 역시 정신을 잃은 채 누워 있다네. 그 옆에 있는 사람들이 바로 잘난 소림과 무당의 장로들이지. 평소 의기가 어떻고 저떻고 하던 놈들이 저럴 정도이니 우리야 뭐……."

다급한 와중에도 말끝을 길게 늘이는 향문월의 독특한 말투는 여전했다.

하지만 이렇게 주절대는 인물은 아니었다.

아마도 예영당에서 동무군을 직접 본 충격 때문일 거라 생각하며 소이보가 뒤로 돌아 사람들에게 말했다.

"모두 여기서 기다린다."

"……."

모든 사람들이 일제히 소이보를 쳐다보았지만 각각의 눈빛은 달랐다.

요선보와 수상방의 사람들은 굳건한 믿음으로, 미리 도착해서 주위에 서성이던 사람들은 불안하면서도 한편으론 소이보에게 기대를 거는 듯한 눈빛이었다.

소민이 소이보에게 와 안겼다.

"아빠……."

소이보는 그저 씨익 웃었다.

그 웃음이 마음에 들었는지 소민은 그제야 소이보 가슴에 머리를 묻고는 조용히 말했다.

"기다릴 거야. 소민은 걱정하지 않을 거야."

"그래."

성녀가 천천히 다가와 소이보 품에서 소민을 안아 들며 말했다.

"난 당신보다 단 한 순간이라도 오래 살 생각 없어요."

성녀는 소민을 안아 들고 소민의 머리를 쓰다듬는 순간까지 소이보와 시선을 맞추지 못했다.

성녀는 한동안 소민의 머리만 쓰다듬다가 조용한 목소리로 말했다.

"별림(別林)이라고 했나요?"

소이보가 고개를 끄덕였다.

"꼭 가보고 싶어요, 당신과 함께."

소이보가 천천히 손으로 성녀의 턱을 잡고 자신의 두 눈을 마주 보게 했다.

성녀의 눈은 더 이상 유리알같이 투명하지 않았다.

젖은 두 눈동자가 불안한 듯 끊임없이 흔들렸지만, 눈물을 참기 위해 입술을 꽉 물고 있었다.

소이보가 느리지만 힘있는 목소리로 말했다.

"별림처럼 아름다운 곳은 없지. 약속할게, 꼭 보여주겠노라고."

"꼭……."

성녀가 새끼손가락을 내밀었다. 마치 꿈속처럼 어린아이로 돌아간 모습이었다.

소이보가 작고 긴 손가락에 손가락을 걸며 말했다.

"꼭!"

말을 마친 소이보가 몸을 돌리고는 한 켠에서 깃발을 들고 있는 범우를 쳐다보며 웃었다.

"형님, 갑시다. 꽤나 재미있는 게 있는 모양인데."

하지만 범우는 굳은 얼굴로 대답했다.

"난 안 간다."

뜻밖이었다.

설령 지옥불 안이라도 소이보와 함께라면 주저없이 뛰어들 사람이 바로 범우였다.

의외라는 듯 쳐다보는 소이보에게 범우가 콧구멍을 벌렁거리며 말했다.

"제수씨와 조카를 지켜야 한다."

다시 콧구멍을 몇 번 벌렁거린 범우가 다시 입을 열었다.

"난 항상 네놈의 최악까지 준비해야 한다. 난 네놈의 형이니까."

범우의 뜻이 그랬다. 결코 죽음이나 동무군이 두려워서가 아니었다.

소이보가 말없이 범우에게 다가가 와락 끌어안았다.

키가 작아 졸지에 소이보 가슴에 얼굴을 파묻히게 된 범우의 뜨거운 숨결이 소이보 가슴에 그대로 전해졌다.

"그거 아시우? 난 형님이 정말 좋수."

"살아야 한다. 잊지 말거라. 내가 본 너는 항상 강했다."

"아무리 강해도 형님 앞에선 어린 동생이우."

소이보가 범우의 민둥머리를 손바닥으로 몇 번이고 쓰다듬은 후 떨어졌다.

그런 두 사람을 보고 있던 곽예주가 사이좋은 오빠와 남동생을 보듯이 따뜻한 미소를 띠며 말했다..

"난 가봐야 짐만 될 거고, 이 사람 데려가. 꽤 쓸 만할 거야."

졸지에 곽예주에게 등 떠밀려 나온 당소유가 머쓱한 표정으로 서 있었다.

"그 사람도 지킬 사람이 있는 것 같군."

소이보가 웃으며 말하자 당소유가 한참이나 말없이 소이보를 쳐다보았다.

어찌 보면 사천당문을 나온 후 처음으로 친구로 마음속에 다가온 사람이 바로 요안이었다.

소이보의 마음을 짐작한 듯 당소유가 고개를 끄덕이고는 되돌아가 곽예주 옆에 섰다.

그리고는 웃으며 말했다.

"다른 건 몰라도 이것 하나는 약속하지. 자네에게 무슨 일이 생기면 사천당문의 모든 사람들은 그 원한을 갚을 것이네, 설령 사천당문이 멸문당하는 일이 있더라도."

모르긴 몰라도 사천당문이 멸문을 각오하고 덤빈다면 그 어떤 사람도 살아갈 생각을 포기해야 할 것이 분명했다.

그 모습을 지켜보던 이화림이 입술을 삐죽이며 말했다.

"아무튼 연인이란 것들은……."

퉁명스레 한마디 내뱉은 이화림이 허리에 감고 있던 흡정편을 풀며 한 발 앞으로 내디뎠을 때였다.

뒤에 서 있던 이활이 이화림의 팔목을 잡았다.

이화림이 무슨 뜻이냐는 듯 매섭게 쏘아보자 이활이 웃으며 말했다.

"당신 대신 내가 가오. 그걸로 충분하오."

"나도 간다."

"아니, 그럼 내 신경만 더 분산시키는 일이 될 거요. 수상방주가 여자에게 신경 팔려 죽었다면 강호 친구들이 모두 비웃을 거요."

"그게 뭐 어때서! 당신이 가면 나도 간다. 당신이 안 가면 나도 안 간다. 단순한 거야!"

이화림이 말도 안 된다는 듯 고개를 저었다.

그때 소이보가 피식 웃으며 말했다.

"둘 다 여기 남아. 그게 좋다."

"말도 안 되는 소리!"

이화림이 앙칼지게 외쳤다.

그러자 소이보가 옆에 찬 검을 뽑아 들며 물었다.

"나보다 강한가?"

소이보의 물음에 마치 아교라도 바른 듯 이화림의 입술이 꾹 닫아졌다.

소이보의 말에 틀린 점은 없었다.

이화림은 스스로의 무공에 자신이 있었지만, 그것은 보통 무인과 비교했을 때의 일이었다.

동무군과 소이보의 무공에 대자면 자신의 실력은 조그마한 재주에 지나지 않았다.

도리어 방해만 될 게 뻔하다는 분한 생각에 아랫입술을 질겅질겅 씹고 있는 이화림을 이활이 뒤에서 조용히 끌어당겼다.

이화림이 뒤로 물러서자 소이보가 손에 든 장검을 높이 치켜세우며 요선보와 수상방을 향해 큰 목소리로 물었다.

"나보다 강한 자가 있는가!"

비장하면서도 웅장한 소이보의 물음에 모두 숨죽인 채 소이보만을 지켜보고 있었다.

그 눈빛엔 한결같이 믿음과 자랑스러움이 깃들여져 있었다.

모두 한데 뭉쳐 소이보의 뒤를 따라온 수상방과 요선보의 무인들을 지켜보던 소이보가 천천히 걸음을 옮겨 태활장과 군림가가 모여 있는 앞으로 다가가 다시 크게 외쳤다.

"나보다 강한 자가 있는가!"

아무런 대답도 튀어나오지 않았다. 아니, 숨소리도 들리지 않았다.

그저 소이보 손에 들린 검과 소이보의 두 눈만을 경외의 눈빛으로 지켜볼 뿐이었다.

소이보의 검이 다시 방향을 바꾸었다.

"나보다 강한 자가 있는가!"

다시 한 번 우렁찬 외침이 터져 나왔다.

마도본가를 뽑는 대회에 참석하기 위해 모여 있던 나머지 가문들, 즉 기현소축과 흑수문의 사람들, 그리고 도망치다시피 예영당을 빠져나온 무인들의 반응 역시 마찬가지였다.

어쩌면 원한을 맺었다고 볼 수 있는 기현소축의 무인들마저 감히 요안과 두 눈을 마주칠까 두려워 그저 고개를 숙일 뿐이었다.

소이보가 저 멀리 모여 있는 소림과 무당의 무인들 역시 분분히 시선을 피해 그저 누워 있는 소림무치의 상세를 살피는 척할 뿐이었다.

그중 영허자만이 자신의 사제의 손자인 소이보가 기특하다는 듯 함빡 웃으며 쳐다볼 뿐이었다.

소이보가 다시 큰 목소리로 말했다.

"나 요안 소이보는 다른 여섯 가문의 동의하에 요선보의 대표로서 동무군과 마도본가를 다툴 것이다! 이의있는 이 앞으로 나와라!"

당연히 아무도 없었다.

거기까지 확인한 소이보가 당당한 걸음을 옮겨 앞으로 걸어나갔다.

그 모습을 보고 있던 부홍이 범우의 손에서 깃발을 빼앗듯 잡아채고는 얼른 소이보 옆에 와 나란히 걸어갔다.

소이보가 옆에 나란히 걷고 있는 부홍을 쳐다보자 부홍이 깃발을 가리키며 말했다.

"난 이 아래서 죽는 게 소원입니다."

소이보가 부홍의 일그러진 손가락이 가리키는 깃발을 보았다.

요선보(拗仙堡).

오늘따라 그 세 글자가 커 보인다는 생각을 하며 소이보가 웃었다.

"그래, 친구 하나쯤은 괜찮겠지."

소이보의 말이 옳다는 듯 부홍이 고개를 끄덕이며 대답했다.
"결코 짐은 되지 않을 친구입니다."
두 사람의 신형이 천천히 예영당의 대문 안으로 사라지고 있었다.

◆ 第十一章 ◆
녹색의 별림

예영당은 그동안 마도본가로 지내온 위세를 보여주려는 듯 웅장한 규모를 자랑했다. 하지만 황량하고 스산한 바람만 불 뿐 그 어디에도 사람의 인기척은 느껴지지가 않았다.

"나중에 요선보도 이런 건물을 지으면 좋겠군."

소이보는 마치 산책이라도 나온 것처럼 주위를 훑어보며 한마디씩 내뱉고 있었다.

하지만 부홍까지 그럴 수는 없었다.

자신이 여기까지 온 이유는 단 하나였다.

만약 친구가 죽더라도, 쓸쓸히 홀로 죽게 하진 않겠다는 것, 그것이 부홍의 생각이었다.

"크아아악~! 아아악~!"

어디선가 찢어질 듯한 비명이 들려왔다.

사람의 목소리도, 그렇다고 짐승의 울부짖음도 아닌 처절한 비명이었다.

가슴까지 헤집는 듯한 울부짖음에 흠칫 놀란 부홍이 소이보를 쳐다보았다.

소이보는 고개를 끄덕이고는 조용히 말했다.

"저기 있는 모양이군."

소이보가 빠르게 목소리가 들려온 방향으로 뛰기 시작하자, 부홍 역시 그 뒤를 따랐다.

요선보의 깃발이 맹렬하게 공기를 가르는 소리가 예영당을 뒤흔들고 있었다.

"⋯⋯!"

부홍은 충격으로 그 자리에 멈춰 섰다.

마도본가를 뽑는 행사장으로 준비된 듯한 넓은 공터에 사람은 아무도 없었다.

긴 차양 아래 빼곡히 의자가 줄지어 서 있었다.

마도칠가의 무인들과 정파무림의 참관인을 위한 자리들이 틀림없었다.

그러나 그 어디에도 살아 있는 사람은 없었다.

의자는 물론, 가운데 넓게 자리 잡은 연무대 위 역시 마찬가지였다.

그저 몇십 명의 사람들이 각기 배가 갈라지고 몸통이 찢어진 채 여기저기 널브러져 있을 뿐이었다.

그리고 저 멀리 우뚝 솟은 단상 위에 한 사람이 앉아 있었다.

머리엔 철관모를 썼다. 네모난 철관모는 넓고 컸지만, 사내의 어깨는 커다란 철관모로도 채 덮지 못할 만큼 넓은 것이었다.

전체적으로 검었다. 처음엔 얼굴도 제대로 알아보지 못할 만큼 검디검었다. 사내가 걸치고 있는 옷이 검었고, 피부가 검었고, 머리에 쓴 철관

모도 검었다.

하지만 그것 때문만은 아니었다.

바로 사내의 몸에 흐르는 죽음의 기운 때문이었다.

바로 죽음 속에서, 피에 절어 생활하던, 마음이 없는 사람만이 가질 수 있는 그런 검은빛이 사내의 온몸에 흐르고 있었다.

각진 턱과 오뚝한 콧날을 가진 사내는 강렬한 인상에 어울리는 기도를 온몸에서 뿜어내고 있었다.

예영당주 동무군, 소림무치와 더불어 천하제일인을 다투는 자.

더욱이 마도칠가를 아우르는 만인지상의 자리에 오른 것으로도 모자라 비중이 남긴 모든 것을 이은 자.

바로 그 사람이었다.

동무군은 천천히 의자에 앉고는 오만한 태도로 내려다보고 있었다.

태사의는 생각보다 커서 키 큰 사람이 선 높이보다도 높았다.

그러나 그 자리에 앉아 있는 사람의 위엄보다 더 높지는 못했다.

도리어 그 아래에 납죽 엎드려 자리의 주인을 더욱 빛내주는 역할밖에 하지 못했다.

"드디어 왔구나!"

동무군이 입을 열었다.

그러자 조금 전 비명성을 내지른 것이 분명한 짐승이 동무군 발아래서 크게 짖었다.

"쿠아아악!"

부홍은 놀라 두 눈을 크게 떴다.

동무군의 모습은 이미 예전에 본 적이 있었다.

또한 동무군 발 밑에서 개처럼 엎드려 있는 그것 역시 본 적이 있었다.

그것의 목에는 사슬이 매여져 있었고 나머지 한 끝은 의자 위에 오만하게 앉아 있는 동무군의 손으로 이어져 있었다.

비명처럼 짖어댄 후 혀를 빼물고 헉헉대고 있는 그 짐승의 한쪽 눈은 툭 튀어나와 뺨 아래서 덜렁거렸다.

반쯤 혼이 나간 듯, 온전하게 박혀 있는 나머지 한쪽 눈 역시 멀겋게 초점이 흐려져 있었다.

갈빗대 사이는 무언가 날카로운 것으로 찢겨진 것처럼 갈라져 있었고, 길게 배까지 이어진 상처 사이로는 내장으로 보이는 희멀건 그 무엇이 툭 튀어나온 상태였다. 하지만 온몸에 피칠을 하고 엄중한 상처를 입은 그 짐승은 지금 자신의 상태도 파악 못하는지, 동무군의 발 밑에 엎드린 채 그저 멀건 한쪽 눈으로 소이보와 부홍을 보며 거칠게 숨을 몰아쉴 뿐이었다.

잠시의 시간이 흐른 후 그 짐승의 정체를 알아낸 부홍이 믿지 못하겠다는 듯 입을 쩍 벌렸다.

"마… 검충……."

그랬다. 그 짐승은 태활장(泰闊莊)의 최고수인 마검충(馬劍忠)이 분명했다.

동무군에게 비무를 청했다가 비참하게 패했다는 소식은 들었지만, 이 정도일 줄은 정녕 몰랐다.

불과 몇 년 전까지만 해도 세상에 소림무치와 동무군 외에 또 다른 고수를 꼽으라면 제일 먼저 꼽히는 사람이 바로 소이보와 마검충이었다. 아니, 어쩌면 냉혹하고 잔인하게 미쳐 있다는 점에서 소이보의 독기와는 또 다른 위력을 보여주던 사람이 바로 마검충이었다.

그저 강한 것을 추구하던 사람, 그래서 끝내 자신의 아비와 형까지도 죽여 버린 사람이 바로 마검충이었기 때문이다.

부홍이 놀란 눈으로 마검충을 보고 있다는 걸 알았는지 동무군이 슬쩍 손을 잡아당겼다.

그러자 사슬이 둔탁한 금속성과 함께 바짝 당겨졌고, 그 즉시 마검충이 짖었다.

"컹! 으르르르……."

믿을 수 없는 광경이었다.

천하의 마검충이 동무군 발 밑에서 개처럼 헐떡이며 짖어대는 광경은 그 누구도 상상하지 못한 광경임이 분명했다.

놀란 부홍과 소이보를 보는 동무군의 얇은 입술이 더욱더 가늘게 변하며 옆으로 길게 몸을 늘였다.

그것은 싸늘한 비웃음이었다.

"놀랄 것 없어. 원래 인간이란 약한 존재니까. 아니, 개보다 잘난 것 하나 없는 존재라고 해야겠지."

동무군은 재미있는 장난감을 보듯 부홍을 노려보았다.

그때 부홍은 처음으로 지옥을 보았다.

동무군의 동공이 붉은빛으로 이글거리는 듯하더니 곧 화염과 함께 불타올랐다.

붉은 화염은 점점 크기를 넓히는 것 같더니 이윽고 하늘을 불태우고 주위의 모든 것을 먹어치우더니 곧 부홍 자신의 머리를 핥기 시작했다.

머리가 뜨거워지는 듯하더니 목구멍이 바싹 좁혀져 숨 쉬기조차 곤란해졌다. 하지만 지독한 열기가 자신의 온몸을 불태우고 있었지만, 이상하게도 동무군의 두 눈, 뜨거운 열기를 뿜어내는 두 눈에서 시선을 뗄 수가 없었다.

"장난이 심하군."

문득 껄끄러운 목소리가 귓전에서 부웅 울리는 듯싶더니 곧 온몸을 지지는 듯하던 공포의 열기가 씻은 듯이 사라졌다.

어지러움에 뒤로 몇 걸음 비칠거리며 물러선 부홍의 두 눈에 커다란 등판 하나가 우뚝 솟은 것처럼 자리 잡고 있었다.

부홍의 앞을 소이보가 막아선 것이다.

부홍이 어지러움을 가라앉히느라 연거푸 심호흡을 하고 나자 곧 떠들썩한 동무군의 웃음소리가 주위를 가득 채웠다.

"하하하하! 과연 요안이군. 아니, 내가 자네의 재주를 훔쳐 조금 부려 본 것에 지나지 않다고 봐야겠군. 그렇지 않나, 마안?"

부홍은 그제야 동무군이 같은 수법으로 소이보를 노려보았음을 알 수 있었다.

소이보가 껄끄러운 목소리로 대답했다.

"그렇게 대단한 재주도 아니지."

"그래, 맞아! 요안 너만은 그렇게 말할 수 있지. 너는 다름 아닌 비중이 그토록 찾고 싶어했던 진정한 마안이니까."

동무군은 고개를 끄덕이다 곧 발 밑에 엎드려 있는 마검충을 보며 낮은 목소리로 말했다.

"인간이란 조잡한 존재지. 그런대로 쓸 만한 것이 있다면 마안, 너와 귀령인 성녀 정도겠지."

소이보가 재미있다는 듯 동무군을 보며 대답했다.

"그래, 가끔가다 너같이 쓰레기 같은 놈도 가끔씩 보이더군."

동무군의 오른 눈썹이 위로 치켜 올라갔다.

"글쎄? 그럴지도. 이미 인간의 껍질을 벗은 나를 그렇게 볼 수도 있겠군. 좋아, 내가 보여주도록 하지. 인간의 경지를 넘어선 세계를 말이야."

동무군은 천천히 몸을 일으키고는 의자의 왼쪽 손잡이를 천천히 어루만졌다.

기이이잉~

돌과 돌이, 그리고 쇠와 쇠가 부딪치는 듯한 둔탁한 기계음과 함께 의자가 천천히 뒤로 물러서기 시작했다.

그리고 의자가 있던 자리엔 텅 빈 검은 공간이 자리 잡고 있었다.

뻥 뚫린 공간을 보자 마검충이 불안한 듯 개처럼 뒤로 걸으며 낑낑거렸다.

동무군이 더욱 사슬을 바로잡자 마검충이 질질 끌려왔다.

짜증난다는 듯 마검충을 내려다보던 동무군이 고개를 들고 요안을 보며 활짝 웃었다.

감정의 변화가 순간 극과 극을 오가는 데도, 동무군에게선 원래 그랬던 것처럼 그것이 전혀 이상하지 않았다.

"이곳 아래엔 무엇이 있는지 궁금하지 않나, 요안?"

"……."

"바로 비증이 만들었다던 동굴이지. 아, 물론 비증의 솜씨는 아니야. 내가 본떠서 만든 것이지. 어때, 요안. 나와 함께 구경하지 않겠나? 다른 사람은 몰라도 요안, 너만은 볼 자격이 있으니까."

"……."

소이보는 대답 대신 앞으로 걸어나갔다.

동무군은 마치 친절한 주인이 길 안내를 하듯 옆으로 비켜섰고, 요안은 텅 빈 어둠 속으로 천천히 걸어 내려갔다.

동무군이 요안을 뒤따라 어둠 속으로 꺼지듯 내려가자, 마치 억지로 도살장에 끌려가는 개처럼 마검충이 입에 거품을 물고는 컹컹 짖어대기 시작했다.

하지만 그 울부짖음도 의자가 다시 움직여 원래 자리로 돌아갈 때까지만이었다.

굉음과 함께 의자가 제자리를 잡자, 부홍에게는 마치 방금 전 모든 일들이 꿈속에서 벌어진 것처럼 느껴질 정도였다.

상처 입고 미쳐 버린 나머지 개처럼 짖어대던 마검충도, 또 더 이상 인간으로 보이지 않는 동무군도, 그저 묵묵히 걸어 어둠 속으로 잠겨 들어가던 소이보도 모두 적막 속으로 사라져 버린 후였다.

2

“이곳이 어딘지 아는가?”

앞서 걸음을 옮기는 동무군의 짙은 그림자가 더 짙은 그림자 속으로 사라져 버린 후, 음습한 어둠 속에서 동무군의 물음이 불쑥 튀어나왔다.

“…….”

“너는 여기 온 후 말수가 더욱 적어진 것 같군.”

비웃는 것처럼 키득거리는 묘한 동무군의 음성이었다.

동무군이 다시 물었다.

“꿈과 현실. 어느 것이 더 강할까?”

그제야 소이보는 깨달을 수 있었다.

비록 어둠 속이었지만, 언젠가 이 길을 걸었던 느낌이다. 아니, 분명히 걸었다.

“역시 요안이군, 벌써 눈치 챈 것 같으니. 그래, 이곳은 꿈속이지. 나만의 꿈속.”

동무군의 말이 아니더라도 소이보는 알 수 있었다.

바로 나추몽마(娜醜夢魔) 팽유(彭杻)가 펼친 혼유귀몽(魂幽鬼夢)이 이랬었다.

불타는 듯한 목마름으로 정신없이 걷다 어린 성녀를 만났던 바로 그 꿈과 너무도 똑같았기 때문이다.

동무군의 음성이 어둠 속을 울렸다.

"마도칠가가 그토록 찾았건만 왜 비증이 남겼다던 그 동굴을 못 찾았을까? 또한 전대 예영당주 등 여럿이 그 동굴에 갔다 왔건만 정확한 위치를 모르고 있었을까? 난 항상 그게 궁금했지. 하지만 인간의 탈을 벗은 지금 모든 걸 깨달을 수 있었다. 비증의 동굴, 그것은 바로 꿈속에 위치했기 때문이었다. 모든 것이 가능한 곳, 또한 모든 것을 이룰 수 있는 곳. 하지만 그 누구도 찾을 수 없는 곳. 그곳은 바로 꿈속이니까."

소이보가 주위를 둘러보았지만 아무것도 보이질 않았다.

어쩌면 동무군은 자신이 생각했던 것보다 더 높은 경지에 닿은 것인지도 모르겠다는 생각이 처음으로 떠올랐다.

진정한 마안을 찾지 못해, 마안으로 길러졌던 사부에게 팽유가 물려받은 것은 비증의 조그마한 재주에 지나지 않았다.

그래서 잠든 사람의 꿈속에서 겨우 장난처럼 살인을 저지르는 재주밖에 없었다.

또한 성녀 역시 팽유가 펼친 혼유귀몽에 드나드는 재주밖에 없었다.

하지만 지금 비증은 소이보가 잠들지 않았는데도 자신만의 꿈속으로 소이보를 끌어당긴 것이었다. 아니, 어쩌면 단순한 꿈이 아닌 동무군의 마음속 깊은 곳에 자리 잡은 또 다른 경지일지도 몰랐다.

"강한 것은 외롭지. 하지만 난 그 외로움을 즐길 생각이야, 요안. 그래서 비증이 그토록 찾았다는 마안인 너를 철저히 무너뜨린 후 세상 모든 것을 무너뜨릴 생각이다. 비증은 자신이 세운 세계를 무너뜨리는 바보짓을 했지만, 난 그렇지 않아. 인간의 탈을 벗은 지금 난 너무도 자유로우니까. 또 강하니까."

동무군의 말이 끝나자 저쪽에서 희미한 빛이 새어 들어왔다.

마치 이리저리 구부러진 오솔길처럼 나 있는 빛의 길을 무언가가 낑낑 대며 네 발로 기어오고 있었다.

마검충이었다. 마검충은 마치 주인이라도 만난 것처럼 소이보를 올려 다보며 반겼다.

혀를 빼물고는 헥헥거려며 엉덩이까지 씰룩대는 마검충을 보며 소이 보는 어떤 표정을 지어야 할지 몰라 잠시 망설이다 마검충의 이마를 손 으로 조심스럽게 쓰다듬었다.

그러자 마검충은 마치 오줌이라도 지릴 것처럼 요란하게 엉덩이를 흔 들어대며 신나 컹컹 짖기 시작했다.

그러자 뺨 아래 축 늘어진 채 매달려 있던 한쪽 눈알이 좌우로 덜렁거 렸다.

너무도 혐오스런 광경이었지만 소이보의 마음은 도리어 담담해져 갔 다.

“그 개를 따라오도록, 비증의 모든 재주를 보여줄 테니.”

동무군의 말에 마검충이 컹 하고 한 번 짖더니 곧 고개를 푹 숙이고 제 가 걸어왔던 길을 되돌아 기어가기 시작했다.

그리고 그 뒤를 묵묵히 소이보가 따라 걸었다.

얼마의 시간이 지났는지 알 수 없었다. 또 걸어온 거리가 얼마큼 되는 지도 알지 못했다.

마치 구름 위를 걷는 것처럼 허방을 짚듯 한 걸음 한 걸음 걸을 뿐이었 다.

이윽고 눈앞에 무언가가 나타났다.

마치 태산이 솟은 듯 거대한 그것은 하나의 석상(石像)이었다.

칼을 옆으로 비켜 든 채, 뭉특한 코 위로 새겨진 두 눈이 오만한 빛으로 소이보를 내려다보고 있었다.

"어때, 요안? 그것이 바로 비증이 만들었다던 석상 중 하나지. 그 석상이 무엇을 뜻하는 것인지 넌 알아볼 수 있을까?"

동무군의 말이 끝나기가 무섭게 허공에서 빛이 하나 솟았다. 아니, 그것은 빛으로 이루어진 투명한 한 자루의 검이었다. 검은 마치 번개처럼 소이보의 왼쪽 어깨에 내리 꽂혔다.

막을 틈이 없었다. 아니, 막아야겠다는 생각보다도 더 빠른 속도였다.

소이보는 묵묵히 어깨에 꽂힌 검을 내려다보았다.

묘한 검이었다.

투명한 몸통 저편으로 소이보의 어깨가 낱낱이 드러나 보였다.

검은 천천히 어깨를 지나 가슴으로, 더 나아가 아랫배까지 내려오고서야 멈추어 섰다.

거기에 따라 소이보는 자신의 어깨와 가슴, 그리고 뱃속을 들여다볼 수 있었다.

투명한 검날을 통해 비치는 자신의 몸은 마치 한 덩이의 고깃덩어리와 진배없었다.

"이거 너무 재미없는걸? 요안, 실망이야."

싸늘한 목소리와 함께 검이 스르륵 자취를 감추었다.

마치 한여름 뙤약볕 아래 얼음이 녹는 것처럼, 그 어디에도 방금 전 소이보의 몸을 갈라내던 검은 찾을 수가 없었다.

하지만 상처만은 고스란히 소이보의 몸에 남은 상태였다.

"요안, 걸을 수 있는 건가? 아직 보여줄 게 많이 남았는데 말이야."

동무군의 말에 이끌리기라도 한 것처럼 소이보가 한 걸음을 내디뎠다.

하지만 곧 온몸에 중심을 잃고 옆으로 휘청거렸다.

옆에서 보고 있던 마검충이 걱정 어린 얼굴로 끙끙거리기 시작했다.

소이보가 아랫입술을 이빨로 물었다.

걸어갈 것이다. 걸어가야 널 볼 수 있다면 걸어갈 것이다.

너의 모든 것을 볼 것이다. 그리고 난 후 너를 죽여줄 것이다.

소이보는 그렇게 각오하며 천천히 발걸음을 떼었다.

"그래, 요안! 바로 그거야. 그래야 요안답지!"

동무군의 목소리가 마치 은밀한 유혹처럼 앞에서 속삭이고 있었다.

소이보는 엎드린 채 눈을 감았다.

하지만 이상하게도 자신의 몸에서 흐른 피가 어둠을 밀어내듯 멀리 퍼지는 게 똑똑히 보였다.

벌써 몇 개의 석상을 보았는지도 잊었다.

또 몇 개의 검이 자신의 몸을 헤집어놓았는지도 기억나지 않았다.

마검충마저 소이보 몸에서 나는 피비린내가 싫다는 듯 멀리 사라져 버린 지 오래였다.

모든 것을 포기하고 이대로 잠들었으면 좋겠다는 생각을 할 때쯤, 저 멀리서 이질적인 소리 하나가 들렸다.

쓰으윽~

확실히 귀에 익숙한 소리였다.

잔뜩 인상을 찌푸리고서야 겨우 눈을 뜬 소이보 눈에 저쪽 한 켠에 앉아 말없이 칼을 천으로 닦고 있는 한 사람이 들었다.

'저 사람은?'

마검충이나 동무군은 아니었다.

소이보는 그 사람을 알아볼 수 있었다.

그 사람은 기다란 장검을 정성 들여 닦던 손길을 멈추고는 소이보를 말없이 쳐다보았다.

마치 왜 거기 그렇게 누워 있냐는 듯한 눈빛의 주인은 바로 사검정(査劍庭)이 분명했다.

말수가 적어 같이 이야기를 나누었던 시간은 짧았지만 같이 혈랑대에 속했던 사람, 그리고 자신을 위해 목숨을 내놓아야 했던 사람, 항상 장검을 닮고자 했던 사람이었다.

소이보는 말없이 사검정을 지켜보다 저도 모르게 피식 웃었다.

'그래, 이건 동무군의 꿈만은 아니지.'

소이보는 그렇게 생각했다.

동무군이 아무리 인간의 탈을 벗었다 해도 죽은 사람을 살리는 재주는 없을 게 분명했다. 그렇다면 죽은 사검정이 여기 나타나 태연히 검을 매만지는 이유는 단 하나, 바로 자신이 만든 또 다른 꿈이 틀림없었다.

"요안, 왜 거기 있는 거지?"

사검정이 입술을 열고 물었다.

소이보가 어이없다는 듯 실없이 웃으며 사검정을 바라보며 되물었다.

"그럼 어디에 있어야 하는 거지?"

까닭 모를 눈물이 한 방울 흘렀다.

죽어 못 만날 거라 생각했던 사검정이 저만치서 자신을 향해 따뜻한 목소리로 묻고 있는 것이다.

사검정이 말없이 장검을 치켜들어 한쪽을 가리켰다.

그곳엔 이때까지 걸어왔던 길처럼 하얀 빛이 굽이쳐 흐르는 길이었다.

"내가 거기 가야 하는 건가?"

소이보의 물음에 사검정은 고개를 끄덕였다.

사검정이 옳았다. 어떻게든 걸어가야만 했다.

그래야 동무군을 만날 수 있으니까. 또한 그래야 동무군을 죽일 수 있었으니까.

끄응 하는 신음성과 함께 소이보가 천천히 몸을 일으켰다.

하지만 어지러움은 여전했고, 옆에 있던 장검을 뽑아 땅에 꽂고서야 간신히 중심을 잡을 수 있었다.

그렇게 소이보가 한 걸음 한 걸음 힘들게 걸어가자 사검정은 다시 고개를 돌려 장검을 정성스레 닦기 시작했다.

소이보가 물었다.

"자네, 거기서 행복한가?"

사검정이 문득 손길을 멈추고 고개를 돌려 소이보를 쳐다보았다.

한동안 말없이 소이보를 쳐다보던 사검정이 활짝 웃으며 대답했다.

"난 항상 행복했었다네."

소이보는 그제야 사검정의 웃음을 처음 보았다.

말수 적고 항상 굳은 표정의 사검정이 그렇게나 환한 웃음을 웃으리라고는 소이보도 생각지 못했었다. 아니, 세상 어디에서도 그렇게 화사한 웃음은 없을 것이 분명했다.

소이보 역시 웃으며 사검정을 쳐다보았다.

사검정의 웃음에는 미처 나누지 못한 많은 말이 들어 있었다.

요선보에 있어 행복했다고. 또한 혈랑대의 삼팔구로서 정말 행복했다고. 그리고 요안을 만나 진정 행복했었노라고.

사검정의 환한 미소는 그렇게 말하고 있었다.

그 미소가 소이보에게 힘이 되었다.

소이보는 천천히 장검에 의지해 걸어가기 시작했다.

또 하나의 석상을 만나고 또다시 빛의 검이 소이보의 몸을 관통했다.

이번의 검은 소이보의 몸에서 모든 피를 빨아들인 것처럼 온통 붉은 빛이었다.

소이보는 무너져 내렸다.

어떻게 해볼 수가 없었다.

상대는 손으로 잡히지도 않는 허깨비처럼 어둠 속에 숨어 철저히 소이보를 농락하고 있었다.

"요안, 제법이야. 역시 내 기대를 저버리지 않았군. 이제 마지막이야. 조금만 더, 그래야만 나를 만날 수 있으니까. 어때, 요안. 더 걸을 수 있겠나? 그리 오래 기다리진 않을 거니까."

동무군의 목소리가 어둠 저편으로 사라지고 있었다.

하지만 소이보는 숨조차 쉴 수 없었다.

무언가 날카로운 게 숨통을 끊은 것처럼, 쌔액거리는 소리만 날 뿐 숨을 쉴 수조차 없었다.

머릿속이 하얗게 비워지고, 손끝에선 경련만 일 뿐 마음대로 움직여지지 않았다.

마치 구겨진 종잇장처럼 온몸이 꺾인 채 땅에 나동그라져 있을 뿐이었다.

무언가 신경이 잘못되었는지 오른쪽 다리가 경련을 일으키기 시작했다.

탁— 탁— 탁—

떨리는 오른발과 땅이 부딪쳐 내는 소리만이 어둠을 채울 뿐이었다.

바로 그때였다.

"꽤나 시끄럽군."

졸린 듯한 목소리가 어둠 저편에서 들렸다.

목소리만으로도 사람을 나른하게 만들 사람은 소이보가 알기로는 단 한 사람밖에 없었다.

항상 졸린 듯, 눈꺼풀을 반쯤 감고 있는 사내, 하지만 한 컨으론 그 누구보다 날카로웠던 사내.

그래서 자신을 닮은 검고 하얀 단도를 품속에 갈무리했던 지반월(池伴越)의 목소리가 틀림없었다.

소이보가 힘들게 반쯤 감긴 눈에 힘을 주고 나서야 겨우 초점이 맺혔다.

그 무언가가 어둠 저편에서 누운 채 데구루루 굴러오더니 소이보와 마주 본 자세로 나란히 누웠다.

틀림없는 지반월이었다.

소이보가 컥컥대며 숨을 몰아쉰 뒤에야 겨우 숨통을 틔우고는 물었다.

"내가 죽은 것인가?"

지반월이 팔베개를 하고 누운 자세 그대로 졸린 눈을 뜨고 되물었다.

"왜 그렇게 생각하지?"

"조금 전에 사검정을 보았거든. 또 지금은 너를 보고."

지반월이 어이없다는 듯 피식 웃었다.

"제법 괜찮은 놈인 줄 알았더니 실없는 놈이군. 이봐, 우리는 이미 죽었다고. 너는 멀쩡히 살아 있……."

지반월이 누운 채 소이보의 위아래를 살펴보더니 다시 피식 웃는 특유의 웃음소리를 냈다.

"그러고 보니 너도 머지 않은 것 같군."

"나도 그렇게 생각해."

소이보도 웃었다.

지반월과 소이보는 그렇게 나란히 누운 채 한참을 서로 키득거렸다.

소이보는 정말 유쾌했다.

사검정을 다시 만날 수 있어서 기뻤고, 지반월과 함께 나란히 누워 웃을 수 있어 유쾌했다.

너무나 유쾌해서 눈물이 흘렀다.

그냥 이렇게 혈랑대의 동료들과 함께 영원히 있어도 괜찮지 않을까 하는 생각까지 들 때였다.

"그렇게 대단한 놈인가?"

키득이는 웃음이 잦아질 때쯤 지반월이 물었다.

"뭐가?"

"저놈 말이야."

지반월은 한쪽 눈을 찡긋거리고는 손가락으로 머리 위를 가리켰다.

그제야 지반월이 말한 저놈이 동무군이라는 것을 깨닫고는 소이보가 다시 키득거리며 웃었다.

"사람들이 악마라더군. 만약 진짜 악마가 있다면 그 말을 듣고 기뻐했을 거야."

"……?"

"악마보다 더한 놈이니까."

소이보의 말에 지반월의 졸린 듯한 두 눈이 웃느라 초승달처럼 휘었다.

지반월은 몸을 뒤집어 엎드린 채, 두 손으로 턱을 괴고 앞을 바라보며 말했다.

"괴상한 놈이긴 하지."

"그냥 괴상한 놈은 아니야. 미치기도 한 것 같아."

소이보는 지반월을 따라 나란히 엎드리고 싶었지만 몸이 말을 듣지 않았다.

한동안 노력하다 포기하고는 벌러덩 누웠을 때 지반월의 졸린 듯한 목소리를 다시 들을 수 있었다.

"평생을 강함만을 추구했으니까. 아참, 문기서가 저놈의 이복동생인

건 알지? 예전 예영당주는 진정한 강한 후손을 두기 위해 여기저기 씨앗을 많이 퍼뜨렸지. 그리고는 혹독하게 키웠어. 그 상황에서 미치지 않을 수 없었겠지. 강해지지 않으면 도태되니까. 뭐, 문기서야 일찌감치 다른 길을 택했지만 말이야."

마치 졸린 듯한 목소리의 지반월을 깨우려는 듯 어둠 저편에서 마검충의 컹컹 짓는 소리가 들렸다.

지반월이 재미있다는 듯 피식 웃고는 말했다.

"어쩌면 저 마검충도 동무군과 비슷했지. 강한 것을 추구했으니까. 오죽하면 제 아비와 형을 죽였을까. 어쩌면 그게 보기 싫었는지도 몰라. 동무군으로서는 자신과 닮은 다른 사내가 있다는 게 불쾌했는지도 모르지. 그래서 죽이지 않고 개처럼 부리는 것인지도……."

지반월이 다시 빙글 돌아 옆으로 누워 소이보를 쳐다보며 말했다.

"더 강한 걸 찾아내, 정말 강한 것을. 부서지지 않는 그 무엇을 찾아. 그래야 하니까. 요안, 넌 할 수 있을 거야."

"그런 게 있을까?"

소이보의 말에 지반월이 손가락으로 한쪽을 가리키며 말했다.

"그걸 물어볼 적당한 노인네가 저기에 있는 것 같은데?"

소이보가 힘들게 고개를 돌려 지반월이 가리키는 방향을 보았다.

그러자 거기에 강요맹(康窈孟)이 있었다.

하얀 머리, 날카로운 콧날, 날카로운 턱 선.

강요맹은 항상 그래 왔듯 냉랭한 표정과 함께 손가락으로 동전을 위로 튕겨 올렸다 다시 받아 들기를 반복하고 있었다.

"대주님……."

소이보가 놀란 듯 쳐다보자 강요맹이 카랑카랑한 목소리로 말했다.

"거기 누워서 뭐 하는 게냐! 어서 일어나지 못할까!"

지반월이 잘못 걸렸다는 듯 입을 삐죽이고는 천천히 일어섰다.

그러나 소이보는 쉽게 몸을 일으키지 못했다.

하지만 이대로 널브러져 있을 수는 없었다.

특히 이 사람들 앞에서는…….

자신을 위해 기꺼이 죽어간 사람들이었다.

형제보다 더 진한 애정을 보여주었던 사람들이다.

결코 이 사람들 앞에서 이런 꼴은 보여줄 수 없었다.

몸을 일으켜 앉는 데만 몇 시진이 걸렸는지 알 수 없었다.

단지 강요맹이 손가락으로 튕겨 올린 동전이 손바닥에 다시 내려앉는 소리가 영원할 것처럼 계속되고 있었다.

그 뒤로도 한참의 시간이 흐르고 나서야 소이보는 칼을 의지 삼아 겨우 두 다리로 딛고 일어설 수 있었다.

하지만 거기까지였다.

그 모습을 지켜보던 강요맹이 냉랭한 시선으로 물었다.

"진정 강한 것을 보고 싶다고 했느냐?"

소이보는 고개를 끄덕였다.

"좋다, 내가 그것을 보여주마. 잘 보거라."

강요맹은 오른손을 들어올리고는 힘껏 손가락을 튕겼다.

피— 잉—

동전은 날카로운 소리와 함께 허공 위로 날아올랐다.

공중에서 몇 번이고 빠르게 몸을 뒤집은 동전을 강요맹이 맵시있게 잡아채었다.

강요맹은 동전이 든 주먹을 소이보 쪽으로 내밀고는 천천히 손가락을 하나씩 폈다.

"……!"

하지만 동전이 들어 있을 거라 생각한 강요맹의 손바닥은 텅 비어 있었다.

예전처럼 그저 손 안에서 가루로 만들어 버린 것도 아니었다. 마치 마법처럼 강요맹의 손바닥에서 사라진 동전은 그 어디에도 없었다.

"알겠느냐?"

강요맹이 카랑카랑한 목소리로 물었다.

소이보는 대답 대신 눈을 감았다.

잠시의 시간이 흐른 후 다시 뜨여진 두 개의 요안은 조금 전과는 달리 번뜩이고 있었다.

"알겠습니다."

소이보의 대답에 그제야 강요맹이 미소를 짓곤 고개를 끄덕이며 말했다.

"역시 내 눈이 틀리지 않았구나! 놈! 너만은 할 수 있을 거라 믿었다!"

소이보는 강요맹이 무얼 말하고자 하는지 알았다.

그래서 천천히 앞으로 걸어나가기 시작했다.

단 한 줌의 힘도 남아 있지 않았지만 계속 걸어야만 했다.

다른 사람도 아닌 강요맹과 지반월이 뒤에서 지켜보고 있었기 때문이다.

하지만 확인해 봐야 할 일이 남아 있었다. 아니, 물어봐야만 했다.

그래서 소이보는 발걸음을 멈추고 고개를 뒤로 돌려 두 사람을 쳐다보고는 물었다.

"행복… 하십니까?"

소이보의 물음에 강요맹과 지반월이 얼굴을 마주 보았다.

서로 그렇게 눈빛을 교환한 두 사람이 동시에 소이보 쪽으로 나란히 고개를 돌리고는 힘차게 끄덕였다.

"당연히!"

소이보가 웃었다. 지반월과 강요맹도 함께 웃었다.

행복하냐고 물었지만 단순히 그것만 물은 것이 아니었다.

나를 위해 죽어주어서 미안하다고 말했다.

그게 억울하지 않더냐고도 물었다.

또한 고맙다고 말했다.

열심히 살겠다는 다짐도 함께였다.

그러자 지반월과 강요맹이 웃었다.

소이보가 눈가를 훔치고는 다시 발길을 옮겼다.

그제야 소이보는 왜 성녀가 자신을 보고 미안하다고, 또 고맙다고 얘기했는지 이해할 수 있었다.

더 이상 석상은 없었다.

하지만 석상처럼 오만한 기세로 서 있는 한 사내가 있었다.

"과연 요안이로군. 기대를 저버리지 않았어."

사내, 동무군은 만족한다는 듯 고개를 끄덕였다.

"제법 강하군. 아니, 인간들 중에 너만큼 강한 사람은 없을 것 같군."

소이보는 아무 말 없이 목발 삼아 가지고 왔던 검을 천천히 가슴 앞에 곧추세웠다.

동무군이 의외라는 듯 소이보를 쳐다보았다.

"오호~ 그 몸으로? 더 이상 힘은 남아 있지 않을 텐데?"

끊임없이 흔들리는 몸으로도 검은 떨어뜨리지 않았다는 것이 다행이라는 생각을 하며 소이보가 입술을 열었다.

"착각하고 있군."

"……?"

소이보는 장검을 비켜 든 채 오만한 자세로 서 있는 동무군을 보며 히죽 웃었다.

"진정 강한 것은 능력이 아니야. 남보다 앞선 능력이 강함을 나타내는 건 아니지. 또한 힘도 아니고. 세상에서 가장 강한 것은……."

거기까지 말한 소이보가 힘에 부쳤는지 다시 호흡을 가다듬었다.

동무군이 마치 경청하듯 묵묵히 서서 소이보를 쳐다보았다.

소이보는 동무군의 두 눈 사이, 코와 이마 사이의 한 점을 마음속으로 그리고는 그 한 점만을 노려보며 외쳤다.

"세상에서 가장 강한 것, 그것은 바로 능력이 아닌 의지지!"

소이보의 짧은 말과 함께 손에 들려졌던 장검이 허공을 베었다.

세상에서 가장 강한 것, 그것은 남보다 뛰어난 능력이 아니었다.

그것은 바로 의지였다.

살겠다는 의지. 지키겠다는 의지. 그리고 모든 것을 바쳐서라도 이뤄내겠다는 의지였다.

강요맹의 빈손이 뜻하는 것이 바로 그것이었다.

세상 모든 것이 나의 손에 있었다.

불안한 앞날이 두려워 점을 치는 것도 사람이지만, 바로 그 점괘를 맞도록 만드는 것 역시 사람이다.

소이보의 의지가 담긴 검이 허공을 베어냈다.

하지만 그것은 더 이상 쇠로 만든 검이 아니었다.

소이보의 모든 것이었으며, 소이보가 지나온 모든 세월이었고, 소이보가 기억하는 모든 사람이었다.

그러자 어둠이 잘려져 나갔다.

깨끗하게…….

3

소이보는 눈을 감았다.

하지만 짙은 녹색은 눈꺼풀에 가려졌어도 더욱 싱그런 푸르름을 자랑하고 있었다.

"까아~"

어디선가 소민의 탄성이 귓전에 들려왔다.

"당신, 괜찮은 건가요?"

걱정이 가득한 목소리에 소이보가 눈을 떴다.

성녀가 눈앞에 있었다.

하지만 예전의 모습과는 달랐다.

온몸에 휘감은 풍만한 하얀 옷은 짙은 녹색으로 물들어 있었다.

바로 별림의 녹색 그림자 때문이었다.

"괜찮아."

소이보는 고개를 끄덕이고는 낯선 듯하면서도 익숙한 성녀의 모습을 한동안 쳐다보다 말했다.

"당신은 점점 보통 여자가 되어가는 것 같군."

성녀가 쑥스럽다는 듯 웃고는 주위를 둘러보았다.

"여긴 정말 아름다운 곳이네요."

성녀가 소이보를 쳐다보았다.

성녀의 두 눈은 더 이상 의미없이 반짝이는 투명한 눈빛이 아니었다.

한 사람의 어미이자 한 사내의 아내의 눈빛이 거기 있었다.

성녀가 소이보의 손을 잡고는 뺨에 가져다 대었다.

"약속을 지켜줘서 고마워요."

"무슨, 당연한 일인걸."

그때 저만치서 짙은 별림의 녹색을 닮은 푸르른 소민의 깔깔대는 웃음이 들렸다.

비록 절진(絶陣)으로 둘러싸인 별림이었지만, 소이보는 별다른 걱정을 하지 않았다.

사실 별림에 들어올 때도 소민의 뒤를 따랐기 때문이다.

소민은 마치 앞마당을 걷듯 익숙하게 별림에 펼쳐진 진법 사이를 종종걸음으로 걸었고, 그 뒤를 따라 소이보와 성녀가 들어온 것이었다.

소민은 마치 별천지에 온 듯 정신없이 여기저기를 둘러보다가, 예쁜 꽃이나 개구리라도 발견할 때면 곧 손바닥을 치며 깔깔 웃었다.

하지만 별림에는 밝고 청아한 소민의 웃음만 있는 게 아니었다.

무언가 다투는 듯 두 사람의 투닥거리는 소리 역시 한 켠에서 들렸기 때문이다.

"그 이야긴 하지 말랬지!"

"아니야, 진짜라니까! 소민도 믿고 요안도 믿는 이야기를 넌 왜 안 믿는 것이냐!"

한 사람의 목소리는 낮았고, 다른 한 목소리는 깨진 종을 미친 듯 쳐댈 때처럼 큼지막하기 짝이 없었다.

부홍과 둔비는 별림이 마치 자신들의 것이라도 된 것처럼 목소리를 드높여 투닥거리고 있었다.

소이보가 살풋 인상을 찡그리고는 성녀에게 말했다.

"여기서 기다려. 아무래도 저놈들을 쫓아내야겠어."

성녀가 급히 달려나가려는 소이보의 손목을 잡았다.

"아서요."

“그러길래 아예 떼어놓고 오자고 했잖아. 저놈들이 아무리 별림 앞까지 배웅 나온다고 했어도 그 말을 믿지 말았어야지!”

마치 아이처럼 투정을 부리는 듯한 소이보의 말에 성녀가 피식 웃었다.

“당신도 이렇게 될 줄 알았잖아요.”

“그래도 몇 달 후쯤이라고 생각했지, 처음부터 이렇게 퍼질러 앉을 줄은 전혀 몰랐다고!”

소이보가 인상을 구기며 투덜거렸지만, 멀리 있는 둔비의 커다란 목소리에 묻힐 뿐이었다.

둔비가 억울하다는 듯, 안 그래도 큰 목소리를 더욱 높이자 별림이 흔들거릴 정도였다.

“진짜라니까! 내가 정신을 잃고 있을 때, 강 대주랑 지반월, 그리고 사검정을 만났다니까 그러네!”

“계속 미친 소리를 하면 창고 속에 처박아 버릴 테다!”

“아니야. 그냥 만나기만 한 거라면 나도 꿈이라고 생각하겠는데, 강 대주가 그러더라니까. 요안에게 딸이 생겼다고. 그러자 지반월이 옆에 있다가 ‘두 눈만 빼고 요안 안 닮길 천만다행이지요’ 라고 말했고, 말수 적은 사검정이 웃으면서 ‘민아처럼 예쁜 아이는 다신 없지!’ 라고 말했다니까 그러네! 나중에 정신을 차리고 깨어나 보니 조그마한 민아가 내 앞에 있다가 요안을 반짝이며 ‘안녕하세요, 삼촌. 전 민아라고 해요’ 라고 말하는데 심장마비 걸리는 줄 알았다니까!”

둔비가 억울하다는 듯 큰 목소리로 말했지만 부흥은 아무 대꾸도 하지 않았다.

생각만 해도 가슴이 아려져 오는 사람들이었다.

그 사람들이 저런 미련한 곰 같은 놈 꿈에 찾아갈 리가 없었다.

만약 그럴 수 있다면, 저 미련한 곰 대신 자신의 꿈속에 먼저 찾아와야만 했다.

자신이 얼마나 그리워하는지 그들은 이미 알고 있을 테니까…….

잠시의 시간이 흐른 후 부홍이 무언가를 작은 목소리로 물었는지 커다란 둔비의 대답 소리가 들렸다.

"뭐? 행복해 보이더냐고? 모르긴 몰라도 행복한 게 틀림없었어. 살아 생전보다 혈색도 더 좋아 보이더만! 거기다 항상 차가운 표정의 강 대주뿐만 아니라 사검정도 민아 얘기를 할 때는 히죽히죽 웃기까지 하던걸? 지반월도 졸린 눈을 번쩍 뜨고 말이야. 그런 사람들이 불행하다면 세상에 행복한 사람은 아무도 없을 거야! 그런데 너 우는 거냐?"

"울긴 누가 운다고 그러는 게냐! 이마의 땀이 눈으로 들어간 게지! 네놈도 그러니까 그만 빈둥대라고."

"제길. 그런데 이 조그마한 별림에 도대체 몇 채나 더 지어야 하는 거냐?"

둔비의 투정 소리에 소이보가 싱긋 웃었다.

그래도 눈치가 보였는지 부홍과 둔비는 어느새 나무를 해 오는 등 집 짓기에 열심이었기 때문이다.

특히 둔비는 다리가 하나 없는데도 불구하고 경중경중 뛰며 도리어 다치기 전보다 더 왕성한 모습을 보여주고 있었다.

소이보가 성녀의 손을 잡으며 속삭였다.

"방은 두 칸이어야겠지? 소민과 함께 잘 수는 없으니."

"왜요? 민아는 항상 내 품에서 잤다고요."

성녀가 무슨 말이냐는 듯 눈을 깜빡일 때 소이보가 장난스런 표정을 지으며 말했다.

"소민이 어느새 이름까지 지어놨던걸?"

“……?”

“소정, 소엄, 소능, 소오까지. 모두 자기처럼 외자로 동생들 이름을 지어났더군. 그러니까 얼른 민아 동생을 만들어야지.”

그제야 소이보의 농담을 알아차린 성녀가 가볍게 소이보의 가슴을 쳤다.

하지만 정작 두 사람이 꿈꾸고 있는 집과 둔비와 부홍이 마음에 두고 있는 집은 전혀 다른 모양이라는 게 곧 드러났다.

둔비의 걸쭉하고 커다란 목소리 때문이었다.

“제길. 문기서 그 자식은 그 커다란 예영당 건물을 두고 왜 여기로 기어오겠다고 하는지 모르겠어. 예영당주가 되었다면 거들먹거리면서 예영당에 살면 얼마나 좋아? 왜 그 보기 싫은 낯짝을 기어코 들이밀겠다는 건지…….”

둔비의 말에 장단이라도 맞추는 것처럼 부홍의 목소리가 들렸다.

“문기서는 그래도 눈치가 있어서 귀찮지는 않지. 곽예주는 사천당문에서 시부모를 끌고 여기 오겠다고 하지 않더냐. 인사시켜 달란 사람 아무도 없는데 말이야. 아무래도 눈치를 봐서는 인사시켜 준다는 핑계 삼아 여기서 그 당가 놈 하고 단둘이 살림을 차릴 각오인 것 같던데.”

“설치기는 곽예주가 아니라 당소유 그놈이 더 심해! 아예 나보고는 술독 묻을 자리 잘 봐서 파달라고 부탁까지 하던데? 그래도 범 대장은 괜찮지 않아?”

“범 대장이야 괜찮지. 하지만 요선보가 마도본가가 되었으니 요선보주로서 처리할 일이 태산 같을걸?”

둔비의 당치도 않다는 듯한 큰 목소리가 수풀을 뒤흔들었다.

“아니야. 범 대장, 아니, 이젠 요선보주로 불러야겠군. 아무튼 범 대장이 나한테 그랬다구. 올해가 가기 전에 이화림이 요선보를 맡게 될 거라고. 그 말은 곧 올해 안에 이 별림으로 오겠다는 뜻이지!"

부홍의 하나만 알고 둘은 모른다는 듯 답답해하는 목소리가 둔비의 목소리를 밀어내었다.

"그거야 범 대장 혼자만의 생각이지. 이화림 림주는 이활과 혼인식이 끝나는 즉시 수상방을 요선보에 떠넘기고 서방이랑 여기로 기어들어 오겠다고 벼르고 있어. 또 그 서방이란 놈은 아예 멀리 떠나 있는 제 스승, 그러니까 삼안조옹 늙은이까지 여기로 데려올 생각을 하더군. 제길, 그렇게 되면 삼안조옹 뒤를 따라 그 재수없는 흑수문의 표안 늙은이도 올지 모르잖아! 물론 저도 낯짝이 있다면 그럴 리야 없겠지만."

"표안은 괜찮아! 아무리 피를 흘리고 싸웠다 해도 거기까진 봐줄 수 있어! 민아야! 거긴 위험하다! 내가 어디까지 말했지? 아참! 거 뭐냐, 무당파의 영허자인가 쓰레기인가, 자칭 요안의 큰할아버지라며 거들먹대는 그 늙은이 말이야. 지금 무당산에서 한창 신나 하며 봇짐을 싸고 있는 중일걸? 전에 헤어질 때에는 내 어깨까지 다독거리면서 이러더군. 소림무치의 몸이 낫고 나면 함께 여기로 오겠노라고. 소림무치가 힘이 좋아서 꽤나 일을 잘할 거라고 말하니까, 그 옆에 서 있던 굉요라는 소림 승려가 자신도 힘 좋다면서 헤벌쭉 웃더라고. 무당 도사에 소름 승려 둘까지…… 이게 말이 된다고 생각해? 그런 일은 지옥에서나 가능한 일이야! 민아야! 거기는 가시덩굴이 있어서 위험해요. 삼촌이 때찌한다! 가만있어 봐, 그럼 도대체 몇 채나 더 지어야 하는 거야? 제길!"

둔비와 부홍은 덩치에 어울리지 않게도 원래 죽이 잘 맞는 사이였다.

하지만 서로 주거니 받거니 대화가 오갈수록 듣고 있는 소이보의 얼굴이 시뻘겋게 변했다.

이것은 자신이 원하는 별림의 모습이 아니었다.

성녀와 자신, 그리고 소민이 할아버지와 오붓하게 살아가는 것만을 꿈

뀌 왔었다.

온갖 사람들이 모여들어 북적대는 별림은 더 이상 별림이 아니었다.

"내 이것들을……."

소이보가 손가락을 으드득거리며 걸어갈 때, 저 멀리서 얼굴이 발갛게 달아오른 소민이 뛰어오고 있었다.

그 모습을 본 소이보가 언제 화를 냈냐는 듯 얼굴을 활짝 펴고는 천천히 한쪽 무릎을 꿇고 두 손을 활짝 폈다.

그 사이로 소민이 달려들다시피 안겼다.

"무슨 일인데 이렇게 호들갑이니?"

옆에서 지켜보던 성녀가 부드럽게 소민의 머리를 쓰다듬으며 가볍게 야단치자 소민이 볼을 통통히 부풀리고는 심통난 목소리로 대답했다.

"아빠한테 빨리 알려주고 싶었단 말이야!"

"무슨……?"

소이보가 묻자 소민이 소이보의 목을 껴안고는 귀에 조용히 속삭였다.

"와요. 드디어 오고 있다고요."

"……?"

소민이 흥분으로 발개진 얼굴로 소이보의 귓전에 대고 크게 외쳤다.

"할아버지가 온다구요! 아빠 할아버지가 엄마 할머니와 함께 손을 잡고 오고 있다구요!"

"……!"

소이보의 두 눈이 크게 부릅떠졌다.

소민이 말한 할아버지란 별림의 할아버지가 틀림없었다.

또 소민이 온다고 말했으면 틀림없이 오실 것이었다.

그 순간 소이보의 기쁨에 들뜬 호탕한 웃음소리가 별림을 가득 채웠다.

그 웃음소리는 별림의 녹색처럼 짙푸른 싱싱한 녹색을 닮아 있었다.
또한 푸른 하늘을 닮아 있었다. 그리고 세상 모든 것을 담을 만큼 크
고 넓었다.

〈終〉

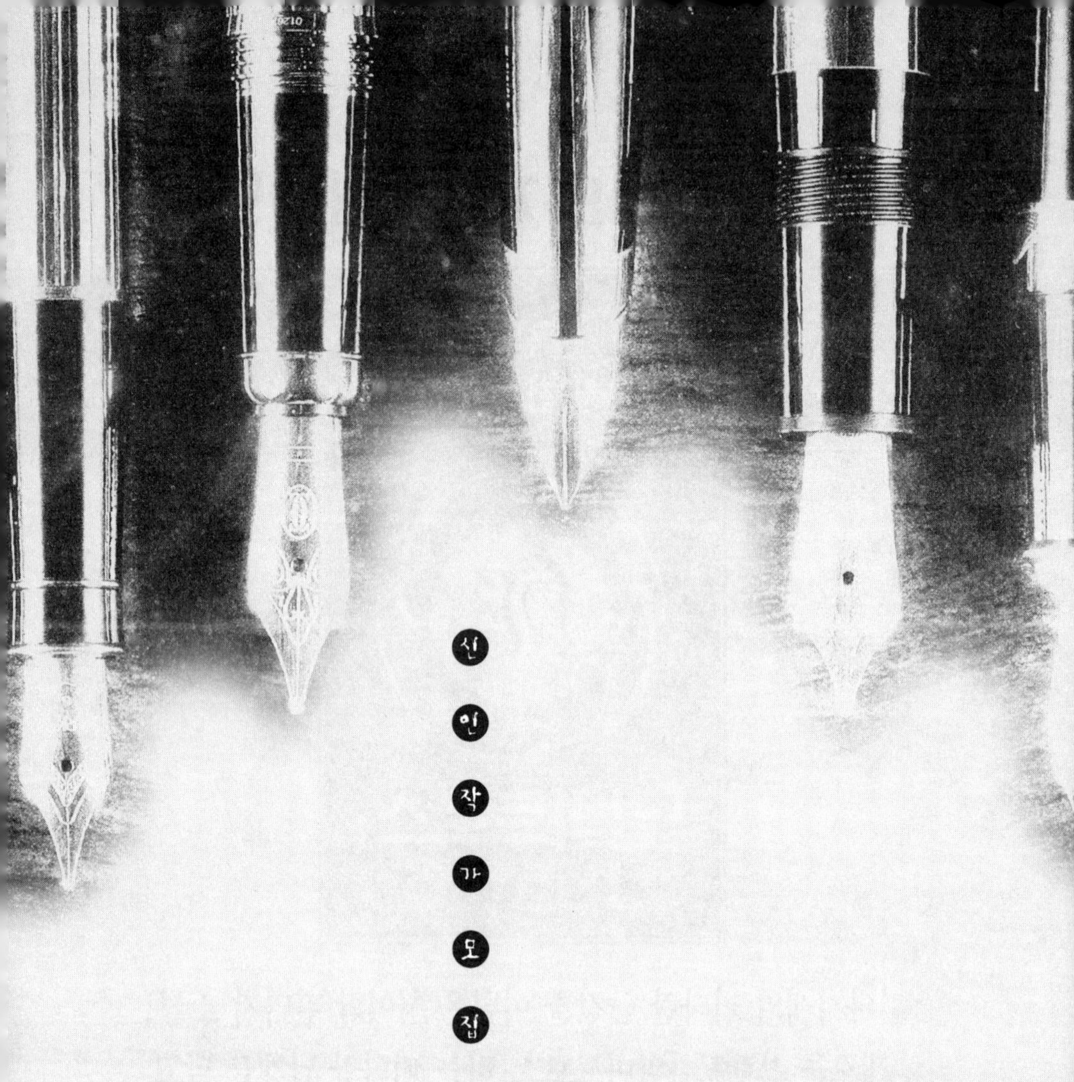